掌故家高貞白　增訂本

許禮平

掌故家高貞白

增訂本

OXFORD
UNIVERSITY PRESS

OXFORD
UNIVERSITY PRESS

Oxford University Press is a department of the University of Oxford.
It furthers the University's objective of excellence in research, scholarship,
and education by publishing worldwide. Oxford is a registered trade mark of
Oxford University Press in the UK and in certain other countries

Published in Hong Kong by
Oxford University Press (China) Limited
39/F, One Kowloon, 1 Wang Yuen Street, Kowloon Bay, Hong Kong

First edition published in 2018

ISBN: 978-0-19-083934-5

1 3 5 7 9 10 8 6 4 2

掌故家高貞白
[增訂本]
許禮平

書名集顧炎武墨蹟

目錄

楔子

高貞白（伯雨）先生是鄉賢，又和我帶有遠親，更要緊的他是位掌故家。

「鄉賢」是指同鄉，「遠親」是我後來纔知道的，至於「掌故家」那是高先生的實至名歸，是在半世紀前瞿蛻之先生（一八九四—一九七三）曾撰序為之定位的。瞿氏是北方掌故家，名輩比高貞白先生更尊。以一掌故家去評論另一掌故家，內行評譽自足為人信服。

瞿序是為高著的《聽雨樓叢談》前序，時維一九六四年。此後在我認識的朋友中，因瞿序而興感引發的文章見有兩篇，第一篇是黃玄同兄在《新晚報》發表《重讀瞿蛻之「聽雨樓叢談」序文》（一九八一年四月二日）。黃兄是持瞿氏之說，批評當時《新晚報》和《文匯報》經常發表常識出錯的掌故文章。第二篇是蔡登山兄的《最後一位掌故大家——高伯雨》。蔡文中對瞿序是多所闡發和推崇。該文蒐在《重看民國人物》，是二〇一四年臺北出版。黃、蔡兩君的文章都因瞿序而感發興起的，但中間就相距了三十五年。於此，足見瞿序對掌故學的影響是既深且遠了。

瞿序說他所熟悉的掌故專家有兩位，一為高先生，另一為徐一士先生。但瞿氏更說及當時徐一士（一八九〇—一九七一）已無法執筆。也等於說，當世能執筆談掌故的，就只高

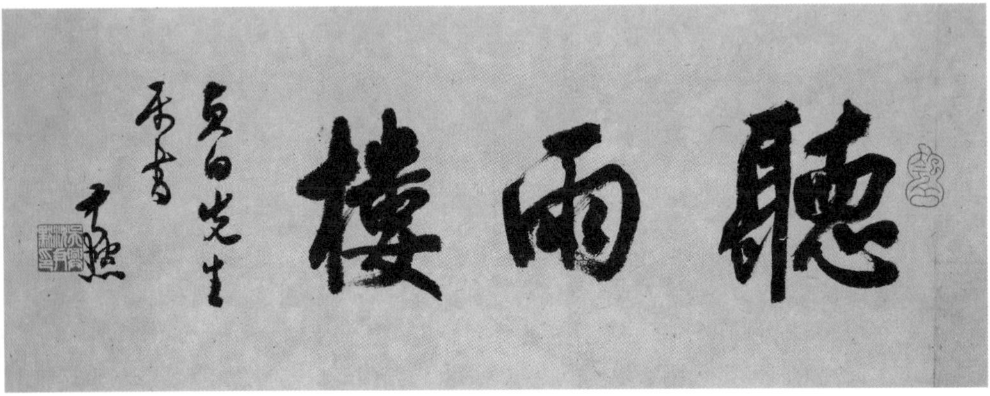

沈尹默為高貞白題「聽雨樓」匾額。1963年。

先生一人。瞿序寫於五十二年前（一九六四年），是表達當時掌故人材的零落感慨了。而瞿氏謙抑，在文中沒把自己算進掌故家之列。而瞿氏作序後三年，躬逢「文革」，瞿氏即以言見罪，獄中瘐死。那掌故之學，就更有「人荒」之嘆了。所以蔡登山兄說高先生是「最後一位掌故大家」，這話是說於「瞿序」後的五十年，怕是當真了。「哀莫大於心死，悲莫大於人荒」，展望前途，後五十年的掌故學又將如何？言之也悲從中來了。

掌故的名實

關於掌故學，在瞿序之前，沒人下過準確定義。那瞿序自有澄清認識的功勞，所以本文談高貞白先生其人其學，謹以瞿序作為切入點。

掌故是甚麼？約定俗成的解釋是從《史記·龜策傳》的「因襲掌故」說起。或以是漢代官名，是泛指朝廷典章禮樂和人事，但這些解釋都是很混沌和含糊的。

近代龔定庵自稱是「掌故羅胸」。但他對「掌故」的理解卻很狹義，也可說重點在「故」而不在「掌」。

龔氏以「掌故羅胸是國恩」自負。他在《破戒草》也說「掌故吾能說，雍乾溯以還」，同樣是自負，但那只是典章文物制度的「因襲掌故」，而他卻把匡時濟世的通識類都摒出掌故範圍之外。即是他詩中說過的「略耽掌故非匡濟」。

他的好友魏源也持此觀點，魏在《聖武記》序言說：

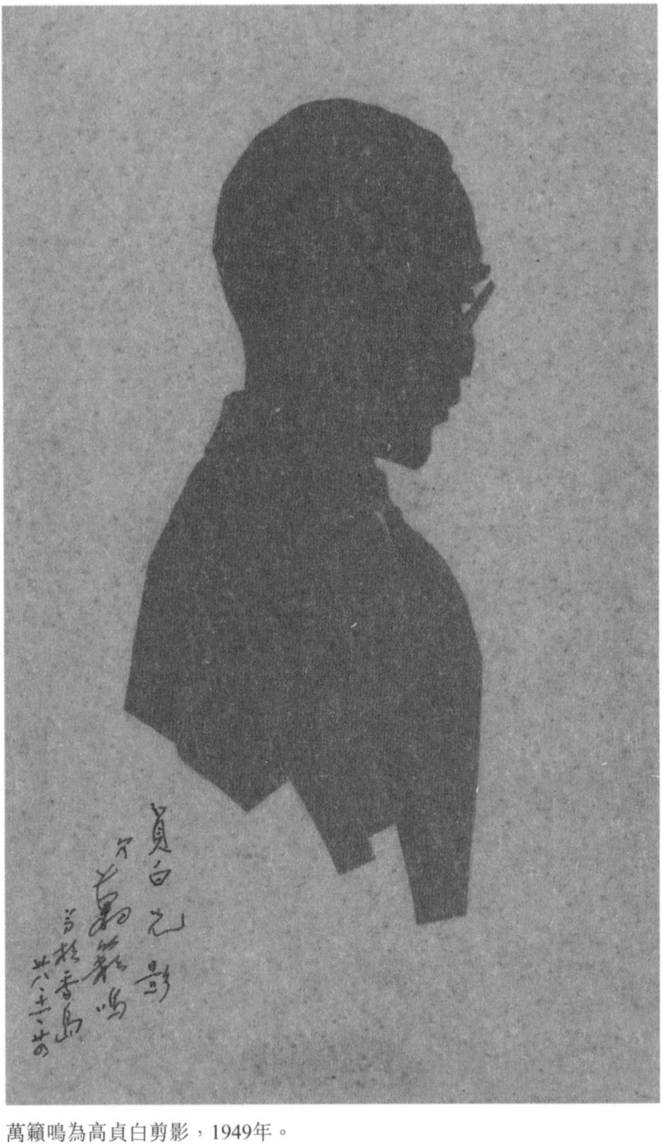

萬籟鳴為高貞白剪影，1949年。

京師，掌故海也。得借觀史館秘閣官書，及士大夫私家著述、故老傳聞。於是我生以後數人事，及我生以前迄國初數十大事，磊落乎耳目，旁薄乎胸臆。

他說的「掌故海」和龔氏的「掌故」看法沒兩樣，都是指文獻典章制度，重點也是在「故」而不在「掌」。

但《今世說》的曹爾堪則是能把「匡濟」和「通識」等非文字的事物化為掌故，他「淹博多識掌故，又工強記，所過山川阨塞，無不指畫形勢」。這就一反前例，是重點在「掌」而不在「故」了。（按：黃賓虹《零縑斷楮》也引錄記此事，但文字稍有不同。）

但瞿先生高明，他先且不論掌故的廣狹義，而是先論文體。更指出掌故的文體就是隨筆。他說：

很遠的不必說他了，像曹丕的《典論》，蕭繹的《金樓子》，就流傳到今天的片段看來，都只是信筆寫去，將自己的經歷告訴讀者，讀者自然覺得親切有味。

瞿氏接着纔說到：「有的已經組織起來，有的依然是零星片段的」。這「組織起來」就是「掌」，「零星片段」就是「故」。瞿先生只一語就把「掌」、「故」問題說清了。

瞿序繼而更深入地說高貞白先生的掌故學：

掌故家高貞白。

我所熟悉的掌故專家以隨筆擅長的，一南一北，有兩位。高先生以外，其他一位就是久居北京的徐一士先生。當然，此外一定還有，不過他們兩位著述較多，接觸較廣，而且從事的時期較長。徐先生現在年高，不再能親自動筆，所以高先生的著作就更是大家所先覩為快的了。

言下之意，就是當今談掌故的，僅數高先生一人了。接着瞿氏又説：

他們兩位從事掌故之學所以得到很大的成就，有兩點我們應當注意。第一、他們不是為掌故而掌故，卻是從其他方面兼收並蓄了許多的知識，然後來談掌故的。比如説，他們所談的近幾十年的掌故，實際上是幾百年前的掌故都已羅列胸中，所以談起來原原本木，不是道聽途説。第二、他們對於資料的運用都十分謹慎。因為資料的來源非常複雜，幾乎可以説沒有任何一種不存在問題。前人的記載常有不經意的錯誤，鈔書刻書當然都可能有錯。著書有時僅憑記憶，或者受到情感的影響，也可能有意無意地錯。甚至自己親筆題署的字也錯，鄭重刻在碑誌上的也錯。尤其是有些人説親身見聞的事也不一定可靠，因為一方面傳述的人儘管説的是親見親聞的事，可是他只看見、聽見當時發生的某一場面，而於事情的全部聯繫未必了然。另一方面，這些人自己有了成見，看問題總不免有點主觀，再加上有些人為了貪圖動人聳聽，不惜以偽亂眞。這種情況就使得掌故好談而又不容易談了。他們兩位卻都是對於鑑別眞偽一點不肯放

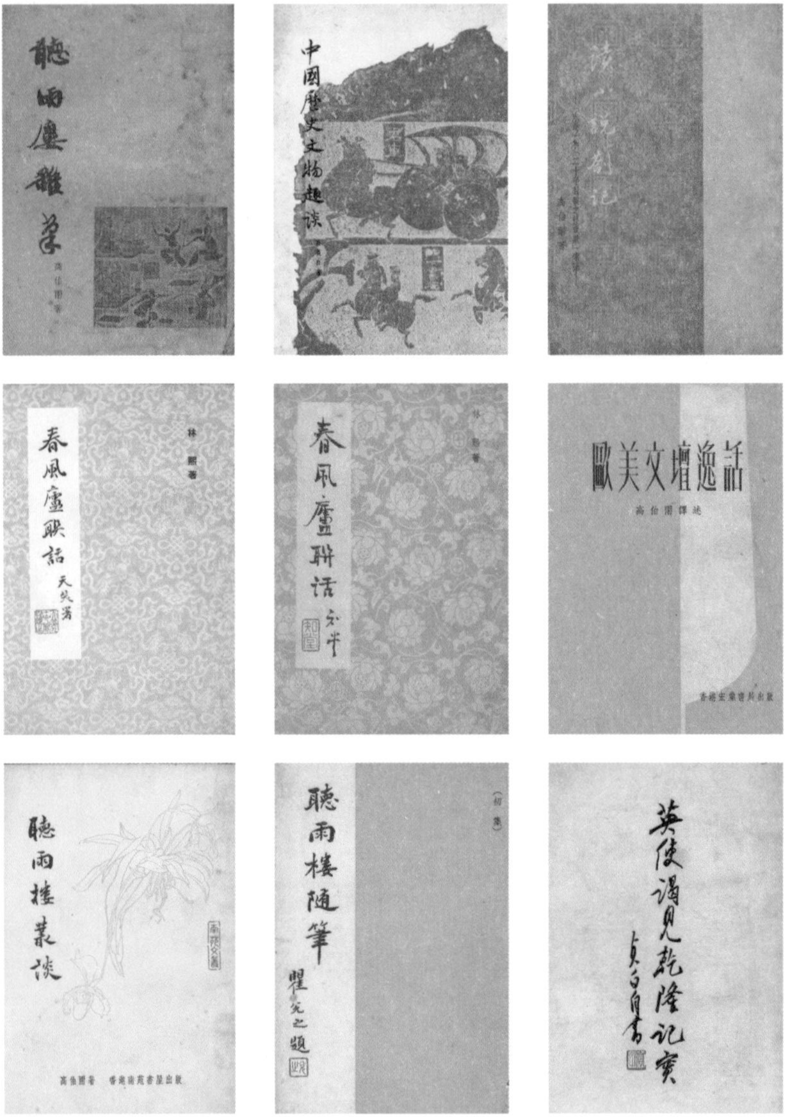

高貞白早期著作書影。

鬆的，一字之差也必須追根究柢，不容許含糊過去。自己所說的話也總是保持一定的分寸。如果有疑問而實在無法得到正確的解答，也必有一番交代。其謹嚴負責的態度，是符合學術要求的。

瞿氏是前清軍機大臣瞿鴻禨的哲嗣，他見聞多，積學厚，是老一輩的掌故學家。高先生的《聽雨樓叢談》找他作序，當中自有所傾佩和推崇。不過，瞿氏始終沒把自己算入掌故家之列。

《聽雨樓叢談》的初版本就是由瞿氏題簽。前年牛津大學出版社出版《聽雨樓隨筆》十大冊，有保留此序和題簽。

「讀其書而想見其為人」

「讀其書而想見其為人」，這兩千年前的話，道盡了讀者心理。

高先生是怎樣的人呢？以我見，他是平淡中令人起敬、也令人思慕的人物。是讀書而不求致用，有正義感而不狂熱。喜朋友、喜文學、喜多聞的一位掌故家。

而其一生遭際，亦頗傳奇。說不清是性格抑是大環境令之成為掌故家。又或者是性格和環境的適然配合？

那先從我和高貞白先生的認識說起。

高貞白堂姐夫許瑞鋆(字公遂)是筆者二伯公

高貞白七叔父高暉石

高貞白堂姐高懿莊抱着初生的女嬰許佩芳是筆者姑媽。筆者對高季子説「你姑媽抱着我姑媽」。

高貞白堂姐高懿莊是筆者二伯婆

六七十年代，讀《聽雨樓隨筆》(初集)《聽雨樓叢談》《中國歷史文物趣談》諸書，又時在報刊如《大華》《大成》雜誌、《新晚報》等讀到高先生文章，深愛老人能將繁紛史實以輕鬆筆法出之。於是有「讀其書而想見其為人」的想法。值丁巳戊午間，澳門葡京酒店舉行有賞菊會，我躬逢盛會。席間由杅庵丈(汪孝博先生，一九〇八—一九九三)介紹，始仰識高貞白先生。高先生面容晰白，身材瘦削，雙目炯炯。閒談一會，高先生雅興大發，在柏面取一柄團扇，寫「人品如西晉，家居愛北平」賜贈。此語曾是六橋贈瘿公。甚雅雋。

嗣後，我時到其灣仔寓所拜謁，或在英京酒家共餐(現為大有商場)。其時《書譜》主持曾榮光先生又多在英京邀約茶局，而我和高先生都是常客，故討教的機會亦多。

筆者有時請高先生借用文獻資料，高先生是有求必應。《澳門日報》之李鵬翥丈聞之，嘖嘖稱奇，謂高先生靠寫稿「搵食」，資料該是不易借人的。可見高先生對我青睞有加。

鄉賢是遠親

一九七八年初，筆者涉足台北，到永和拜謁二伯公許公遂先生。二伯公問我認識高貞白嗎？答以汪兆鏞公子汪孝博先生介紹認識。二伯公說「我結婚他抬橋」。原來二伯公的原配是高貞白先生的堂姐。算起來我和高先生算是遠親呢。後來我就稱他老人家「高伯」，比較親切。不明底蘊者，以為我說漏了個「雨」字。高貞白，本名秉蔭，筆名伯雨，而以高伯雨一名最為人所熟知也。本文自此段起，統以「高伯」稱謂以示親切。

高伯曾經在《波文》雜誌寫他的自傳。連載了五期。最後一期，曾講到做舅仔抬轎的事。可是故事才開頭，《波文》雜誌卻夭折了。此後也未見其他刊物上有所提及。這說「抬轎」的一期，是高伯女兒高季子影印給我的。記得當時我亦拿一老照片給季子看，(是我的二伯婆，即二伯公原配高懿莊，抱着初生的女嬰佩芳，是我姑媽。)說「你姑媽抱着我姑媽」。她聽得有點茫然，細思，又不禁莞爾。

高伯自記做舅仔「抬轎」如下：

> 原來七叔父暉石要嫁女，辦喜事，我們一家人都要到他家裏住下來幫忙，趁熱鬧……懿莊堂姊是七叔的長女，她的母親是排第二的姨太太，自從養下她和她的弟弟介素後，七叔便把她丟在澄海，不許她在香港居住了。到了懿莊姊十六、七歲時，七叔為她擇婿，選中了一個許瑞鋆(字公遂)，他的父親名梅坡，聽說是潮州揭陽人，一向在省港做生意，瑞鋆生長在省城，不懂潮州話的，這時候他大約是十八歲，在北京大學讀書，請假回來結婚的。七叔特來廣州，在西關逢源大街租了一所三開間的房子來辦喜事，我們一家在香港的六房、八房，在廣州的二房的人，大都「傾巢而出」，到七叔處襄辦喜事。
>
> 因為七叔是揮霍慣的，一天沒有酒席、妓女、清客在左右，就覺得很寂寞，所以即使在嫁女時候，他還在東書房召妓侑觴，和一羣酒肉朋友喧囂達旦。據說這一次他嫁

女，除嫁粧奩不計外，單是辦喜事等等費用，就花去三萬多元。有人說其實用不了這許多，不過是他得寵的三姨太「打斧頭」罷了。

高伯的堂姐嫁我二伯公，但卅二歲就患子宮癌離世。二伯公繼娶一閩籍牧師的女兒。二伯公本是外交官，卻受繼室影響奉主，更進而升「呢」，由地官變為做「天官」，為主耶穌基督傳道，由聖公會何明華會督策封為牧師。

家庭事略

高貞白光緒三十二年（一九〇六年）八月十六日生於香港。他兄弟姊妹中排第十七，小時就叫「十七」，或叫「十七少」。十二歲返澄海居住，其嫡母林氏認為男女合排的方法不合「古制」，該男女各排序，高伯變為排行第六了，所以又稱「六少」。

高伯幼年由表伯陳春泉關護，在回想錄中多所記述：

文咸西街俗稱南北行街，當我出生時，可說是南北行街的黃金時代，我家開設在南北行街十號的元發行，以字號老、業務大為此中「老大哥」，南北行行檔推它「話事」。（即惟其馬首是瞻之意。）元發行的對面就是元發棧，二樓住着我的父親、母親，三樓四樓是表伯陳春泉一家人所住。元發棧的正門在文咸西街，後門在永樂西街，後來出賣了才改裝為兩所房子的。樓下和二樓的後半部都是貨倉。

高伯在父親死後，仍居香港。「在一歲到七歲時都生活在香港，並且五歲起就讀於西營盤一間私塾。」（《聽雨樓隨筆》肆，頁一二〇《聖誕憶舊》）十二歲時（一九一八年三月），再回故鄉澄海縣，由嫡母林氏夫人撫養。並在家塾唸書和學書法。

一九二三年入澄海縣立中學（四年制）讀書，校長是葉浩章。（東莞人，別字根道，人稱「根翁」。京師大學堂畢業。曾任廣東省文史館館員。酷愛陳蘭甫書法。高伯之老友黃玄同兄少時曾親受教。據悉根翁喜論茶說詩，練拳義診，喜交遊卻少談政治。密邇往來者有盧子樞、張亞雄（夢飛）、鄔慶時（伯健）等人。葉浩章常言：潮人飲茶在「功夫」，粵人飲茶在「談話」。其老友鄔慶時更曾將此語推衍為飲茶歌七言長古。）

後來接葉浩章出任澄海中學校長的是杜國庠，高伯曾說一九二五年六月，「杜國庠先生回到故鄉做澄海中學校校長，開課後不到一個月，我已經和他相處很熟，名為師弟，實則朋友。」（《聽雨樓隨筆》柒，頁三三一《六十年來的香港物價》）

愛國行動

毛澤東在《中國革命和中國共產黨》一文指出：

數十年來，中國已出現了一個很大的知識分子群和青年學生群。在這一群人中間，除去一部分接近帝國主義和大資產階級並為其服務而反對民眾的知識分子外，一般地是受帝國主義、封建主義和大資產階級的壓廹，遭受着失業和失學的威脅。因此，他們有很大的革命性。他們或多或少地有了資本主義的科學知識，富於政治感覺，他們在現階段的中國革命中常常起着先鋒的和橋樑的作用。辛亥革命前的留學生運動，一九一九年的五四運動，一九二五年的五卅運動，一九三五年的一二九運動，就是鮮明的例證。尤其是廣大的比較貧苦的知識分子，能夠和工農一道，參加和擁護革命。馬克思列寧主義思想在中國的廣大的傳播和接受，首先也是在知識分子和青年學生中。

以上是毛澤東對當時知識群體的評價，所指當然是群體的「共相」，但讀來句句似為一九二五年的高伯而言。

高伯曾憶述他在澄海中學時參與了愛國行動，說：

一九二五年十月以後，澄海駐有不少黨軍，革命氣氛瀰漫，今日開會打倒土豪劣紳，明日打倒帝國主義和軍閥，到十二月廿三日，學校裏的老師李春蕃(今日之柯柏年)召集一群前進青年，先訓我們一頓，講話內容是基督教是帝國主義者的以文化侵略急先鋒，我們要打倒列強，就要壓制他們傳教活動。我們到教堂搗亂。

這個「我們」，包括前進青年的高貞白自己。而這個所謂搗亂也很溫和。這位李老師「約好了我們幾十個好事盲從的青年，十二月廿四日到城內外各教堂唱雙簧戲，神父講耶穌，我們在旁講打倒帝國主義。所謂搗亂者，如是而已，甚為溫和，未演成雙方大打。」這是澄海中學時期的革命氛圍。少爺仔也受感染而參與了「革命」行動。高伯說「因為形勢對我們有利，地方上有黨軍，冇有怕。」（《聽雨樓隨筆》肆，頁一二一《聖誕懷舊》）

按：高伯說的黨軍，是當時開入潮汕的國民革命軍，簡稱民軍、黨軍，又稱東征軍。而陳炯明的部隊則稱為粵軍。

這次領導搗亂的老師李春蕃是潮安人（大革命失敗赴滬改名柯柏年），比高伯大兩歲，是杜校長帶來的人。這位李老師和杜校長除了教堂搗亂之餘，又成立「汕頭收回教育委員會」（一九二五年十二月），收回汕頭的華英中學（英教會學校）改名南強中學作自辦。這位李春蕃老師，還曾帶領高伯的廿多位同學，以旅遊的名義，步行去海豐學習農民運動經驗。這些下鄉的同學返校後大多加入共黨，更成為澄海共黨骨幹。

高伯所謂「形勢對我們有利」，是時國共尚未分裂，澄海的進步力量高漲。以下再轉錄一九二五年十二月十一日的一則《申報》消息，用見當時情況。

（汕頭通信）潮梅秩序既經大定，各縣民政，暫時歸政治部主任周恩來掌理。……汕頭學生聯會、市教育局、外交後援會、教職員聯合會、政治部，三日在汕組織收回教育委員會。討論收回英教會所辦之南強中學、淑德女學、見理書院、童子部、福音學校等，經議決於明春一律收回自辦，會各校自行宣佈脫離英教會關係，並革除聖經及宗教儀式。英教會所辦之角石中學，及梅縣廣益中學，見潮流所趨，不可遏止，已將兩中學交回中國人自辦。角石中學舉傅尚榮為校長，廣益中學舉謝哲邦為校長。

高伯的愛國行動，並不是出於「偶然心事」。高伯當時確自命為進步。高伯「開口閉口就社會主義，共產主義。當時有位同鄉翁君，在倫敦做抽紗生意的，他曾取笑我道：『六少爺是富家子，共了產你就知味了。』我答道：『我不希罕家產，人人有飯吃，不是好過我有嗎？』」（《大成》三十七期頁三十五《從「甲寅雜誌」談到章士釗》）

這是高伯青年時的一種儒家的「人饑己饑，人溺己溺」的人道精神體現。可見其時雖醉心馬列主義，但傳統的仁學仍是佔主導地位。但歷史弄人，誰料到，當年參加衝擊外國教會加奪回教權的青年，廿五年後會在殖民地謀生活，更曾被人指責為「洋奴思想」呢！不過，這是後話了。

求學生涯

高伯還在讀中學三年級時，很愛讀徐凌霄寫的北京通訊，他在《記憶中的徐凌霄》一文中說：

一九二五年，我極醉心新聞學，立志要從事報業，打算中學畢業後入大學攻讀這一科。其時新任校長是杜國庠先生，他極力贊成我入平民大學，他還寫了公函去給汪大燮校長，凡本校畢業的學生，不必考試就可入學。

平大是汪大燮、張一麐等人創辦的，在「野雞大學」中算是比較出色的一家，中國的大學設新聞系，平民大學也是最早的一家。

如果高伯入平大新聞系，「也許與名記者張友鸞等人為同學了。」（《聽雨樓叢談》頁一六九——一七〇）

但是高伯畢業後，卻沒有上京入平民大學，而是在一九二六年六月初旬乘招商局海輪「海康」號往上海，住了二十多天才轉乘日本郵船「伏見丸」（坐頭等艙）赴日本神戶，擬投考早稻田大學（也是杜校長推薦的）。惟九月適逢喪母，遂自日本返穗奔喪。要到一九二七年一月底，高伯纔赴滬，在復旦大學讀了三個月的預科，期間曾到廣州、香港。高在《五十年前的灣仔》一文說：「當時我在上海求學，五月初忽然發生風潮，學校退還一部分學費，我立即趁船南下。」（《聽雨樓隨筆》肆，頁二）

高伯在《上海四月十三日之夜》一文透露：他是一九二七年二月從汕頭往上海。「住在四川路青年會中學的宿舍讀英文，有往英國求學之意。」「初時原擬往法國習美術，打算先在上海的震旦大學習法文，其後改變主意，先往英國數年，再往法國。」（《聽雨樓隨筆》伍，頁二一八）

一九二八年高伯負笈英倫（乘法國郵船公司的「亞多士二號」），攻讀英國文學。嘗問高伯，為甚麼要去英國留學？高伯答得坦白：「可以同賬房攞錢。」（舊日大家族有賬房）

方寬烈曾説高伯在倫敦時與劉景棠之子劉殿爵（一九二一—二〇〇七）同窗。方先生大概不知道劉殿爵生於一九二一年婦女節，一九二八年只得七八歲。查劉殿爵是戰時的香港大學畢業（一九四二年一月），勝利後一九四六年才去英國蘇格蘭格拉斯哥大學攻讀西方哲學。不過，高伯與劉殿爵是老友。劉在倫敦大學是歷史上首位華人出任講座教授，一九七八年歸港，出任香港中文大學中文系講座教授，兼中國文化研究所中國語文研究中心主任，時我入中大「搵食」，劉教授就是我的波士。劉教授無為而治，讓我逍遙十載。（及見劉九庵丈寓所懸掛趙撝叔篆額「悔不十年讀書」，即怵目驚心，愧疚不已。）有次閒聊，劉教授提及舊友高貞白，我即代為邀約高伯，在銅鑼灣百德新街轉入加寧街的香齋廚晚餐，讓兩老聚舊。席間兩老談興甚濃，説的是甚麼也都記不清了。印象中曾談到溥心畬留學德國事。後來高伯有專文討論此事。嗣後嘗請教選翁，答謂溥心畬在香港時，有個場合剛好有德國人在，德國人説德語，溥沒有應答德語，也不知所云。或者，舊王孫不屑金口爆夷語也。

説回高伯在英倫遊學，到三十年代初歸國，一九三一年入中國銀行調查部（翌年改名經濟研究室，在上海黃浦灘路）工作。（《聽雨樓隨筆》柒，頁三三六《六十年來的香港物價》）高伯是讀文的，在中銀工作與他的志趣不符。但也不無好處。他曾説過：「一九三三年（民國廿二年）三月，我還在中國銀行的經濟研究室充數……我常自誚我在中行三年，只是讀書，無功可言，頗類舊時的翰林院庶吉士學習三年那樣。」（《聽雨樓隨筆》壹，頁二八一《新歲憶舊》）高伯在《「二十年目覩之怪現狀」的掌故》透露：在中國銀行「做的只是看書刊的『研究』工作，往往假公濟私，兼看自己喜歡的書。」（《大成》二十三期頁五十三）

但如此工作，上司又怎麼能夠容忍呢。最終是爭吵離場。高伯與上司說：

> 我說幹了三年我不想幹的工作，我也膩了，想到外國讀多些書，趁此時家裏供給得起，再過十年我就不敢說了。她也贊成，就不堅持留我。當時我打算上法國去，杜國庠先生主張我往日本。
>
> 民國廿二年四月，我辭去中國銀行的職務後，在上海讀書、譯書，八九月，漫遊北平天津，南下到濟南、曲阜、泰安、南京，然後回到上海，打算下一年往日本讀書，從事寫作。杜國庠先生竭力勸我最好入早稻田大學，讀多些無產階級的文學理論。當時我對左派那一套「文以載道」的文學理論已不感興趣，還發生了懷疑。我主張「為文學而文學」，文學不應為任何一階層服務，想甚麼就寫甚麼，誠如黃遵憲所說：「我手寫我口」，絕不應我手寫那些應制文字。

高伯早年思想左傾，是受他的杜國庠校長的影響。高伯後來寫的文章，也提到當年的左傾。嘗自言：

在一九二五年，我吃酒而不「花」，原因那時我正陶醉於馬克思學說，要做個社會改革者，怎肯上酒樓叫花，侮辱女性呢？（《聽雨樓隨筆》伍，頁一二五《汕頭花事》）

高伯是在澄海中學受杜的影響而醉心馬克思。但六少到底是公子哥兒，「在家塾讀書時，喜歡《世說新語》，言談舉止，多少帶些名士之風。」（《聽雨樓隨筆》柒，頁三三一《六十年來的香港物價》）名士派的人又怎麼會是徹底的馬克思主義信徒呢。高伯後來頓悟了，不再聽杜老的勸說，不再讀馬列的書了。（杜是老實人，是老老實實的老布爾什維克。扯遠一點，六十年代杜老病重稍痊，吳南生探望他，杜老病懨懨的有所請求，吳以為是甚麼，原來杜要吳給他講國際形勢。杜憨厚如此。）但是高伯對馬克思還是餘情未了。高伯在倫敦讀書時，常到大不列顛博物館的閱書室，他「最喜歡坐在G字行的那些座位，尤其是G字第七號。喜歡坐在G字第七號的理由是：「第一，G字是我（高）的姓的第一個字母；第二，第七號座位，又是馬克思常坐的地方。」高伯還特別說明他此時「住在倫敦城外北部的Muswell Hill，馬克思墓在其附近。」（高貞白《歐美文壇逸話》《大不列顛博物館的閱書室》）高伯在《「閩變」二羅》一文（《聽雨樓隨筆》陸，頁三四一）坦言：「但我既屬富家子弟，又學前進時髦，滿腦子馬克思、共產黨學說，認為中國如果要強盛，一定要『以俄為師』，捨實行共產之外，沒有其他靈藥了。」「當時（一九三三）我對國民黨的統治十分憎惡，凡是反蔣的行動我都贊成的。」（《聽雨樓隨筆》陸，頁三四〇《「閩變」二羅》）

高伯留學英倫，本來是考劍橋的，但一入大不列顛博物館的閱書室就被迷住了。高伯後來自承，「後來我戀戀於這間閱書室，遲遲不到劍橋去，完全是捨不得那些書！」

高伯留學英倫，本來是鑽研英國文學，但回國前幾個月，到大不列顛博物館入門左翼的「東方圖書館」看書，偶然找到《東華錄》，「花了一天的時間，把它大略看了一遍，從此便喜歡研究清史，把文學姑娘半遺棄了，到一九三五年，竟完全和她一刀兩斷！」「可見大不列顛這個閱書室培養了很多人才，但不能把我培養為英國文學專家！」（高貞白《歐美文壇逸話》《大不列顛博物館的閱書室》）

掌故興趣

高伯留英，沒有成為英國文學專家，反而是專注中國的文史掌故，研究清史、現代史事。在大英博物館的東方圖書館偶遇《東華錄》是誘因，但其實在他少年時代，已經對文史掌故和現代史事發生濃厚興趣。

據知，高在六七歲時（一九一二年）已經「翻閱書齋中那部《清朝野史大觀》（中華書局編輯這部《清朝野史大觀》採自各家詩文筆記，但沒有注明作者和書名。）」（《聽雨樓隨筆》肆，頁二一二《頤和園詞的掌故》）

稍長，「讀舊制中學一年級，平日對於學校功課絕不留心，尤討厭英文、數學。但我並非不用功讀書，我喜歡讀的是漢魏六朝文和《史記》，《世說新語》、《文選》更是我時時翻閱的几上書籍。」（《聽雨樓隨筆》肆，頁二八二《「傭金買書」的姚鵷雛》）

但誰料到，高伯的掌故之學，並不是由上述經、史的觸動而生，卻是由諷誦報章上的電文而滋生的。這是很獨特的陶鎔人材的例子。

高伯坦言：「壬戌(一九二二年)以前，我是個十分孤陋寡聞的『少爺仔』，只會讀些古文、經書、章回小說、林譯小說和臨摹碑帖。」壬戌年家裏請來林姓塾師(澄海人林屏周)，跟舊日的不同，高感到自由了。「上半年我讀書可說萬分自由，讀自己歡喜讀的。因為不必應付背誦的壓力……我的時間騰下來的就多了。其時，直奉第一次戰爭發生，在大厮殺，前一兩個月，張作霖、吳佩孚、曹錕、梁士詒四個主角，大開筆戰，互相通電攻擊。那些電文也有寫得頗像《古文觀止》的，我就從報紙上抄錄下來。」(《聽雨樓隨筆》伍，頁二〇九《壬戌雜憶》)

又說到他為了弄清來龍去脈，於是

找出一九二一年十、十一、十二月份的上海《時報》來了解一下北方的政局。從此時起，我才認真讀報略知國內國外一些情形。

更重要的一句是說到「……說壬戌年是我的現代歷史的啟蒙師，我是衷心承認的，多謝吳佩孚攻擊梁士詒一通電文，引起我對政局的興趣。」興趣來了，「接下去便是一幕一幕的好戲演出了，戲目是(一)直奉戰爭、(二)直系擁黎元洪續任總統、(三)直系又把黎總統迫下台、(四)直系軍閥頭子曹錕賄選總統、(五)二次直奉戰爭、(六)直系軍閥大崩潰、

(七)馮段孫合作、(八)馮玉祥驅逐溥儀出宮。上面這些好戲是有連續性的，其搬演的時間不過三年(一九二二—二四年)，我對於這段歷史的來龍去脈及其演變的經過，都瞭如指掌。到外國讀書時才把這方面的學問拋在一旁。一九三四年對西洋文學玩厭了，才重續舊歡。」(《聽雨樓隨筆》伍，頁一六—一七《壬戌談往》)

因之，高伯還很認真摘鈔整理。不知不覺間，加強記憶，並且對那段歷史瞭如指掌。也許習慣就形成了。

可惜，許多近代史籍都忽略這場「電報戰」的細節。似乎學者們都盡心於高層次的學術，無暇作曹操讀陳琳檄、武則天讀駱賓王檄的那種趣味和幽默了。反而陶菊隱在《北洋軍閥統治時期史話》中稍有語焉不詳的些許道及。

是一九二二年初，政壇發生「電報戰」，「電報戰」導致「第一次直奉戰爭」。也造就了一位掌故家。這是「青史茫茫無此奇」，也是掌故中之掌故。筆者在此不嫌辭費了。

「電報戰」

打開郭廷以《中華民國史事日誌》，可以看到一九二二年由一月五日到四月十九日的七十三日中，吳佩孚有十七封電報是致當時國務總理梁士詒的。要是加上當時各省督軍的附和電文和梁氏的答辯，其數量就更多了。

署名發電報都是手握重兵的人，除了張作霖、梁士詒在維護和自辯，其餘的都是磨拳擦掌，大有滅此朝食之概。雖然，表態者未必真個分出是非，也未必真的誠服於吳佩孚。像一月十六日發響應電報的趙倜，三個月後即起兵反對吳佩孚了。

「電報戰」是無前例的軍人干政，苦了的是百姓，京畿的銀行本來已鬧風潮，擠提了，再加這幾個月的「電報戰」，就是雪上加霜了。只顧電文的音節鏗鏘享美名，而升斗小民則惶惶不可終日了。

吳大帥是位秀才，是凜然自比於岳武穆的。幕中又不乏文章高手(高伯老友楊雲史也是吳佩孚幕僚)，所以電文也很受人傳誦。其一月五日的「歌電」說：

害莫大於賣國，姦莫甚於媚外，一錯鑄成，萬劫不復。自魯案發生，展轉數年，經過數閣，幸賴吾人民呼籲匡救，卒未斷送外人，膠濟鐵路為魯案最要關鍵……當此一髮千鈞之際，梁士詒不問利害，不顧輿情，不經外部，逕自面覆，竟允日使要求借日款贖路，並訓令駐美各代表遵照。是該路仍歸日人經營，更益之以數千萬債權，舉歷任內閣所不忍為不敢為者，今梁士詒乃悍然為之，舉曩昔經年累月人民之所呼籲，與代表之所爭持者，咸視為兒戲，犧牲國脈，斷送路權，何厚於外人！何仇於祖國！縱梁士詒勾援結黨，賣國媚外，甘為李完用張邦昌而弗恤，我全國父老兄弟亦斷不忍坐視宗邦淪為異族。祛害除奸，義無反顧，惟有群策群力，亟起直追，迅電華會代表，堅持原案。凡我同胞同澤，偕作後援。披瀝直陳，竚候明教。

這正是高伯所見而引起興趣的「歌電」。是「電報戰」的開篇。

隔了兩天（七日），吳佩孚意猶未足，於是再發庚電，開頭便直指梁某，曰：

梁士詒賣國媚外，斷送膠濟鐵路，曾於歌日通電揭其罪狀。

接着進一步指出其不是，而末後則說：

吾中國何以不幸而有梁士詒！梁士詒誠何心而甘為外人作倀！傳曰：「與其有聚斂之臣，寧有盜臣」。梁士詒兼而有之，全國不乏明眼之人，當必群起義憤，共討奸慝，全國更不乏殷富之家，務期合集鉅資，保存命脈，鋤奸救國，海內共鑒。

到一月十日，吳佩孚第三次發蒸電，其文重申要點，其結句更說：

正義猶存，即公理尚在，存亡之機，繫於一髮。凡屬食毛踐土者，皆應與祖國誓同生死，與元惡不共戴天：如有敢以梁士詒借日款及共管鐵路為是者，則其人既甘為梁之謀主，即屬全國之公敵，凡我國人，當共棄之。為民請命，敢效前驅。

末後幾句是擺出要動武的樣子了，而且擺明項莊舞劍，意在沛公了。

到一月十一日，又再致電梁士詒，其尾段很不客氣地說：

> 今與公約，其率丑類迅速下野，以避全國之攻擊，三日不能至五日，五日不能至七日，七日不能，是終不肯去位，吾國不乏愛國健兒，竊恐趙家樓之惡劇，復演於今日，公將有折足滅頂之凶矣，其勿悔！

這裏的「三日不能至五日，五日不能至七日，七日不能，是終不肯去位」，正是套韓愈祭鱷魚文的句式，那年代的百姓都多讀過韓愈的文章，讀來會心。

到該月的十二日仍有通電，當中警句是：

> 綜觀其登台十日，賣國成績已如斯卓著，設令其長此尸位，吾國尚有寸土乎？吾民尚有噍類乎？燕啄皇孫，漢祚將盡。斯人不去，國不得安，倘再戀棧貽羞，可謂顏之孔厚，請問今日之國民，孰賣國之內閣？

「燕啄皇孫，知漢祚之將盡」是駱賓王討武曌檄文中一句。此燕指喻趙飛燕，這段又是套用唐代駱賓王討武曌(武則天)，現在套用句式，用在梁士詒身上。(梁別字「燕孫」，也有一「燕」字)罵得狠毒，也很會搞笑。

再有十五日的刪電，警句有：

公應迅速下野，以明心地坦白。前途正遠，來日方長，去後留思，東山再起。又何惜乎一時虛權，而蒙他日之實禍。

到了十九日江蘇、江西、湖北、山東、河南、陝西六省督軍省長由吳佩孚領銜請將梁士詒免職，於是梁士詒託病請假，特任顏惠慶兼代國務總理，而梁士詒之內閣只計一個月還差一日。

以上是「電報戰」的梗概，但事情未完，「電報戰」只是罵陣的前哨接觸，是整個「第一次直奉之戰」的序幕而已。

數十年後，郭廷以的《近代中國史綱》說到當時的環境：

吳要索欠餉，梁無以應。吳轉以山東問題，詆梁擅允借日款贖膠濟鐵路，「勾援結黨，賣國媚外。」以後類此的電報，雪片飛來，聲言「如有敢以梁士詒借日款及共管鐵路為是者，則其人即梁之謀主，即屬全國之公敵」，無異明斥張作霖，並限梁於七日內下野，有如直皖戰爭前夕討伐安福系的文電複本，而激烈堅決過之。直系督軍亦聯請罷梁，否則與內閣斷絕關係，此又如督軍團之要求對德宣戰、解散國會的重演，外交成為軍閥攻擊對方的主要理由，親日賣國更是罪不容誅，愛國救國為最動聽的口號。徐世昌知梁不能留，諷其引退。次年一月二十三日，梁只得出京，請假而不辭職，在位不足一個月。（頁四九五）

郭廷以在《日志》上也說吳向梁索欠餉。葉恭綽云，數目是二百二十五萬元，不果，遂有連珠砲發攻擊的電文。（見葉恭綽述俞誠之筆錄《太平洋會議前後中國外交內幕及其與梁士詒的關係》頁二二五）

梁士詒出身進士，經濟特科中名次第一，是居楊度之前。儘管能文能辯，但作為政府主管，被質詢就只能居於守勢。在强藩環伺之下，也是易招怨尤的。

關於梁在經濟特科中被張之洞拔置第一，後來被瞿鴻禨說他「名字是梁頭（啟超）康尾（祖詒）」，此語打動了慈禧。事載於《新世說》。瞿鴻禨就是前文說的瞿蛻園先生的尊人。

梁曾居港，為某俱樂部撰聯：「君子之至於斯也；賢者亦有此樂乎！」上句是集《論語》，下句是集《孟子》。大凡集句，集詩句易，集文句難，而能切合所題的又更難。這都足見梁氏的巧思。

我的波士常公宗豪（舊日香港中文大學中文系主任）嘗在本港學海書樓講楚辭，謂曾見一老女人，常來聽講，偶然遲到，則必垂手鵠立，不招呼，不張望，敬伺門外，必待課室內有招呼始敢低首入座。後來纔知這是梁士詒的八姨太譚玉櫻，後來更聞梁譚氏曾將先夫的書札文獻交託蘇公文擢為之梳理出版云。夫死半世紀，尚央人整理遺稿，當中可覘見梁家的傳統禮教和倫理。

以上，粗述「電報戰」的一些始末。「電報戰」只是前哨接觸，終引發「第一次直奉戰爭」。兵凶戰危，絕不是好事。但卻成就了一個掌故家。

涉足官場

高伯是讀書種子。他家底豐厚，他自己當時是這樣想的：

我因不喜歡做生意，早就立下心願，如果家中有能力，供給我過淡泊的生活，在外國數年又回中國，過了一個時期又到外國，以十年為期，時為一九四三、四四年，也許我的學問稍有成就。到時，即使學業無成，安坐家中，潛心學術，清茶淡飯，生活無憂，也可以過一世，誠如古人所謂：「小人無大志，蝸角是乾坤」，如是而已。不料一九三三年家破，欠債百餘萬，幸而田園屋宇不動，兩家公司的股份和存款都無恙，債項分期還清後，還勉强可稱為「富户」，還有「資格」被勒索派軍餉，買公債票。（北伐時高家負擔「派軍餉」十餘萬，後又要買公債十多萬）

高家這種破敗的局面之下，高伯還能安心求學嗎？

一九三三年十月我結束上海的家，將移居北平，先回汕頭一轉。（《聽雨樓隨筆》柒，頁二二〇《陳光甫》）

躬逢元發行倒閉，遂提前（十二月中旬）往北平，取道香港趁郵船往上海。（《聽雨樓隨筆》肆，頁二九四）

高伯離開中國銀行，「往北平閒住了七八個月」，一九三四年九月，到南京外交部任僉事，居然做起官來。高伯做官，可不是考進去的，是中國銀行經濟研究室課長唐有壬介紹的（高伯入中銀也沒有考試，而是人事），唐是外交部次長，就將高伯安插入外交部了。高伯在《何典文章》自承：

鄙人年少時候是二世祖，不是專業人才，在三十年代的社會，沒有本領謀生，只好混入官場，有機會就貪贓枉法，居然在國民黨政府下平安無事。

這是高伯反諷當年官場生態，讀者可不要當真。高伯續說：「回憶在國民政府旗下做小官時，過的京官生活真寫意。」

高伯做的官是閒差，行行企企，無所事事。高伯見辦公桌上有現成的筆墨，「就買了一大堆玉扣紙，練習小楷，寫了幾個月，居然可以『見翁姑』。」（《聽雨樓隨筆》陸，頁三八三《從張船山談到除夕》）

高伯在外交部上班幾個月，奈不住無聊就請假去北平（十二月），入住東城燈市口三十七號開辦不久的小旅館北辰宮。大少爺這次上京所為何事呢？從高伯《從張船山談到除夕》一文可知，他是北辰宮開張入住的第一個人客。店主全紹周與高氣味相投，成為知己。北辰宮在陰曆除夕還搞了個住客聯歡會，高伯並寫了四張條幅作獎品供抽獎之用。期間又發起訪問賽金花，弄清歷史真相。高伯益覺不能久呆在首都南京為官職束縛，做慣

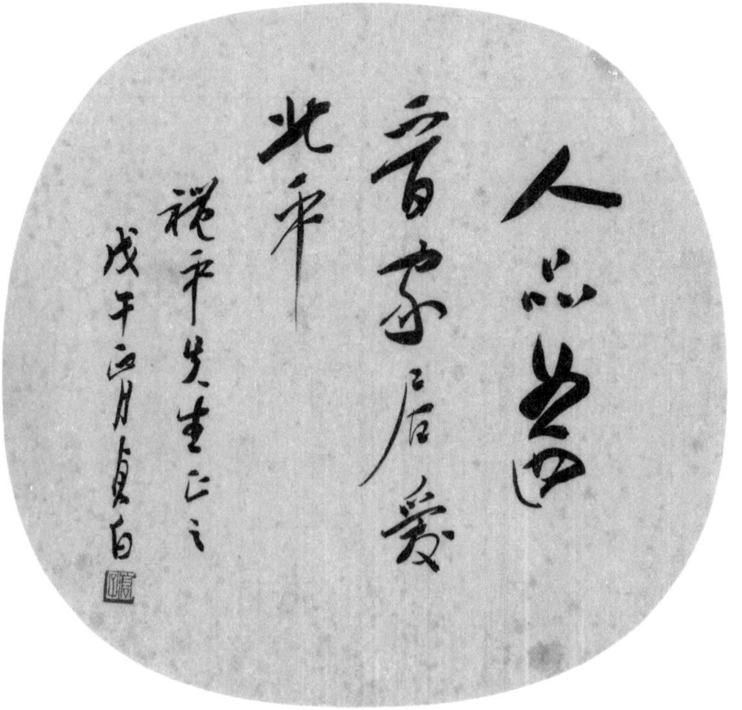

高貞白行書「人品如西晉，家居愛北平」團扇贈筆者，1978年。

少爺懶做官，況且做官也不是他所好，於是遞上辭呈，主管也通氣，即批「照准」，且羨慕高伯可以自由自在，說：「真羨慕你老兄，要走就走，將來到了珂鄉，可以築見一堂矣！」高伯「聽到末句，一頭霧水，甚麼是見一，真難倒我這個八斗才子了。忍不住問長官何謂也。他笑答：『人人都道休官去，林下何曾見一人？老兄殆此一人矣，兄弟欲休而不能休，只能人人矣！』我笑道：『長官真滑稽之雄哉！』」（《聽雨樓隨筆》陸，頁三四九—三五〇《何典文章》）

人品如西晉，家居愛北平

前文說過，一次文酒之會，高伯忽然意動，取一柄團扇為書「人品如西晉，家居愛北平」相賜。這聯是創自三多，但卻是高伯生平最得意最不忘懷的生活境界。

一九三四年的高伯，做官之暇，上北平陪太太讀書。太太考入貝滿攻讀，而自己則讀書寫作。一九三五年四月，高伯索性辭官，長居北平，尋師學藝。他通過北平藝專訓導主任林紹昌介紹，認識溥心畬，擬向之學藝。時舊王孫收拜門的學生極嚴。溥心畬聽了林介紹高伯的家世，知他留學英國回來後，先後曾在中國銀行和南京的外交部工作，現辭職來北平，利用圖書館研究學問。溥遂約見高伯，看了他的書法。而高伯的書法早有根底，那是自幼家庭薰陶的。他「小時候在家塾讀書，書齋壁上，總是懸掛幾副當代名人的對聯，上款大多數是先父的，也有一些是已謝世的長兄的。作聯的人有丘逢甲、楊兆麟、楊

溥心畬收高貞白為拜門弟子，1935年。

守敬、夏同龢、朱祖謀，還有一副是當時在北京大學任校長的蔡元培。」（《聽雨樓隨筆》柒，頁二二四《蔡元培傳》）他十多歲時就「對於臨池也曾『發燒』過六七年，一開手就臨歐陽詢的《皇甫碑》，以後泛臨漢魏六朝各種碑板，到辛酉年，更致力於龍門造像，尤其《始平公造像》一品用了不少時間去摹寫。到壬戌年八月二日大風災後，停課差不多半個月，我除了讀《世說新語》和《聊齋》來消遣外，就是臨碑，開始學臨隋碑龍藏寺了。」高伯並請其八叔從香港寄來《裴鏡民》、《不空和尚》兩碑，他「對前者較喜歡，在壬戌年中，臨摹數月之久。」（《聽雨樓隨筆》伍，頁二〇五—二一七《壬戌雜憶》）

溥以為孺子可教，於是問他往來甚麼人，高伯說有：華世奎、傅增湘、袁勵準、陳寶琛、陳三立等等，多為世交，又有上海的陳夔龍等等，溥很滿意，後來介紹人通知高伯要補說一點是：高伯的八叔是「蘊琴先生（名學濂）在香港以收藏碑帖名著一時，又喜歡收藏書籍、字畫，我對他很是崇拜，但和他的年紀相差太遠，他又常在香港、暹羅，無由親炙。」（《聽雨樓隨筆》肆，頁七〇）（一九三五年五月二十日），溥答應收為拜門弟子。（《聽雨樓隨筆》伍，頁二〇五—二一七《壬戌雜憶》）高蘊琴收藏古名家字畫甚富，如倪雲林、惲壽平等山水花卉，碑帖善本如宋拓孤本歐陽詢《緣果道場舍利塔記》等，是高伯十幾歲已經喜歡欣賞、臨摹之物，這與溥心畬靠多讀家藏名跡學習的情況頗為相似。高伯具有書畫訓練的「童子功」，此時又得到溥心畬的指授，書畫造詣大進。所寫人物、山水、花卉、翎毛諸種畫作，下筆挺拔、氣格高雅，非時人所能企及。高伯到晚歲雖然不弄丹青，但仍可懸腕揮毫作書。

高伯得列舊王孫的門牆，終日是習畫、臨池及與妻子商榷學問。此外則是交遊、訪古，也時常參加雅集。龔定庵詞所謂「安得黃金三百萬，更交盡美人名士」，此時在北平的高伯是非常愜意的。「家居愛北平」，高伯乾脆認作北平人，他的用印有「北平高貞白印信」（白文方印）。

高伯參加的雅集有陳漢第在士禮胡同寓所舉辦的「伏廬雅集」，逢星期日上午十時開始，參加者多為書畫篆刻界名人和名流學者，高伯兩三個月參加一次。（《聽雨樓隨筆》肆，頁八七《陳仲恕其人其事》）

陳漢第（一八七四——一九四九）是浙江仁和人，字仲恕，號伏廬。著有《伏廬藏印》《伏廬考藏璽印》《伏廬選藏鉨印彙存》等。曾是袁世凱任內之總統府秘書，當時秘書長是梁士詒。屬下有三個機要秘書，是張一麐、陳漢第、馮學書。都是當時知名之士。

而高伯另一老友楊千里（一八八二——一九五八）當時也在北平，他在冀察政務委員會掛個諮議名義（月薪三百元），正好也住北辰宮公寓，於是高伯就近跟楊學篆刻。高伯說北辰宮大小房間二十多個，住客楊千里之外尚有許壽裳、陳文淵、劉階平、唐嗣堯等。（一九三七年蕭紅到北京也曾住此公寓，不知高伯有沒有遇到。）

這位楊千里是社會學家費孝通的舅父，事見費著《我的家庭》一文，說：「大舅舅楊千里秉承父業，國學基礎扎實，在書法、金石、詩詞方面都有很深的功底，民國時期靠筆桿子做了官，當過相當於行政院秘書長的官職。」要補説的是楊千里曾在上海澄衷學堂掌國文教席，當時有位胡洪騂的學生就是聽講達爾文的「物競天擇、適者生存」，胡為之感動，即改名適，字適之。這該是胡十多歲時的事了。而楊千里本名天驥，他的「能文，能詩，能詞，能書，能刻，能治稗官家言，無一不佳」，實則均未下苦功，蓋絕頂聰明人也。這是鄭逸梅在《續藝林散葉》對他的評價。而于右任生平諸家贈的印章皆摒不用，而只用楊千里及吳昌碩所刻。

一九三六年冬，高伯將汕頭、香港的債務了清，八兄弟分家，理清家務冗事之後，一九三七年六月將赴上海之前，在汕頭開畫展，試試市場。高認為辦展是「試看我的藝術能否入時人之眼，肯拿錢來買，如果有人要，即是證明我寫的畫還不至無人顧盼。」

展覽會在汕頭外馬路，展出高伯畫的北宗山水人物、臨趙千里的界畫等，有《九成宮圖》，《滕王閣圖》等等，都是金碧輝煌之作。汕頭雖然是屬廣東省，但不流行二高一陳的嶺南派（時稱折衷派），而是崇尚任伯年吳昌碩一路的海派。所以汕頭畫壇是海派天下。高伯以北宗山水示人，自然一新耳目，而大受歡迎了。由於參觀者眾，展覽期本來是三天，加延三天，前後六日，銷售成績不錯。「居然也賣了幾千塊錢，買畫的人，多數是不相識的，反而相識的人買的不多」。

高伯説，「於是我才驚訝潮汕有不少收藏家和藝術欣賞者，以前我小覷它了。更奇怪的是買畫的人以做生意人為多，年齡都在四十以下。他們來畫展場看了幾次就下手買，並且不講價，爽快之至。」

一九四九年十一月高貞白(前左)參加「勞軍美術展覽會」，與一眾書畫家、名星雅集。參加者有黃永玉、陳公哲、廖冰兄、李麗華、王丹鳳、李鐵夫、陶金、萬籟鳴、顧而已、劉瓊、雷雨、梁永泰…等。

參觀者之中，有一位劉先生，就是後來赫赫有名的虛白齋主人劉作籌。當時高與劉不認識。隔了二十年後，在香港相識。高伯說「劉兄為黃賓虹高足，也和我一樣三十多年不作畫了，他忙於銀行業務，我則忙於筆耕。」（扯遠一點，七八十年代劉公喜在中秋節約一班書畫界老友在中環德輔道中環球潮州酒樓餐聚，參加的有高伯、吳其敏、饒宗頤、蕭立聲、陳蕾士等潮州人之外，還有萬一鵬、李喬峰、譚志成等人。我也有幸忝陪末席。但當年雅聚諸前輩幾乎悉數作古，僅存饒宗頤和我二人而已。）

畫展成功，高伯受到鼓勵，打算去「上海，北平，多用功夫學習寫畫，再多五六年稍有成就，如能以賣藝為生，『不用人間造孽錢』，於願已足。」但高伯的美夢，被蘆溝橋炮火破滅了。七七事變，抗戰軍興，高伯選擇返回遠離戰火的香港定居（一九三七年八月二十七日）。先在皇后酒店住半個月，十月再搬到元朗逢吉鄉一所齋堂居住，到一九三九年二月才搬到九龍。五月搬到九龍城獅子石道租一小房間居住。十月為方便在報館工作搬去港島堅道居住。（《聽雨樓隨筆》柒，頁三四三—三四五《六十年來的香港物價》）

一九四八年，高伯經濟狀況雖然不佳，但他熱心美術教育，曾與幾個老友商量合資開辦美術學校。他在《從香港美術教育談到香港美專建校三十年》一文中透露：

> 一九四八年，我和陳君葆、葉靈鳳、馬鑑諸君，曾有意每人拿三、五千元，合作來辦一所美術專科學校，從小規模逐漸辦起，希望十年八年後，能按着社會的需要而擴充。

這個提議，談談商商了差不多一年，是天翻地覆的一九四九年，高伯「準備要拿出的資金不易籌措」，「此意就暫時打銷」。高伯在《不識萊蕪島》一文透露：「一九五〇年我的硯田歉收，窮到不得了，迫不得已賣去一些書畫印石，維持七口之家（加上兩個女傭，則九人矣）。」（《聽雨樓隨筆》陸，頁一四三）

窮到賣心愛的藏品，是因為自己可繼續生產的書畫作品在香港不易賣。高伯一生人只辦過三次個人書畫展。首次是前文所說的，一九三七年六月在汕頭舉辦，十分成功，「買畫的人，多數是不相識的。」十年之後的一九四七年三月，在香港中環華人行八樓，舉辦第二次個人畫展，這次是有老友（如張肖梅弟弟忠保和勇保等）捧場「欣賞」，「很賣了些錢來幫助我『行行企企』便有飯食的悠閒生活。（其時尚未全部時間寫稿謀生，但已為《星島晚報》、《工商日報》、《華商報》、《新生晚報》寫一些了）」（《大成》一八二期頁三十三《名人名片憶談》）。高伯說，五十年代張忠保、張勇保「兩兄弟都在香港經商，發了大財，我兩次開畫展，勇保都大力支持，很夠朋友。」（《大成》一八五期頁四十八《從舊日記談到民國廿一年的上海》）

第三次個展，則是一九四九年三月，在香港思豪酒店（今歷山大廈）舉辦，高伯說「頗有所獲」，但我頗有懷疑，因其時神州鼎革、兵荒馬亂、人人困於生計，哪有餘力買畫？這與高伯當年在汕頭的畫展銷售暢旺完全不同，遂偃旗息鼓，從此不再搞個展了。

四十年代末五十年代初，高伯以畫家身份，和一眾書畫家往來雅聚，雖然不再搞個人畫展，但偶爾湊熱鬧，友情客串，拿幾件書畫參加群展。

例如一九四九年十一月，「勞軍（解放軍）美術展覽會」在華商總會樓上舉行，高伯與一眾書畫家、名星雅集留影。月前筆者覓得此照片，請照片中人黃永玉丈和黑蠻兄幫忙「認人」，高、黃之外，認出：陳公哲、廖冰兄、吳家讓、姜明、李麗華、王丹鳳、陳琦、李鐵大、許上遠、陶金、萬籟鳴、顧而已、劉瓊、雷雨、溫少曼、梁永泰、梁道明、黃超等。

又如一九五〇年三月在華商總會禮堂舉辦的「購債美展會」，高伯也拿出畫作參展。這次美展規模頗大，展品約三百件，參展書畫家尚有李鐵夫、黃潮寬、陳福善、李秉、余本、伍步雲、陳海鷹、簡琴石、方人定、關山月、柳亞子、陳荊鴻等等。

又如一九五〇年十月七日，高伯與老友夾錢每人八元，在金陵酒家公宴高劍父七十生日。

一九五〇年十月十一日，港九美術協會在灣仔英京酒家舉行成立大會，與會者百人。高伯與鄧爾疋、曾靖侯、陳公哲、陳福善、鮑少游、馬鑑、黃般若、余本、黃潮寬、錢瘦鐵等等被選為理事。

一九五一年六、七月，港九勞工教育促進會為籌募勞校經費，在華商總會樓下及四樓禮堂辦「美術義展會」。高伯和一眾書畫家、學者呂燦銘、陳公哲、陳海鷹、黃永玉、鮑少游、馬鑑、趙少昂、桂南屏、余本、張大千等近百人拿出作品參展。

高伯最終沒有做專業畫家，後來也沒有寫畫，所以他的畫作，傳世不多。我得到他的墨跡，先是在澳門菊花會雅集時承賜團扇行書，繼在港又得其賜行書條幅。當時一直想收一張他的畫，又不好意思開口，到七十年代末，始在灣仔軒尼詩道三益書店蕭老闆手上，覓得高伯山水畫一軸，是北派馬夏遺風，也就是溥心畬一路。蕭老板索價港紙一百五十，照付如儀。這是我收高畫的第一件。

筆耕生涯

說回高伯避戰火返回香港後，開始寫作生涯。

一九三八年嶺南大學出身的李丙峯和一班同學創辦《中國晚報》，宣傳抗戰。高伯為這家報紙主編副刊，高伯由是擠身報界。時國民黨中宣部派陶百川來香港辦《國民日報》（一九三九年六月出版，報社在中環擺花街），也是宣傳抗日。高即投稿該報，受到賞識，一九三九年十月被聘請為電訊翻譯兼副刊編輯，做了半年。（《聽雨樓隨筆》伍，頁二四七《香港人果醜惡耶？》）期間除為《國民日報》撰文外，並為《中國晚報》、《星報》、《大風旬刊》、《東方雜誌》寫稿，稿費月有七八十元。比《國民日報》所給的薪水港幣五十元要多。（《聽雨樓隨筆》柒，頁三四五—三四六《六十年來的香港物價》）也曾為榮記洋行（國民黨駐港機構）李履庵《社會公論》月刊撰稿。（《大成》二十三期頁五十四）

「後來袁錦濤得高可寧支持辦《越華報》」，高伯和老友何偶郊同時加入。高「是翻譯主任，偶郊為編輯主任。」（《大成》第九十九期頁三十四《從我的日記中看四十年前的香港文化人》）「半年後《越華報》停辦，據云日本人向高伯（高可寧）施壓力，將對其『中

央』不利也。」（《大成》第九十八期頁三十八《四十年前的十二月八日》）

一九四一年，高伯「名義上是《中國晚報》的副刊編輯，但編務卻交給一個二十多歲的文藝青年鄭雙甲去搞。」「省下時間在家裏寫稿」。當時高伯給「《工商日報》、《天光日報》、《國民日報》、《星報》定期寫稿，又給幾家雜誌約定寫文稿和譯稿，計有：《國際通訊》（陶希聖主持，以連士升、李毓田負編輯之責）、《中國評論》（教育部特派文化專員鄧友德主持，杜衡編輯）、《東方雜誌》（總編輯原為李聖五，李追隨汪後，由鄭允恭繼任）、《大風》旬刊（簡又文、陸丹林主編）。單是這些報刊就使我忙到不亦樂乎了。《中國晚報》的副刊編輯也不想幹，免使每日必到報社一次，躭擱時間。」（《大成》第九十七期頁三十七《四十年前的十二月八日》）

這一兩年，高伯可謂硯田豐收。高伯稱：「我的收入主要是靠報紙的副刊，其次是雜誌，當時報刊的稿費，每千字最高不過二元半，一般則為一元、一元五角，《東方雜誌》和《國際通訊》、《中國評論》最高，《工商日報》梁厚甫（寬）做總編輯，他約我和鄭郁郎、林友蘭三人專包辦一個副刊的稿件，我平均每天交稿千五六字左右，於是我的主力戰便放在《工商日報》上面。」（《大成》第九十七期頁三十七《四十年前的十二月八日》）

> 日本攻打香港那一年（一九四一年），是我在香港寫文字最多的一年，經常投稿的報紙有五六家……所投的除《工商日報》和它的附屬《天光日報》外，皆屬抗戰後在香港新辦的，如《申報》（史量才之子辦的，出版不到一年就關門大吉），《大公晚報》、

《中國晚報》、《國民日報》、《星報》、《越華報》都是經常投稿的。(《聽雨樓隨筆》肆,頁三一六《民主人士的論調》)

一九四〇年五月,高伯去越南海防任職於中國運通公司,業務是搜購物資由滇越路運入昆明,但為時僅一個月,「總公司要把海防的分公司結束,歸併入昆明總公司。」高伯只有返香港,重任《中國晚報》副刊編輯兼譯電報。此時高伯租住堅道烈拿士地台一個大房間。月租二十八元。是中央社一個職員張慶彬做包租公。(《聽雨樓隨筆》肆,頁七六《物價》)

喪亂歲月

未幾,太平洋戰爭爆發,香港淪陷,高伯家累重,沒法離港。時任某校國文教籍以餬口。復為日本總督部成立的「東亞文化協會」網羅,據方寬烈說「不過他事前經徵得重慶國民政府潛伏香港的地下人員羅四維同意」,才加入此協會。「日本在香港的報導部長多田,班長高雄都是中國通,每星期日中午在中環大同酒家三樓設宴兩桌,請文化界吃飯,參加的有葉靈鳳、陸丹林、陳君葆、連士升、楊千里、嚴既澄、鄭家鎮、戴望舒、鄧芬、鮑少游、簡琴齋等,飯後每人更贈白米五公斤。」(方寬烈《香港文壇往事》頁五十二)高伯嘗告訴方氏,「當時如果堅持不食周粟的話,全家早已成為餓殍了。」對於這段無可奈何而又不那麼光采的經歷,一般人都諱莫如深,但高伯卻坦蕩蕩,主動告訴搞香港文學研究的小思。

在日偽統治時期工作過的人，往往被人視為「落水」。高伯曾受到某報讀者楊氏詰難。高伯公開澄清：

> 楊先生說我車大砲後，接着說我「你明明是日偽時代的廣東省物資會首長，掌握着廣東（其實關係整個華南）商民的生殺大權，還說沒有做官？」搞錯了，把馮京作馬涼了，物資會首長是江西萍鄉人，化名為張幼雲的，與鄙人無關，張為在重慶軍事委員會國際問題研究所，通過周佛海，認作周的表弟，派到廣州工作的人。他於一九四一年十　月到職，不久，日寇攻陷香港，在港和他聯絡的人派我去協助他一個短期間，楊君叫我「有勇氣把他的信刊出來」，我為何不敢？這事，三十年來我的知友皆知，將來我有詳細記述。（《聽雨樓隨筆》伍，二七二《車乎？懵也！》）

高伯在三年零八個月的香港，過得艱難。一九四二年五月初，曾到廣州變賣祖產，又與朋友合營生意，以失敗告終。一九四三年初春，高伯在廣州一德路開設商號（隔三四個鋪位是其友賈俊卿的誠興莊），高伯說：「其時我與嚴既澄的學生李某合作，以高價投得廣州市垃圾經銷專利，四鄉農民來購買作肥料也？市府每年招商投標，價高者得。我們一連兩屆投得。這項生意不容易做，「到一九四五年一月才放棄。」（《大成》一五〇期頁十八《曾希穎與熊潤桐——廣東顒園五子逸事》）

一九四四年冬，高伯避地澳門。（《聽雨樓隨筆》柒，頁一〇八）高伯在澳門所為何事呢。原來是拿鑊剷當炒家。他在《利為旅酒店二〇四室》（《聽雨樓隨筆》陸，頁一二二）一文自道：

當時我和一班朋友合資設一銀號在新馬路，做「炒」的生意。每天中午往「辦公」，下午回家。

這家銀號，叫「萬益」。高伯另文曾言及：澳門「萬益銀號，我也是股東之一。和平後，萬益就移來香港營業，設在大陸罐頭公司的閣樓（中環永樂街一三二號地下）。一九四八年末停業，以乏人主持業務也。」（《大成》一八二期頁三十三《名人名片憶談》）

到抗戰勝利，香港重光不久，高伯才返回香港（一九四五年十二月）。高伯說：「抗日戰爭結束後，我重來香港，因為有些生意在廣州仍可賺錢，中共尚未來共我的產，我已決意從商，不想在文字場中討生活了，足有一年不寫文字。」（《大成》第一九〇期頁二十七《靜坐漫談》）高伯先在老友陳子昭（南北行街榮豐隆行老闆）般咸道寓所住了一個多月，期間陳子昭也有過這樣的幻影式故事：

高伯在《陳子昭及其書札》一文透露：他「近四十年（時一九七七）住在香港，香港的同鄉人雖然很多，但常常見面坐談的不過三五個，這三五個中子昭先生是其一，他是做生意的，而我則在香港過着筆墨的生涯，照常理來說，我們都不易成為好友的，但我們竟能由相識好友而成為知己。」

這位高伯視為知己的陳子昭，長高伯廿多歲，是南北行榮豐隆老闆，為人誠摯，又喜藏書畫，一九四〇年收得寶迂閣舊藏精品，有聲於時。和高伯很投契。抗戰勝利後，高伯從澳門返回香港，就是寄住在陳子昭般含道寓所。

高伯續說：

有一晚談到我這次回來香港的職業問題，當時我滿懷信心，認為日寇既已退出中國，將來大局安定，廣州、香港、上海間的商業大有可為，我在廣州、澳門和朋友合股的生意，都是國幣，也許我要去上海一轉，看看那處的情形，而且澳門的朋友已作好了準備，在上海開設一間字號，我答應參加他們一些股份了。

子昭聽了不作聲，歇了一會他才說：「我看你不是會做生意的人，你現在合人家做生意，不過參加股份而已。這不打緊，生意贏虧，年終給股東一篇賬目，甚麼事你可以不理。但如果你自己做，你一定做得一塌胡塗的。我看你不如在香港開設一家像集大莊那樣的商店，兼賣書畫書籍，這倒很適合你做，做得對，也很容易發財的。」我說：「這是個好計劃，不過目前我手上沒有港幣做資本，已經答應了朋友參加上海的股份，不便食言。但這門生意倒很合我胃口，待我去上海回來後，再計劃一下。」子昭又說：「如果你有意，我可以玉成你，不過我現在手上能調動的現金很少，過多一兩年，我的生意活動了，到時我們合資來開這個商店，我不愁沒有書畫好欣賞了。」

可惜我們這個計劃都不能實現，過了年，我的家人從澳門來了，恰好我在清風街找到房子，便從子昭處搬出來，不久我就去上海，住了大半年才回香港。這時候內戰又發生，國幣跌價，拿國幣來換成港幣做生活費用，一年多工夫就把我僅有的現金吃光了。同時，子昭主持的生意，也不見得很蓬勃，所以我們見面時，只能把這個計劃暫時擱下，不付諸進行，以待有機會時再說。豈料過了七八個月後，子昭的胃病發作，入住醫院經年，動手術後，回家將養，終於一九五〇年四月九日謝世，享年六十九歲。我們的計劃，從此永無實現之日，現在想起來，使人惋惜不已。

高伯再補充：「如果我們的計劃成功，就較今日著名的集古齋早開設十二年了。」（《大成》四十五期頁四八—五二）

高伯的祖（滿華）、父（舜琴）、兄（學能），都擅貨殖，但高伯卻沒這些基因，只能是淫文獻叢殘。如果高伯真的開成此店，就很可能沒那麼多時間筆耕，那麼人間就少了千萬言的精彩篇章，世間就少了一位掌故大家了。

高伯在陳子昭寓所寄住一個多月，待租了銅鑼灣清風街二十一號二樓（業主是永樂東街南北行貨批發店公合號的老闆李博文），家眷才從澳門過來。一九四六年四月初，高伯從香港往上海，候機往台灣找工作。（《聽雨樓隨筆》柒，頁三〇七《精微牙刻》）旋因局勢劇變，九月末又從上海回香港（《聽雨樓隨筆》柒，頁二二〇《陳光甫》）。還是選擇寓居香港為佳。

高伯與朋友合資生意做不成，與陳子昭合作開畫店開不成，去台灣又去不成，一九四七年秋自上海返香港之後，只好重操筆硯。

高伯此時忽遇到老友王季友，王「代他的朋友拉稿，要我長期為《星島晚報》大量寫文字，越多越好。一時引起我的興趣，於是重為馮婦，又舞起筆桿上陣了。這時候，《工商日報》由龍實秀任總編輯，兼主副刊，一九四二年之前，我便是《工商日報》和《天光報》的長期撰稿人，不過那時的總編輯是梁寬，《天光報》則為龍實秀，現在龍兄邀我寫稿，斷無不幫忙之理的，從此又再恃賣文為活，坐在家裏，像工廠般出貨，自由自在，倒也很寫意。」（《大成》第一九〇期頁二十七《靜坐漫談》）

不久，攜舊友游劍池（汕頭怡和洋行買辦）致胡文虎的八行箋，由賈訥夫引見，遂入《星島日報》工作。初擬派高往檳城任《星檳日報》主筆，熟悉環境後再升為社長。但高伯與《星島日報》社長林靄民表示不敢攀此高位，只要求做個編副刊的小編輯而已。不久《星島晚報》原來的副刊編輯黃堯（漫畫家）辭職去新加坡發展，高伯遂得以補缺。「一九四七年十二月一日，我進《星島晚報》主編《星晚》副刊，寫稿更忙了。」（《大成》第一九〇期頁二十七《靜坐漫談》）

高伯在清風街的戰前樓（四層高）一住十八年，由月租九十元住到一百一十六元。一九六三年十月搬去希雲街居住，有兩廳三房，儼然豪宅，月租五百五十元，相當昂貴了

（業主係羅律師遺孀）。兼要供養五個兒女，負擔頗重。這繁重的開支，完全靠他一枝筆來解決。七十年代，兒女長大，好幾位出來可以做事了，高伯才輕鬆些。一九七六年再搬去灣仔駱克道女兒的物業（女兒遷美孚新邨），一直住到仙遊。

高伯靠搖筆桿養家，經濟狀況可想而知。但他重信用，從不欠租。有時稿費未到，實在沒錢，只有硬着頭皮打電話通知業主，也只是延三兩天而已。

高伯嘗告我，解放前夕他在澳門炒金，但信錯國民黨，致全軍盡墨。祇有筆耕養家。我應以「如果你老人家炒到盆滿砵滿，我們就讀不到你這許多精采的文章了。」真是作家不幸讀者幸。

前文提到，戰後高伯開始寫專欄。一九四八年初《國民日報》復版（社址在高士打道日本海軍俱樂部，後為《香港時報》），主編者為金滿成，《國民日報》是國民黨辦的，欠薪欠稿費聞名，高伯雖然與金相識，金自身也領不到薪水，每日還要白寫幾千字充斥副刊版面，所以高伯不願為行將就木的《國民日報》供稿。其時高伯編《星島晚報》副刊，但未及一年，《星島日報》總編輯沈頌芳未徵得高伯的同意調其職務，高伯向林靄民抗議，申明早前說過「除編副刊外，甚麼都不做，如不收回成命，我就辭職。」林說好說歹，高伯不之聽，立即辭職（一九四八年十月）。（《聽雨樓隨筆》陸，頁八—九《歲暮懷舊》）從此專心在家「寫稿出賣」，投稿《大公報》、《星島日報》、《工商日報》、《工商晚報》、《新生晚報》等等（《聽雨樓隨筆》柒，頁二—三《〈性史〉面世六十年》）。

高伯「寫稿出賣」，純係「搵食」，所以「供貨」不分黨派，也曾為「第三勢力」刊物供稿。高伯曾在《從舊日記談到民國廿一年的上海》一文透露：「一九四九年十二月在香港偶然和他（丁廷標丁文江之姪）見面。那時候，他已是青年黨一個不大不小的幹部。他知道我賣文為活，就拉我為他們的第三勢力刊物寫稿。我先向老丁聲明，政治文章不會寫，反共文章不肯寫，如果是不登大雅之堂的風花雪月，西洋趣味的文字，要定造多少就多少，本廠無任歡迎。」

五十年代初，美國支持反蔣反共的第三勢力，「香港的第三勢力得美元之力，辦了不少刊物，我和這方面沒有關係，但也藉老朋友丁廷標照顧，在此中乞其餕餘養活了一家人，如是凡五年之久。到一九五九年丁君謝世，而第三勢力已是水尾，幾個大頭頭鷄飛狗走，遂成烟消雲散之局，至今在敝笥中尚有當年刊出在《中聲晚報》的拙譯西洋幽默剪報十餘頁，聊為紀念，也可見友朋聚散的蹤跡。（《中聲晚報》創刊，初時由該黨派史澤之主持，史君即邀我大量供稿。這個勢力收檔後，澤之在蘇浙中學教書，近年已移居美國。）」（《大成》一八五期頁四十四《從舊日記談到民國廿一年的上海》）

一九五一、五二年之交，高伯應徐亮之之邀，「在一家高舉旗幟反共的三日刊小報名叫《人言報》」編副刊。高表明「我對反共並不感興趣」，徐亮之答應高編的這個副刊，「可以不登反共八股，只談風花雪月。」徐亮之名梗生，江西進賢人。徐嘗語高伯：「我逃來香港時，身邊只有一兩黃金，不屑求美國人，也不屑求台灣，求他們，不會有自由的。」（《聽雨樓隨筆》叁，頁二五三《我和徐亮之》）高是一九五〇年才認識徐的。徐本身窮書生，也靠賣文為生，那來錢辦報刊呢。原來「這個報的後台老闆是程思遠，更遠的後台老闆是隱居北美的李宗仁。」徐亮之原是李宗仁的秘書（當時與程同住九華徑樓上樓下），由徐出面主持報務。但此報甚短命，「出版四個月就關門大吉」。（《聽雨樓隨筆》陸，頁二二四—二二五《反共與借書》）

高伯為後台老闆李宗仁的《人言報》編副刊，也為後台老闆是蔣介石的《香港時報》寫稿，「伯雨筆名最先用於《香港時報》」。「打從一九四九年六月起，到一九五三年，我經常有稿供它，同時和《大公》、《新晚》、《週末》等所謂左報一樣寫，無分彼此，左沒有嫌我為右寫，不要我的稿，右也如此。大概我賣稿只是做生意，不談政治，尚無大礙之故。」一九五二年開始，高伯為《香港時報》楊彥岐主編的《淺水灣》副刊寫隨筆專欄「南海隨筆」（《聽雨樓隨筆》陸，二五〇—二五三《終於相識的朋友》），兼為左舜生雷嘯岑等人辦的《自由人》週刊撰寫《蘯廬隨筆》（數期即止）（《聽雨樓隨筆》陸，二五〇—二五三《終於相識的朋友》），復以「高適」筆名為新加坡《星洲日報》寫《適廬隨筆》等專欄。高伯自己透露：

一九五六年至六二年，我在《華僑日報》有個每天五百字的框框，曼谷的《中原報》、新加坡的《南洋商報》、《星洲日報》則自一九五一年始，便有稿約，不必每天都要一篇，但一個月中每一家都登十多二十篇，而《南洋商報》時時多至三十篇左右。

一九五七年初……那時期，我在《星島日報》兩個副刊（一個葉靈鳳主編，一個鄭郁郎主編，兩君皆一九四〇年相識的，最近十年中已先後仙去，令人懷念）寫了很多文史的短稿。

高伯暨寫又編，馬不停蹄。一九五九年《循環日報》出版主持人是原來《星島日報》的社長林靄民，林約高伯客串編輯一個文史性的雙週刊。（《大成》八十三期頁五十《陳彬龢與申報及大華半月刊》）

五十年代至七十年代，高伯的寫作量驚人。有一回包天笑問高伯，每日寫稿要寫多少字，高答：「多則三四，少亦二三千，不能少過此數。」（《大成》第二期頁三十七《記最老的作家：包天笑先生》）常人工作八小時，高伯倍之。那個時候，高伯每天寫稿十六小時。沒有時間運動，所以不敢多吃，小吃多餐，後來飯量太小，用燉盅燉飯。有段時候，晚上九時左右，高夫人饗以小燉盅鹹瘦肉飯。

每天要寫幾千字養家，難免沙石，有讀者關注，高在《不以人廢言》一文中答覆讀者謂：

> 我怎敢做考據功夫？如我做，一日只能寫出數百字，多亦千字，如樂此不疲，早已餓死久矣。（《聽雨樓隨筆》伍，頁二五五）
>
> 原來自一九五〇年後，我為了應付生活，不得不多寫文字，每日寫一萬字左右是常事，每成一文，自己不再看一遍，當然有漏字、錯字、別字和不通的語句，為了省時間，寫完就寄出（當時我和泰國的《中原報》、新加坡《南洋商報》、《星洲日報》

長期寫，近三四年已不為《南洋商報》寫了，《星洲日報》今年（一九八二）八月起也不寫了）讓老編去修改。（《聽雨樓隨筆》伍，頁二七〇《車乎？懵也！》）

五六十年代，冷戰時期。報刊雜誌，有左派右派之分，壁壘分明。高伯筆耕地盤，左右兩派兼而有之。他嘗自言：

因為那時候我為左右派報刊寫的稿頗多，各派用各派的筆名，河水不犯井水，即如高伯雨也是筆名，後來才「弄假成眞」的（用「聽雨樓隨筆」和「伯雨」一名，始於一九四九年六月《香港時報》創刊之時）。（《聽雨樓隨筆》壹，頁二七二—二七三《〈紫禁城的黃昏〉的版本》）

高伯晚歲仍然筆耕不輟。一九七八年以溫大雅筆名撰《望海樓雜筆》，七八十年代以林熙筆名為沈葦窗辦的《人人》、《大成》雜誌撰述，每期供稿二萬字。其他報刊約稿，能推則推。聽說《信報》約高伯寫稿，高伯擬要求高稿酬，好讓該報知難而退。但編者鍥而不捨，也好奇這位老先生何以敢要求高稿酬，約見傾談之後，認為值得，高伯推不掉了，遂為《信報》寫專欄，由一九七九年三月開始，一直寫到往生為止。

高伯後來在《壬戌談往》一文中透露：

我喜歡《信報》能給我無所不談百無禁忌的自由。

高伯喜歡在《信報》這個地盤可以天馬行空、隨心所欲的揮筆直書。而許多讀者買《信報》，為的是要看高伯這專欄。高伯也曾在文章中感謝「粉絲」讀友，說：

多謝很多老友要看拙文，每日都花八毛，日前和吳其敏兄吃茶，他還說：「我日日買八毫了《信報》，不看別的，只看你一篇。」可謂代價大矣。假此統致謝意。（《聽雨樓隨筆》伍，頁一〇八《十七年後的……》）

寫了幾十年，有時也會有文思苦歇的，八十年代高伯在《此呼彼應》一文透露：

七月十七日早晨，在三號強風訊號下，遠聽呼呼作響的風聲，此時最好的娛樂，就是慢慢地兩個鐘頭把六份早報讀完，看看有沒有可以「呼應」的文章，引起我作文的興趣。讀到《明報》的副刊，同在一版，居然發見有兩篇文章可資呼應的，為之狂喜，今早寫文章不愁無資料了。（《聽雨樓隨筆》陸，頁一二〇《此呼彼應》）

高伯這看似應付專欄文章的文字，卻蘊藏許多資訊。如這篇文章所說的：

一九五八年，我為新加坡《南洋商報》寫稿，用的筆名很多，不知怎的，簡而清也是我的一個，而不知香港有個真真實實的人名叫簡而清，且為老友之子，宜稱為世講者也。這個筆名用了好多年，到一九六四年後才停用。不用問原因，非關世講，而是用久，便要收藏罷了。

這一段文字就為研究香港文學史的人提供重要訊息，此「簡而清」不是彼「簡而清」了。其實高伯交遊廣，見聞多，行文是不乏材料的。有的史料、故實，來自老輩口中。例如廣東早輩藏家羅原覺（一八九一——一九六五）常與高伯吹水。一九四三年高伯和羅訂交，「一九四八年後，羅原覺避居香港，每星期至少來我家談天一次，我從他口中得知廣東不少藝壇故事。」（《聽雨樓隨筆》肆，頁一一一《畫家掠美》）

又例如，高伯老友香港藏家馬老二（名復，字武仲），與舊日廣東藏家辛仿蘇（一八七六——一九二八）同鄉，「從小即有往還，他知道耀文的故事最多，二十年前（一九五六年），馬先生和我談過他不知多少次了。」「現在香港鑑藏家的藏品，有不少是他的遺物。」（《大成》三十九期頁二十八《廣東鑑藏家辛耀文》）過去香港藏家雖然關注辛仿蘇的生平，但苦於有關文字記載太少，所以不大了了。高伯就是靠老輩（馬老二）口述，再參以其他材料，撰寫出一篇「含金量」極高的《廣東鑑藏家辛耀文》，解決書畫收藏界關注的問題。（這篇文章在《大成》發表，這就是《大成》備受讀者歡迎的原因之一）

高伯歷年與諸名士交往，聽到許多藝壇故事，陸續寫出來，獻諸世人，一以「搵食」，一以保存史實。

高伯行文幾十年，題材難免有重複。這方面也曾聽到報界前輩的微辭。高伯自我解嘲云：「姑且談談十年前的事吧。十年並非很長，但香港人事忙，前一年的事早已忘記了。至於十年前的事有如隔世，『唔記得了』，所以我的古就能夠講之不盡。」（《聽雨樓隨筆》肆，頁二二〇《從陳潔如之死談起》）

高伯高壽，自有他生存之道。他講古，不論今。有人問高伯「為甚麼不多談今時今日的事」？高伯應以：「今時今日的事不是『掌故』，未必為讀者所樂聞」，還有更重要的是：「在此時此地，月旦人物，批評社會，易招愆尤，甚違古人明哲保身之道，暫時敬謝不敏。」（《聽雨樓隨筆》貳，頁一五九《聽雨樓隨筆(初集)自序》）

政治面貌

高伯是世家子弟，而性好文史雜藝，是傳統形式濁世佳公子的典型。不過，筆者覺得在民國之初，一些人把修身和問世，往往是作不同處理。像章太炎，政治上激進，但修身學問和志趣卻是極為保守的。魯迅是政治的先鋒人物，但做學問卻是踏實的恂恂儒者。胡適、劉師培等等，都是把政治表現和學問潛修分成作兩個極端的態度。

高伯也是如此，他有經史根底，又出洋留學，當過官，又甘為稿匠。要言梗概，則高伯也同樣是把「修身」和「問世」作截然的不同。

本是濁世佳公子，志趣在文獻叢殘，跟溥心畬學畫、跟汪孟舒學琴，這都充滿保守的情調，但其政治上卻趨新，他雖然是當過國民黨的官，但卻鄙視國民黨。他鄙視國民黨的「貪天功以為己力」，「做假」和「食言自肥」。閒中談起孫中山，他總有「彼哉彼哉」的意思。他年輕時就喜網羅遺佚，更敢以史實和劉成禺「頂牛」。他是看不起那些「爛羊頭、關內侯」的國民黨黨棍。

上文談到他在澄海中學讀書時的校長是杜國庠，杜國庠對高伯的影響深遠。高伯自言：

年輕是受杜國庠的影響，從大革命時代直至六十年代以前的他，是左的。

一九二五年十月東征軍開進潮汕，革命激情衝擊高伯，此時他參加了國民黨，還獲得蔣介石接見，並稱呼為同志。後來高伯在文章中有記下這一幕：

一九二五年十一月，蔣偕鮑羅廷、陳潔如一行來澄海中學訓話，我有生以來第一次見蔣，也跟他握手，他稱我「同志」，那是校長杜國庠先生的特別介紹，才有此「殊榮」，因我新近加入國民黨也。（《聽雨樓隨筆》肆，頁二二四《從陳潔如之死談起》）

那時蔣以左派面目出現，騙倒蘇聯老大哥鮑羅廷，也騙倒中共諸君。當然也騙倒公子哥兒而參加革命的六少。高伯與蔣握手之後一年多，四一二清黨，蔣大殺共黨了。這時高伯眼中的蔣介石從前是假革命，現在是反革命了。高伯說：

> 一九一八年我痛罵蔣為假革命，不意蔣已「夫子自道」了。我當時是個對馬列主義一知半解的青年，對共產黨傾心，凡不利於共黨的，皆為我所深惡痛絕，故對蔣之清黨殺人，恨之刺骨。（《聽雨樓隨筆》肆，頁二二三《從陳潔如之死談起》）
>
> 一九一五年至一九三〇年這六年間，我是自命「思想前進」，以俄為師的一個青年，後來在歐洲，經張肖梅女士屢次向我解說馬克思的經濟學說已經落伍，不合潮流之後，我對於馬恩列斯的學說漸漸消失了興趣，不敢自命前進。到一九三七年以後，更看透凡是「以黨治國」的那一套，簡直是剝奪人民的自由，因此對極權國家的蘇聯和國民黨操縱的國民政府，均有「彼哉彼哉」之感。（《聽雨樓隨筆》肆，頁三一〇《從一篇舊文談起》）

其實，高伯自命『思想前進』，只是理想上的認同而已。在朋友眼中，他卻是典型的自由主義者。最足說明的是，他早在一九三九年，已經譯出美國《星期六晚郵報》週刊上《我逃出斯大林的虎口》，該文作者自稱是蘇聯一個將軍，是斯大林的親密戰友。他逃到美國定居，二年後，把內幕刊在《星期六晚郵報》上。

對於這種敏感的題材，按常理，左傾人士都將為此「失語」的。然而自認「左」的高伯卻譯了出來，作為對暴虐者的一種揭露。最初投《星報》晚報沒登出，卻轉在陸丹林的《大風》上刊出了。這當中，無論是高伯或陸丹林，在當時都是需要勇氣。

在李大釗說出：「試看將來的環球，必是赤旗的世界！」（《新青年》第五卷第五号《Bolshevism的勝利》）瞿秋白更說：「大家都來討論研究俄國。於是俄國文學就成了中國文學家的目標。」孫中山更提出「以俄為師」，那麼隨之而來的一眾宣傳，都以蘇俄為樂土了。其實，那時要像高伯這樣的超然自由知識分子，在蘇聯已是不留予空間的。當時蘇俄文藝上的專制和我國「四人幫」無二致，只是不為一般民眾所知而已。而政治的紛爭，卻要到卅年代後期，斯大林的大整肅的事情纔冒尖，逐漸為世人所知。這是一次「鐵幕」的大暴露。

所以，說高伯或陸丹林，當時都是需要勇氣。需要的是一種道德勇氣！該文譯成用「高貞白」真名發表，是表示他「對於斯大林的種種行事，深惡痛絕。」所以也不怕被《華商報》那批「擁俄的前進戰士斥為反動透頂」。（《聽雨樓隨筆》肆，頁三一一《從一篇舊文談起》）

高伯自言：「六十年代初我仍是『左』的。」五十年代，他的女兒讀的是左翼名校培僑中學，上課間港英警察到學校，抓走校長杜伯奎，遞解出境。高伯思想不左傾的話，不可能送兒女唸培僑的。

但後來大陸「運動」頻繁，朝政不斷「失誤」，高伯通過一眾老友的來信，驚悉他們的遭遇。加上史無前例的十年，深諳歷史掌故的高伯不可能不頓悟了。他曾說過，如果繼續跟杜國庠，不知會怎麼樣。杜老國庠做高伯的校長時，還不是共黨，到一九二八年一月從香港去上海之後，翌月始由錢杏邨和蔣光慈介紹加入中國共產黨。杜老一直是中共文教戰線的領軍人物，高伯十分敬重他。但文革間，杜老被誣為叛徒，其家被抄，其墳（在家鄉澄海）被挖，兒孫生活為艱。這些高伯不可能不知，也不可能不疑惑。高伯嘗自言：「那時前後，我熱愛祖國，留在上海北平，不夠人家『醒目』，『反右』、『文革』迭至，受不了折磨早已死去了也說不定呢！」（《大成》一六五期頁四十二《上海二月記》）

前文提到，高伯寫文章只講古，不言今。平日談論的，也都是前清光宣間事，或北伐前後之歷史，鮮有議及今上當下，怕招愆尤，實行明哲保身。但高伯對政治非常敏感，所以對周邊事物，頗為留意。

七十年代中，高伯兒女陸續出身，到社會工作，高伯肩負的重擔，才慢慢減輕，才有工夫出來與老友記茶聚，有所謂「星二茶座」，逢星期二中午在灣仔英京（後英京改建，移師鵝頸橋歡樂小館，再後來在太古城美心皇宮）飲茶吹水。（另每月在陸羽聚餐雅集）。七十年代末，雅敘人士中有劉姓楊善深弟子（美食和美術評論家），年輕人充滿正義感，比較激情，喜議論時政，但針對劉的傳言，又每多失實。高伯遂將劉兄視為托派分子，敬而遠之。劉亦祇好淡出茶聚。但劉兄周邊老友，都知道其價值取向，絕非托派人馬。筆者行文時，也嘗電劉兄求證。同時也明白香港雖是自由世界，但當時的市民對政治也懷有恐懼。

僅一次的高伯筆戰

文人筆耕，總會遇到不同觀點人，聲名愈久，質疑的機會就愈多。「筆戰」是少不免的事。奇怪是高伯鬻文五十年，真正評論只有六十年代的一次，該是唯一的一次。

高伯年輕時曾醉心於鴛鴦蝴蝶派的文學，他和畢倚虹書信往來，是神交而未把手識面。他和包天笑、鄭逸梅的垂老依慕，都有這種情結的所在。

一九二三年，蘇州有星社，社刊有《星語》，是不定期刊物。當中有一篇「畢倚虹事略」，文後署名是「逸梅」。

該文的破綻很多，給年僅二十的高伯看出來了，但和畢倚虹是神交，不好隨便發問。後來南北遷徙，高伯連《星光》這份期刊也丟失了。

讀者欲明原委，且先讀這《畢倚虹事略》：

畢君倚虹，蘇之儀徵人，髫齡侍父宦湘中，遂家西子湖上。年十一，即以詩文與海內外聞人相質證。光緒末葉至上海，同文滬報、消閒詩社，倚虹即列席其間，與時流投贈唱酬。十五走京師，官兵部郎中。倚虹恥為貲郎，日閉户讀書，喜與京曹之落拓名士遊。已而改官秋曹，決獄有聲，為歸安沈侍郎(家本)所許，侍郎固中國改編法律之泰斗也，爰為延譽公卿間，奏駐爪哇泗水領事館。中國在爪哇初無領署，倚虹其第一任也。甫啟行抵滬而武昌事起，遂罷南溟之行，因流滯海上。南北統一後，勝朝舊官，多彈冠相慶，書來徵召，倚虹卒不北上，喜吳淞海天空闊，乃挾筆硯，讀律中國公學．間以論文露布報紙，人多驚其警辟，鄂中黃侃，尤引重之。……民五以後，狄楚青、包天笑延之主《時報》筆政，兼主幹《小說時報》、《婦女時報》，《時報》中之《小時報》，即倚虹所手創也。是時包天笑主任《小說畫報》．倚虹乃託名春明逐客，撰《十年回首》一書，詳述其京曹舊事，勝國遺聞。足當有價值之歷史小說也。倚虹之長篇白話小說，此第一種也。洹上袁寒雲極稱之。時倚虹流連風月，眷一妓，好事不成，倚虹又以父命去杭。……民九復來滬，任報事，前年(指一九二一年)倚虹以懮去杭，幽居不吟詠，遂肆力於小說。天笑之《星期》，瘦鵑之《半月》中刊之最多。每一篇出，輒為紙貴。寒雲譽為小說界中今無敵手。……今年(指一九二三年)來蘇滬，執行律師職務。……倚虹名著有《光緒宮詞》、《清官談舊錄》、《銷魂詞》、《幾庵絕句》；而說部中，尤以《申報》每日所刊之《人間地獄》為膾炙人口，化名為娑婆生。其他短篇文字，繁冗不能悉舉矣。

高伯怎樣發現問題呢！因他覺得畢氏自傳刊出時只有三十二歲。如何會有這樣繁複的履歷？高伯也知畢倚虹本名畢振達，別字作舟。於是又翻查《搢紳錄》(這是當時榮祿堂出版的書，其性質就像現在的政治人物辭典)。在《搢紳錄》的資料是：「三品銜郎中，軍衡司行走，畢振達，作舟，江蘇揚州人，監生。」兩相比較之下，則發覺名字相同，履歷也相同，但籍貫就不一樣。《事略》說：畢倚虹原名畢振達，字作舟，是江蘇儀徵人。而

《搢紳錄》那位畢振達，字作舟，卻是江蘇揚州人。高氏准此而推，是懷疑畢倚虹是「冒名頂替了畢振達的名字，目的是以此前清京官員資格入吳淞公學讀法律。否則，十六七歲如何就能做郎中（相當於今之司長）？又會『折獄』？且受沈家本垂青？更二十歲左右就派為駐泗水第一任領事？

高伯後來在他的文章說到：

> 我老是懷疑《搢紳錄》中的畢振達與倚虹無干。任兵部郎中的畢振達年齡當在二十五以上，也許其人已在辛亥改革後即逝世，倚虹和他是同宗，甚至同為「振」字輩，於是買了死者的官照，改名振達，入中國公學讀書，也許有此資格可以縮短入學期限，早日畢業。他既然冒名作弊於前，以後就要一直作弊下去，吹到天花亂墜，即對老朋友也不肯說真話了。（六部郎中，職位甚大，負部中某一司之責，等於現在的司長，不能掛名不做事的。候補郎中未有實職，可以掛名待補缺。一個十八九歲的青年一出身就做負責一司的郎中，怎能勝任，清末政治雖腐敗，但六部中要用得力的司員，絕不肯以毫無資歷的人充任重要司員的。所以我說畢振達另有其人就是這個原因。）

高伯讀書能致疑，當時只是廿歲左右的青年，後來憋不住，終於寫信向鄭逸梅討教，而鄭老的回答很爽朗：「《星光》《畢倚虹事略》乃倚虹親寫給我者」。至此真相大白，當年是畢倚虹不便自我吹噓，要借用鄭老之名。憑鄭老一語釋疑，讀之如誦金石。

鄭老的該函。收信日為一九六〇年五月八日（日期見於高伯在信後自注）。其全文是：

貞白兄：

大示誦悉。星光畢倚虹事略乃倚虹親寫給我者，較為可靠也。據天笑翁見告，倚虹為楊雲史之女婿，倚虹夫人乃楊之前妻李氏所出（九小姐）。李氏則合肥李伯行之女，生子女凡七人，後與畢離婚，嫁杭州開聚豐園菜館之天津人李鳳來，最小一女（許按：應為「子」之誤）名慶杭，曾由天笑翁撫養，今已改名朔望，娶一印度小姐為妻，現為人民政府外交部高級職員。解放前即為共產黨員。……

尊著筆記已排印否？何時可以出版？屆時務希郵惠一冊。渴望之至。匆覆。敬頌撰福！弟梅頓首。三日。（按：鄭氏信已為寒齋蒐藏）

沒想到，一九六二年十二月，上海出版《鴛鴦蝴蝶派研究資料》，有《民國舊派小說名家小史》，當中引用了署名「逸梅」的《畢倚虹事略》。這不實資料在輾轉稗販，一錯再錯，這事催使高伯不能不又有所欲言了。

於是，高伯撰《畢倚虹夫婦》一文在《大公報》的《古與今》週刊中發表，時維一九六三年三月四日。未幾，《古與今》週刊又登載了春雲先生題為《關於畢倚虹》的文章。春雲先生認為高伯懷疑畢倚虹「冒名頂替了畢振達的名字，以前清京官資格入吳淞公學讀法律」的說法是不必要的。文中列舉畢倚虹的家世，說他的父親畢畏三很早就替他保捐郎中，倚虹十六歲就入工部衙門辦事，後來由工部轉兵部，清末新官制成立，又調到外部等等。」

接着，高伯在同年四月一日的《古與今》上又發表《再談畢倚虹》。說出當年刊在《星光》的《倚虹小傳》是倚虹自己寫，用鄭逸梅之名發表的。「還列舉倚虹自說在兵部做三品銜郎中及泗水領事為不可靠。因為實缺郎中是要到部辦事的，倚虹既在軍衡司行走，以一個十八九歲毫無經驗的青年，是否能勝任？」更又提出：「改官秋曹」為沈家本所賞識，更不會有的事！一個十多歲的人，怎會「決獄」呢？

但四月八日春雲先生又發表了《談畢倚虹》的文章，針對高伯之說，總以為是高伯憑空捏造的。其主要理由是這位春雲先生未見過《星光》，更不知道鄭逸梅署名的事。

似乎春雲先生有點不善於「聆聽」，所以說出了「未見過《星光》，更不知道鄭逸梅署名的事」。對於未聽過長安，從而否定劉邦存在，那怎辦？幸好，該年四月，鄭老為《古與今》（六十三期，四月廿二日刊）撰文詳述原委，「解鈴還是繫鈴人」。這場筆戰平息了。

《大華》半月刊

高伯曾熱衷辦雜誌。一九四七年中，王季友要辦《南金》雜誌，拉高伯合作。高伯其時已經「乾塘」，「在廣州、上海所做的生意都賠本，經濟很困難，家庭開銷又很大。」（《聽雨樓隨筆》叁，頁二八一《只出一期，遂成絕響》）王找到人出資，高伯出力，不管財務，只負責約稿。但第一期製作中，王找的出資人悔約，不但沒有第二期，還欠第一期印刷費幾千元，印刷廠扣着雜誌不讓出貨，《南金》只有高伯早早（十月十六日）提取出來的一百冊流通，故存世極罕。

幾年之後，是一九五四年頭，徐亮之拉高伯搞雜誌。常邀高伯和曾希穎、熊潤桐、饒宗頤在家中便飯，「策劃一個高度的學術性期刊，暫定為每季出版一冊，內容以考古、金石、書畫為主，而附有掌故、詩詞。」高伯和徐負責編輯，「熊、曾、饒三人都是特約撰述，還約定在國內的容庚、商承祚、夏鼐、陳夢家等人寫金石考古等文章。」徐亮之是寒士，誰出的錢辦這個刊物呢？原來是戰後自滬來港的大收藏家金匱室主人陳仁濤。「這個刊物每期的經費，粗略估計一下，印五百部要三四千元左右，一年四期，便要開銷近二萬元。」開銷太大，陳仁濤忽然『縮沙』，此刊遂胎死腹中。但原已邀約的文稿如何處理呢？陳仁濤仍請徐亮之編為一冊論古專刊出版，其中刊有高伯一篇文章（高得稿費五十元）。（《大成》一五〇期頁十六《曾希穎與熊潤桐——廣東顒園五子逸事》）

隔了十年，高伯辦雜誌的興趣又來，是一九六五年，高伯預備出版一本歷史掌故的半月刊，「目的不在賺錢，只希望能站得住，不必賠本就好，如果要賠，每月賠它七八百塊錢，我還是賠得起的。籌備成熟，已接近年底了。」當時高伯估計，「初出版的頭一年，恐怕不能站得穩的」，因為沒錢登廣告，「只靠讀者在讀過後，輾轉宣傳，感染到另外一批讀者，那是為時很慢的，說不定三年後才可以達到少賠的地步。」高伯打算「每月拿出一筆小數金錢來賠，就是賠三四年還是賠得起。」（《大成》八十三期頁五十五《陳彬龢與申

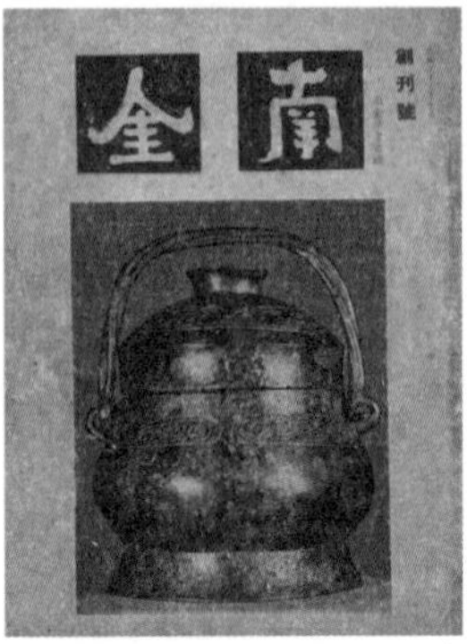

右上　高貞白和王季友合辦的《金南》雜誌
左中上　高貞白常供稿的《熱風》半月刊
下　高貞白、林翠寒合辦的《大華》雜誌

報及大華半月刊》）高伯要辦的這個半月刊就是《大華》。

一九六六年的暮春三月（十五日），高伯創辦的《大華》半月刊誕生了。《大華》由太座林翠寒任督印人（第廿九期起改為龍繩勳），高伯自任主筆，而且是名副其實甚麼都幹的「總幹事」，約稿、撰稿、編稿、校稿、跑印刷廠，「一腳踢」。

高伯自己是主力，時常一期之中刊多篇文章，所以要用不同的筆名發表。高伯以「林熙」這個筆名掛主編和撰述，另外先後用：文如、竹坡、大年、西鳳、湘山、夢湘、湘舲、碧江．洛生、紫文、曹直、定謀、老傖、壽濤、高適、呂文鳳、張猛龍、溫大雅、秦仲龢等筆名發表人物掌故文章。並有同寓居香港的包天笑、曹聚仁、徐亮之、饒宗頤、李輝英、簡又文（大華烈士）、周康燮、趙叔雍、徐復觀、馮明之、黃篤修、李燄生、陳泰來（陳潞），澳門的汪孝博（于今）、新加坡的連士升……，京滬的徐一士、葉恭綽、盧冀野、瞿兌之、鄭逸梅、張靜廬、陸丹林……等來稿。作者陣容鼎盛。

《大華》所刊的掌故文章，如《胡漢民被蔣扣留始末》、《南天王跨台內幕》、《蘆溝橋事變前的一段歷史》、《日本空軍謀炸汪偽組織秘記》、《日軍攻佔香港時的汪精衛》、《戴笠是怎樣子死去的》、《魯迅與狂飆社三子》……，都是頗具份量的秘聞。又有包天笑新撰的《釧影樓回憶錄》、和覓得劉成禺《洪憲紀事詩本事簿注》、《世載堂雜憶續篇》、黃秋岳《花隨人聖庵摭憶補篇》等罕見舊稿連載，深受讀者歡迎，所以能一紙風行。

高伯創辦大華時，撰《大華誕生的故事》（《聽雨樓隨筆》叁，頁五九—六一），謂「前幾天在公園看見太陽東升，華光四射我覺得很有生氣，眼前一片光明歡樂的氣象。」高伯喻《大華》「也如太陽起於東方，永久不停，亦可謂善頌善禱矣！」但現實卻並非如此。因為《大華》生不逢時，創刊的時候是香港銀行風潮之後不久，接着碰上天星小輪事件，大陸文革，繼而香港左翼暴動諸大件事，社會動盪，營商環境惡劣，《大華》幾乎無廣告(有一時段封底刊龍門圖書公司廣告)，只靠賣刊物本身，每冊八毫(角)，所以虧蝕。出版半年蝕了萬元(當年的萬元可以買個幾百呎的小單位)。高伯老友陳彬龢先生出手幫助，支持了半年，也撐不下去了。幸陳氏又找來雲南王龍雲的公子龍繩勳，龍支持了幾個月，也不再幫忙了。所以高伯由第四十期起改為月刊，又勉強出了三期，終因長蝕難支，助資不繼，不得不停刊。

一九六八年二月十日出版的第四十二期，高伯(林熙)寫了《大華停刊的故事》，說明原委，但文末留下他日或者「復刊」的「萬一」。到了一九七〇年七月一日，《大華》果然復活了，是月刊，稱一卷一期，但括號為總四十三期，表示是前段《大華》的延續。而這回是高伯身兼督印人和總編輯，前者打正「高貞白」，後者仍用「林熙」名字。幾個月後，一九七一年一月一日出版的第七期，督印人換了「柯榮欣」。到六月一日出的第十二期，也就終刊了。前後總共出版了五十四期。

高伯出版《大華》半月刊，如前文所述，虧損三年，本已是預算之中。「在出版後的四個月內，平均每月賠八百元左右。」高伯「覺得頗符合我的『理想』。」有些朋友出於好意，向高伯提意見，「他們認為《大華》的風格太高，未必適合一般讀者的胃口，勸我降低一些，多登載趣味性的文字。我多謝他們的好意。但我認為《大華》有它的一種風格，要它一面世就暢銷是絕對辦不到的，只要它有它的固定讀者，我就和他們結文字因緣，也是 件樂事。」半個世紀之後回頭再看，幸虧高伯肯堅持，《大華》才足以傳世。

但《大華》的面世，卻令某方面的人不爽。有人放冷箭。

高伯曾撰文講到「《大華》初出版頭兩三個月，銷數還過得去，但不久後就大有逐期減少之象。」高伯「從各方面打聽減縮的原因，然後作一番綜合研究，才知道有人認為我辦這個小小的刊物是受某方面津貼的，他們在口頭上為我『宣傳』，指《大華》談的雖是掌故，但實際上在進行『統戰』。」即是說，《大華》被「有心人」標籤為某黨「統戰」刊物。當年左右陣營壁壘分明，被劃入某陣營的刊物，就會失去另一陣營的讀者。還不止此，一九七〇年《大華》籌備復刊時，又莫名其妙的被誣陷為「與台獨有關」的。有「知情者」謂「台獨近來肯出錢辦期刊，尤其喜歡收買停辦的刊物」。高伯「聽後覺得好笑，《大華》能如此先聲奪人，亦可謂『足以自豪矣！』」「結果《大華》復刊只維持了十一個月，出版後銷路還是不好，大概與台獨的宣傳有關，而忽然停刊。」這停刊，當然也是與經濟有關。「也因為一個合作的朋友工廠倒閉，不能長期支持《大華》的經費，我見他那種拮据情形，就建議停刊。」

《大華》被誣，先後被冠紅帽、獨帽，高伯感慨萬千，謂「香港的『氣候』是很奇怪的，適應它頗不容易。吳梅村詩有『棄家容易變名難』，也許有些道理。」（《大成》八十三期頁五十五—五十六《陳彬龢與申報及大華半月刊》）

這些當年只是售八毫子的薄冊子《大華》，經歷約半個世紀之後，已無人會關心是

「統戰」刊物，還是「與台獨有關」，通通都變成古董，是古董價錢的舊雜誌。到今天在拍場上，都成為新舊讀者競爭到每冊論百論千的珍本了。《大華》停刊之後，大華出版社仍然運作，陸續出版了好幾種單行本，有《乾隆慈禧墳墓初盜紀實》、《辛丙秘苑．皇二子袁寒雲》、《釧影樓回憶錄》正續編等等。

廣交名士

高伯交遊甚廣。民國名士，他幾乎都曾面識。高的千金曾贈一翻拍的老照片與我，是民國癸丑梁啟超萬生園雅集圖。高伯嘗刊之《中國歷史文物趣談》（一九五七年十二月香港上海書局出版），九年後復在《大華》半月刊第十八期（一九六六年十一月三十日出版）登載，用溫大雅筆名詳細介紹參加雅集的三十六人，只有兩人不識，而僅有兩位不認得的人，高「曾問過與會的唐恩溥先生，他也不知道。」文章中高能把這三十四人的名字、籍貫、簡歷、生卒年、生平事功等，一一縷述，令人吃驚。這三十四人包括：時慧寶、夏壽田、秦稚芬、羅惇曧、陳慶佑、顧瑗、楊增犖、鄭沅、姜誥、關賡麟、姚華、唐采芝、姜筠、陳士廣、袁勵準、袁思亮、易順鼎、黃孝覺、李盛鐸、顧印愚、王式通、夏曾佑、譚天池、林志鈞、郭則澐、姚梓芳、黃濬、梁啓超、藍公武、楊度、羅宗震、唐恩溥、梁鴻志、朱聯沅。（我編的一些書所刊人頭像也是采自此照片的。）這一眾名士有不少名字較冷僻，高伯都認得和記得，實在很不簡單。

高伯出身大少爺，從來不攀附權貴。他雖然廣交名士，但都是隨緣認識。他曾在《從「遐庵書畫集」談起》一文，提到他與名士交往的情況：

我自一九三一年六月開始旅食四方，中間在上海、北京、南京、廣州最後到了香港，已四十五年(時一九七五年)，相識的大人先生也頗不少，我和他們相識，並非託人介紹，而是偶然的會見，或與先人有交誼而往拜謁(例如在上海的趙鳳昌、陳夔龍，在北京的傅增湘、華世奎、孟錫珏)，或為同學、師友的尊長(如林開謩、馬敘倫)而修後進之禮。

茲舉兩三位名士與高伯交往情況。

高伯與葉恭綽交往，本來可以修世誼，高伯說「葉的嗣父仲鸞先生與先君同為光緒十四年戊子科鄉試同年」，但高伯沒有憑此關係而拜謁葉。當初葉住上海時，高也在上海，「從未託人介紹進謁。」一九三七年兩人先後到了香港，也沒有機會見面。到一九三九年，「玉虎先生發起組織中國文化協進會，簡又文、陸丹林二兄拉我加入，有時在會裏碰到玉虎先生，沒有人介紹，我們也點頭招呼，從無作深談。」翌年，中國文化協進會搬入新建成的陸佑行，「玉虎先生自己佔有一個小小的辦公室，他幾乎每天下午都到會辦公，從此我們相見的機會較多，談話也便當了。」從此才變成老友。

另一位高伯相識的張大千。高伯說：「我和張大千不熟，在北京時，只於一九三六

梁啟超萬牲園雅集圖，1913年。

年秋間在頭髮胡同和他一起吃烤肉宛的烤牛肉，那一晚好像是巢章甫請的，同坐者有金禹民、沈啟無，還有三兩人我記不清了，南來後，只在袖海堂那一面，至今三十七年（時一九七五年），從未見過他，也未往拜見，我對待大人物是這樣的疏懶。」

高伯說，即使是他的老師溥心畬先生「來港三四次，也住有半年以上，我只見過他三面，兩次有機會談話，另一次只點頭招呼而已」，高伯謙稱這「實在是很不好的習慣。」

高伯與章士釗的交往，更是有趣。高伯二十年代已聞章名，又曾訂了一年章的《甲寅週刊》，欣賞他的文章。二十年代中章兼任教育總長（已任司法總長），合併國立八大學，禁學生示威巡行，復炒魯迅魷魚，封閉女師大，反對語體文等等。高伯由是對章非常反感。一九二九年春初，高與章同在倫敦，高伯的老友中國公使館代表陳維城，勸高伯放下成見，與章見面談天。高伯當時滿腦子馬克思思想，本來不屑與被國民黨通緝的「北洋餘孽」章士釗傾談，但甫一談話，覺得章「一點政客的味兒都沒有，是個溫文爾雅的讀書人」。高伯返國在上海中國銀行做事時，章也在上海，但高伯沒有找他。抗戰爆發高回香港，章也在香港。楊千里約高伯一起去看章，高伯忙於衣食，沒有閒時間去看章。解放後（五十年代）章來港兩次，其門如市，高伯更沒有找章。到一九六四年，朱省齋拉着高伯，往大坑道訪章，章贈高伯小字幅，是行書題贈高伯的兩首七絕。這次見面暢談了一個多鐘頭。嗣後到一九七三年五月章抱病來港，高伯原打算過些時候才去看章，但章旋卒。章贈高伯的詩第一句是「三十年間一再逢」。一九二九年章高在倫敦訂交，到一九六四年再見一次。真是三十六年始一見。（《大成》三十七期頁三十三—三十九《從「甲寅雜誌」談到章士釗》）真是

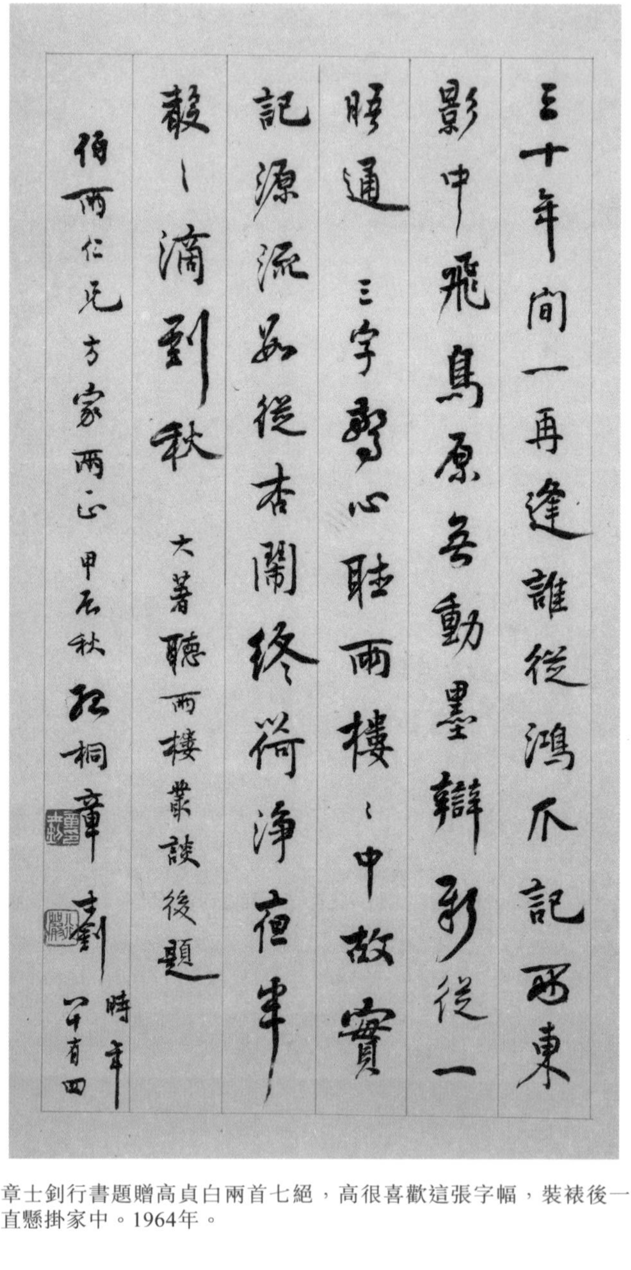

章士釗行書題贈高貞白兩首七絕，高很喜歡這張字幅，裝裱後一直懸掛家中。1964年。

「君子之交淡如水」。高伯很喜歡章士釗題贈的這張字幅，裝裱之後一直懸掛家中。

高伯眼界高，能入他法眼的東西不多。返港定居後忙於筆耕，也無財力購藏甚麼驚世名蹟。高伯庋藏的大都是舊日友朋寫贈之物。高伯過世不久，他的藏品在香港蘇富比拍賣，是一九九八年四月廿七日。標題「『聽雨樓』藏名家書畫印章」，編號一四八—一六〇號。包括沈尹默寫「聽雨樓」扁額、溥心畬行書七言聯、柳亞子、周作人、章士釗、陳半丁、金城等件，和吳昌碩刻「米齋墨緣」、齊白石刻「米齋」、「寒翠堂」、鄧爾疋、李茗珂、馮康侯等為高伯刻印。這場拍賣我投得一件，為周作人書法。

其實高伯所藏最有價值的是友朋書札，當時近人書札沒有甚麼市場，蘇富比也不想拍這等文獻，而這些近世名家致高伯的手札，由小思介紹高伯後人捐與香港大學圖書館。高伯存世的最重要文獻，總算有幸集中保藏。這些信札多達千二通，包括有：

周作人、陸丹林、鄭逸梅、陳玉璋、連士升、瞿兌之、方宜生、王季友、平襟亞、伍步雲、包天笑、朱其石、朱桂章、朱聖和、朱省齋、江世堯、汪宗衍、李子誦、李天常、李秋生、李嘉、李祖佑、何振英、何建章、沈燕謀、李毓田、呂偉東、沈葦窗、吳羊璧、吳德鐸、佐泉、吳天任、何叔惠、余少颿、周寬宓、周穎南、周鴻翔、周康燮、林松桂、金典戎、金禹民、林振華、姜德明、馬敘倫、柯榮欣、胡資周、俞平伯、高耀森、馬國權、胡鐵君、徐一士、徐亮士、張次溪、張競生、張天澤、張明靜、張夢生、張鶴鈞、張四都、張靜若、章士釗、梁符、梁通、梁啟勳、郭旭、陶拙廬、陶菊隱、許諾、許海平、許晚成、曹聚仁、畢朔望、陳一峰、陳子善、陳左高、陳乃殷、陳凡、陳汝堅、陳克豐、陳君葆、陳叔通、陳希為、陳荊鴻、陳彬龢、陳景昭、陳慕禪、陳蕾士、陳懋恒、陸澹安、曾紹杰、喬蔭岡、湯定華、費子彬、費浩叔、黃詠軒、彭可兆、溫中行、黃蔭普、黃鑫、楊少南、楊作甫、楊芥舟、葉大楨、葉靈鳳、葉浩章、賈納夫、壽洙鄰、趙克、趙不波、趙文綺、趙藩、劉作籌、劉欒、劉筱雲、鄭方、鄭榮坤、鄭子瑜、鄧國楨、鄧瀚鈞、鄧爾疋、鄧拓、魯奇、學達、錢芥塵、劉德爵、潘少斯、潘兆賢、馬賓甫、蔡啟予、駱立三、龍官崇、謝雲聲、簡又文、韓士嘉、譚寶玲、羅孝明、羅偉成、饒宗頤……等等。

我之所以不厭其煩臚列眾多名字，是要彰顯高伯交遊之廣，並間接提供線索與有興趣此道的讀者。

高伯與這些老友通信，有的是短時期，有的長達十年以上。如高伯與羅香林只見過一面，但與「羅先生只通過一個極短時期的信」，與瞿兌之也是只見過一面，但通信則「長達十二年之久」。（《聽雨樓隨筆》壹，頁二八〇—二八一《新歲憶舊》）

而若干名家致高伯的手札，有很早流出者，有歸方寬烈先生，也有歸東官黃氏，十多年前，又輾轉由我承接下來。這其中有周作人、陸丹林、鄭逸梅、瞿兌園等手札，從我手邊這十數件手札觀之，其蘊藏的文壇史料，是值得關注的。早幾個月我去上海參加鄭逸梅先生誕辰百二十年的紀念會上，就是以鄭老致高伯手札為題作報告。近日正以這幾位名家致高伯手札的材料，撰述探討近世文壇史事之文字。

高伯是很清楚友好給他的手札的史料價值，他寫文章時往往引用。也曾撰專文介紹陸丹林等手札。高伯曾說：

一九五七年初，我和瞿先生通信了……瞿先生和陸丹林……兩人都勤於寫信，尤其是丹林，自一九五七年到一九六七年的十年間，粗略計算一下，瞿先生的信約二三百封，丹林的信約四五百封(鄭逸梅的一百多封，七六年後，鄭先生來信漸多，可惜陸瞿二君，已在一九七〇年謝世了)，如果有機會把這些信札擇其與當時的政令文教有關的印成專書，倒也很有趣的罷。(《聽雨樓隨筆》壹，頁二八二—二八三《新歲憶舊》)

高伯與大陸一眾老友通訊，對大陸生活艱難、言論自由備受嚴格管制等情況非常清楚。例如六十年代初周作人給他的信，談的都是郵寄米、麪、奶粉之類糧食的事，那是高舉三面紅旗的時期，也就是三年大災的困難日子。又例如周作人一九六六年三月廿六日給高的信，末尾有這麼一段：「現在稿件不能出口，除印刷品外，此亦寄稿之一難關也。」同年五月六日周致高的信透露：「大華一二期均已收到，三期早應到了，卻並沒有，恐被海關扣留了。看來小小寄遞已成問題，這是甚為可惜的。似乎海外出版物，一律不准進口，即使它是這一邊的。」此信發港十日，有所謂「五一六通知」，十年浩劫於焉爆發了。

鄭逸梅一九六七年三月九日致高伯的信，驚惶未定的説：「去秋遭遇不幸，迄今尚未全了。」信不敢細寫具體遭遇甚麼「不幸」，其實鄭逸梅是在一九六六年八月廿六日被紅衛兵抄家，畢生所藏書畫文物悉數被掠去，次日還關入牛棚，備受淩辱。(參拙文《鄭逸梅致高貞白手札》)

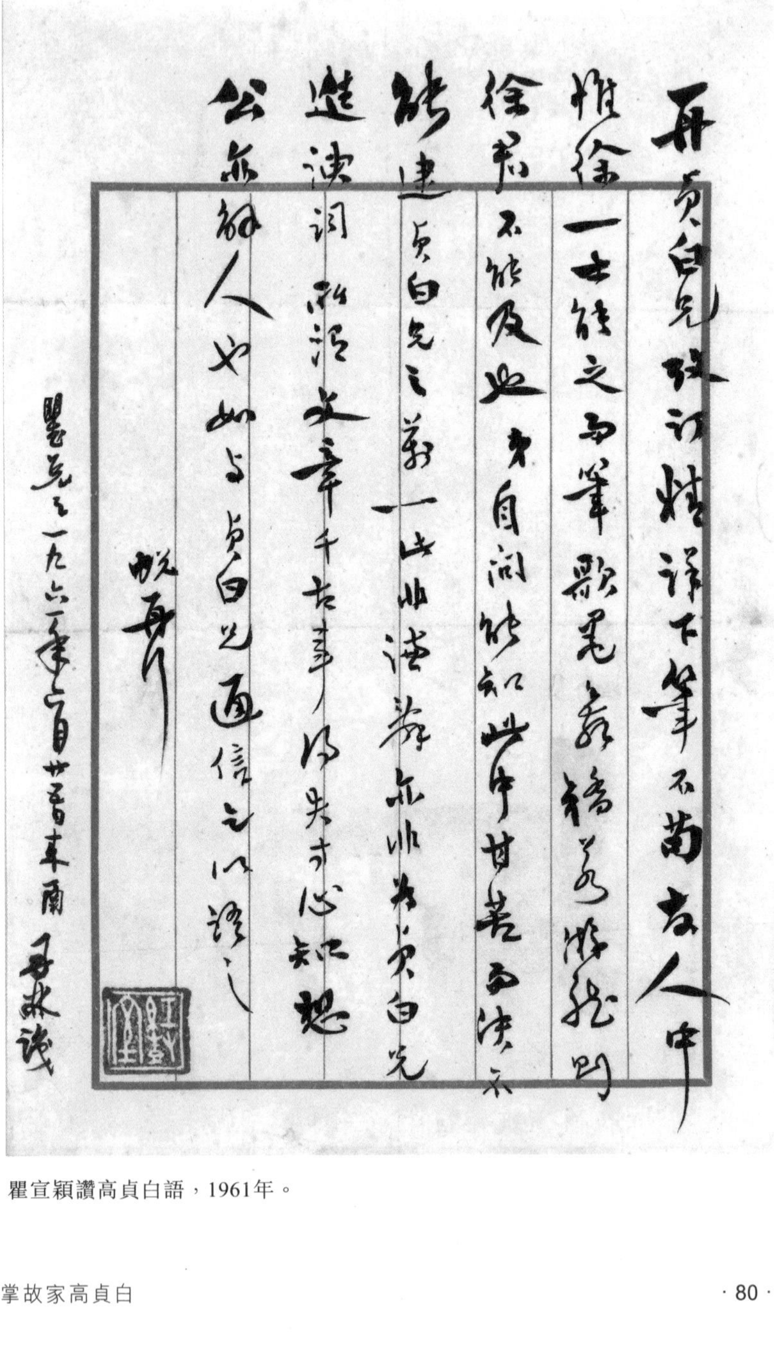

再貞白兄持論精詳下筆不苟古人中
惟徐一士能之而筆歌墨舞嬉笑怒罵則
徐君不能及也余自問能知此中甘苦而決不
能逮貞白兄之萬一也此非諛辭亦非為貞白兄
進諛詞秋岳文章千古事得失寸心知想
公亦解人也如與貞白兄通信之以請之
[illegible]再行

瞿兌之一九六一年六月廿[illegible]日[illegible] [illegible]識

瞿宣穎讚高貞白語，1961年。

這種種文化人最忌諱的事，在大陸一一發生。這些老友來的訊息，當能引導高伯的左傾思想，稍稍右移一些，允執厥中。

聽雨樓隨筆

高伯筆耕一輩子，留下了千萬言的著述。在生之時只出版一小部分，其中有一本他生前出版的最後一本結集《聽雨樓隨筆》，還曾一波三折，終於在小思和林道群兄幫忙下，子女暗掏腰包資助而成書。歿後廿年，高伯傳世的數百萬言著述，得到牛津大學出版社林道群兄編為十厚冊出版行世，雖非全璧，已是煌煌可觀了。

高伯的文章，早已為同行所稱許。且聽掌故巨擘瞿兌之的評論：高伯「那種輕快的筆調，妙趣環生而並不是胡扯，談言微中而並不涉輕薄。這種文章風格是從子書及唐宋人作品中汲取而加以變化的。」

一九六一年七月，陸丹林給高伯的信中，附有瞿兌之給陸的短札，對高伯極為推崇。錄如下：

再，貞白兄考訂精詳，下筆不苟，友人中惟徐一士能之，而筆歌墨舞，矯若遊龍，則徐君不能及也。弟自問能知此中甘苦，而決不能逮貞白兄之萬一。此非謙辭，亦非為貞白兄進諛詞，所謂文章千古事，得失寸心知，想公亦解人也。如與貞白兄通信，乞

以語之。蛻再拜。(《聽雨樓隨筆》壹，頁二八三《新歲憶舊》)

高伯讀到這短札，知道同道肯定他、推崇他，應該高興吧。但舊日文人總是謙抑，高伯說：

讀後令我汗顏，一直把它收藏起來，不敢再看，因為一九七三年以前我在報章雜誌所寫的文字，類皆急就，連修辭的功夫都沒花進去(說句很市儈氣的話，趕着起貨應市)，忽見前輩先生讚揚溢美之詞，不止不敢對人提起，也不敢多看幾次。(《聽雨樓隨筆》壹，頁二八三《新歲憶舊》)

高伯「不敢再看」的瞿公讚語手跡原件，十多年前有幸歸寒齋珍藏。

高伯自謙，令人敬佩。但更為令人嘆服的是他的風骨。他的文章，具強烈的正義感。其評論政治人物從不苟且，是以政治道德為標準，而不以成敗為標準。他謹慎，是只談「故」而不談「今」。對於國民黨，他雖然做過國民黨的官，但對這個「來路不正」的黨，是有所鄙夷的。前文提到高伯說起孫中山，總忍不住會有「彼哉彼哉」的意思，有時更會忍不住說「大砲」。(本是謝纘泰對孫公評語)。孫中山在廣東三次建立政權，在香港言論自由之下，口碑俱在。(如《林仔肩罵孫中山》載《聽雨樓隨筆》肆，頁九〇—九三)此之謂「秦人尚在，識苻生之厚誣，蜀老猶存，知諸葛之多枉」。而高伯對於落難的陳炯明，卻是有所惋惜和傾慕的。

高伯和劉成禺相識。高伯讀劉的《洪憲紀事詩本事注》和《世載堂雜憶》，「就發現很多不可靠的材料了」。有一次高伯以史實相質於劉，劉詞窮，則大聲曰：「我們是要搞革命的」！但歪曲了史實則以「搞革命」為遁詞，那兩人自然就談不下去了。數十年後，他談起此事則憤激猶在。高伯在《六十年前舊乙卯》一文說：「劉先生曾對我說過：『我是以革命黨的立場，來「唱衰」一切反動派，故有時不得不製造不利他們的材料，得啖笑都好。』」（《大成》十七期頁三十一）高伯要求的是言而有據的嚴謹學術態度，與劉致力政黨宣傳的旨趣迥異。

高伯時常慶幸他居住在自由度極高的香港，可以想說甚麼就寫甚麼。高伯自言：

但我在香港搖筆桿搖了四十多年，慣於想到就寫，不知天高地厚，對我們中國兩個貴政府，想彈就彈，想讚就讚，因為香港的殖民地政府，採的是「百花齊放政策」，甚至挖苦到它的貴政府——即遠處倫敦泰晤士河畔的那個議會和唐寧街十號，殖民地政府從不向我發警告。

高伯自言被「當地的政府縱壞了，在香港擺攤『賣字』四十年，不知天高地厚，隨便幽默古今中外名公巨卿」，「甚至連我們貴國的孫、蔣、毛以至于右任、戴傳賢、宋子文都照樣幽他一下。」「似乎還未嘗給政府『揪稱』過，相安無事者享了幾十年清福，如果在這四十年中我在上海北平『賣字』，早已『斫下驢頭』了。」

高伯的文章，深受讀者歡迎。其中一個原因，是他處理莊嚴肅穆的古板史料，是以輕鬆活潑，語帶幽默的文字出之。這是明顯受《何典》影響。高伯自道在「一九二五年讀吳稚暉一篇文章，說他寫文章得力於『放屁放屁，豈有此理！』乃出於《何典》。」高伯就想找《何典》來讀。「好容易等候到一九二六年在上海買到新出版《何典》一冊，讀過後，從此下筆為文便取輕鬆幽默一路。後來帶《何典》到倫敦，老舍剛着手寫《二馬》，他借《何典》一讀，自此之後，他的文章更為幽默了，於是我就把《何典》送給他，使他與吳稚暉為同門師兄弟云。」（《聽雨樓隨筆》陸，頁三五三《何典文章》）而高伯自己，也是深受《何典》影響，下筆為文取幽默「抵死」一路而備受讀者愛戴。（《聽雨樓隨筆》陸，頁三四八《何典文章》）

譯寫《紫禁城的黃昏》

高伯說過「譯書是一件很不容易的事（至低限度在我本人如此）」。但為了「搵食」，也得翻譯，不時為報刊、出版社所要求而翻譯。高伯曾透露：「《香港時報》在籌備中，楊彥歧立即找我寫稿，要我大量供應，因為他主編兩個副刊，其中一個以西洋趣味為主，而我的『西洋趣味』材料頗多，不愁缺乏。打從一九四九年六月起，到一九五三年，我經常有稿供它。」

又如香港上海書局出版的幾種書籍：署名「伯雨譯述」的《奇妙的人體》（一九五七年

三月香港上海書局初版）、署名「溫大雅譯」的《馬克吐溫小傳》（一九五八年九月香港上海書局初版）、署名「高伯雨譯述」的《歐美文壇逸話》（一九六一年香港宏業書局出版）等等。

而高伯所自詡的則是六十年代中為香港《春秋》雜誌譯寫的《紫禁城的黃昏》一書。譯者署名「秦仲龢」。

高伯曾述及當中原委：

一九六四年故友陳彬龢先生硬拉我為某半月刊寫稿，還指定要譯莊士敦的《紫禁城的黃昏》一書，大有除我之外，香港沒有他人可以辦得到之概。……到交第一批稿時，不想用眞名，則以從來未為該刊寫過隻字，以用筆名為妙，又想到這是陳先生要我做的，就不如用「秦仲龢」這個名字罷，北方音「陳秦」相近，仲龢、彬龢又像兄弟，使人們誤以為譯者乃陳彬龢亦無不可。

關於《紫禁城的黃昏》，是溥儀的英文老師莊士敦撰寫的回憶錄。一九三四年三月由倫敦戈蘭茲書局出版。

高伯早在一九三四年春，從倫敦《時報》附刊《文學附刊周報》得知《紫禁城的黃昏》將出版，曾從北平去函上海的別發書店訂購。到六十年代陳彬龢要高伯譯時，則是由修讀西洋文學的女兒，從圖書館借來。舊書如故人，高伯說：「也不需詳讀和作好準備，動手就譯。因為書中的歷史人物和提到的風俗習慣，我都很熟，圍繞在紫禁城和心

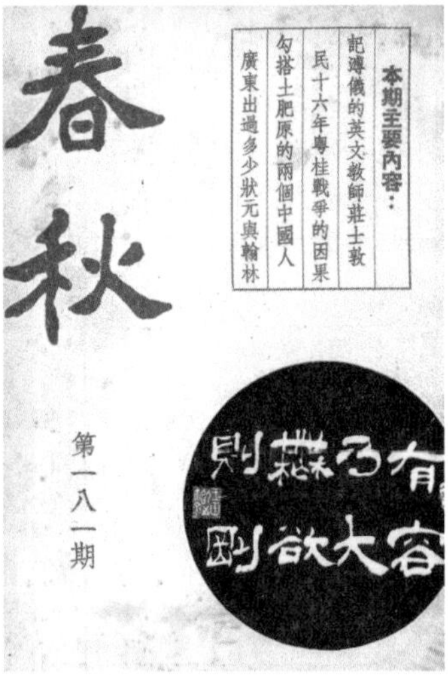

向『宣統皇帝』的那批人如梁鼎芬、陳寶琛、鄭孝胥、金梁、張勳、徐世昌、寶熙、朱益藩等等，他們的生平，我隨時可以詳詳細細的道出來，而且陳寶琛、金梁我也相識的。所以下筆翻譯時，不便說『倚馬可待』，倒可以說運筆如飛，十分順利。」（《聽雨樓隨筆》壹，頁二七一—二七二《〈紫禁城的黃昏〉的版本》）

由於高伯是清史專家，熟知清季史事典章制度，兼又熟悉溥儀身邊諸名流政要，與一般翻譯者不同。春秋出版此書時標明秦仲龢「譯寫」，翻譯兼撰寫，撰寫的是注釋之外，還提供許多原著所無的文獻資料。（如汪兆銘為孫文起草的駁斥內務府寶熙等四大臣要求民國政府恢復清室優待條件的信函、一九二二年十二月天津《大公報》報導溥儀大婚等等。）更為重要者，莊士頓到底是英人，對中國事物有所誤解者，或觀點謬誤者，高伯一一批判。高伯邊翻譯邊注釋邊批評，案語和附錄的篇幅，比譯文還多。

原著共廿五章，頭七章所述多為國人共知者，無必要費筆墨翻譯。高伯遂捨棄前七章，由第八章「大清皇帝與洪憲皇帝」開始譯述，凡廿萬言。先在《春秋》連載，到一九六八年元月在香港首次刊行。由香港春秋出版社作為「春秋叢書之一」出版。

本來此書原著在英國出版時，三個月間再版三次，一紙風行，影響西方世界。（連章含之教毛澤東英語，也是以此書為參考教材）而高伯譯寫的中文版本，既大受歡迎。且還衍生出各種版本來。

《信報》老闆林山木先生，就有此評論：

> 七、八十年代為本報撰「聽雨樓隨筆」的高伯雨先生（一九〇六——一九九二），以秦仲龢之名譯寫《紫禁城的黃昏》，一九六五年出版，若干年後台灣李敖重印此書，對高氏譯寫之功，推崇備至（出於「百彈齋主」之手，尤為可貴），說譯者「就全書『戲肉』，夾敘夾議，精采非凡，雖然議論之中，不無黨見；然查證引據，頗具功夫，令人佩服。」一九八八年台灣躍昇出版社翻印此書，未知是否便是此部李敖的重印。不知甚麼緣故，二〇〇九年台灣博雅又有陳時傳的同名譯本，而隔了兩年的二〇一一年，內地華文出版社則出耿沫的翻譯並改名《暮色紫禁城》（這個譯名很差勁）。這數本「庶出」的書，譯者雖另有其人，但可能都是據秦仲龢的原譯改寫！（《信報》二〇一一年四月廿六日）

高伯說《紫禁城的黃昏》是香港春秋出版社「交給台灣躍昇文化事業公司重新排印，於一九八八年五月出版，這是台灣版的『行貨』，但台灣也有『水貨』。」(《聽雨樓隨筆》壹，頁二七三《〈紫禁城的黃昏〉的版本》)

高伯譯完《紫禁城的黃昏》不久，又以秦仲龢筆名譯寫馬戛爾尼的《英使謁見乾隆紀實》，在自己辦的《大華》第九期(一九六六年七月十五日出版)連載，至一九七一年五月八日始譯完。時《大華》停刊，高伯抽暇將此譯著整理出版，於一九七二年六月面世，到一九七五年九月再版，高伯認為如此冷門的書，居然可以再版，頗為意外。

高伯日記

高伯的日記，早已名世。他的記日記，是受父親影響。高伯十二三歲(一九一八年秋冬之間)時，在老屋書櫥發現父親遺下的書畫碑帖，其中讓他最感興趣的，是父親的日記。高伯後來記有：「最使我感到興趣的是一本蠅頭小字的日記，封面寫着『起戊子迄乙未』。我一見戊子兩字，就意味着這一定是父親的日記無疑……翻看幾十頁，內容有涉及香港、暹羅、新加坡、廣州等地方，我可以斷定是他的遺物，但八年之間的日記，只有這厚不過寸許的一本，似乎記得太過簡單了。」一九三五年高伯往北京時，拿了去裝裱，還請楊千里題簽。後來高伯將這本日記交還伯昂保管。抗戰間此日記尚保存完好，但到土改時，「一羣比日寇還要兇狠的中國人，打着清算地主的口號，甚麼都被劫一空了。」高伯非常後悔交伯昂保管，如果由他自己收藏，一定完好。

自從戊午年（一九一八年）見到父親的日記後，我才知道文字中有這樣的一種體裁，我立即模仿，拿寫信用的那種紅間條的信紙，薄薄地三四十張，釘成一冊，隨便記些日常讀書生活，但對於先人的忌辰則記得非常詳細。……所以我早期的日記所記的大都此類，但也偶然記賓客、親戚路經澄海來書齋借宿，我極為歡迎，和他們談天說地，知道了社會上很多趣事。但戊午年的日記只記了下半年兩三個月……就放棄了，直到下一年己未三月，十六日起，又再重記，也只記了十多天就輟筆。……到了民國十二年癸亥（一九二三年），我才認眞寫日記，初時用商務印書館發行的「國民日記」，十三、十四兩年用父親日記那種簿子。自一九二三年到今（一九八一年），已寫了五十六年日記了（其中有兩年只記了半年），只可惜在書齋讀書那幾個月的日記，久已不存，無法幫助我對書齋讀書生活記憶得更清楚了。（《大成》九十期頁五十八《六十年前的書塾生活——從乙卯到辛酉》）

我想在高伯的日記中，當有更多為正史所無的精彩。高伯在日記記錄許多人物的卒年，隨時可以翻查之用。例如他很推崇李涵秋的《廣陵潮》，李氏卒後幾個月，高伯才買到這書。他在《李涵秋和他的小說》一文透露：

我從舊書店回家後，立即找一九二三年的日記，一查提要，查出李涵秋死於五月十三日（陰曆癸亥年三月廿八日），那是根據上海的《時報》揚州通信記下來的。（《聽雨樓隨筆》貳，頁四三一）

某次在高伯寓所閒談，說起某事，高伯入房取出日記，翻開某頁，以證明某事詳情和準確日期。高伯靠搖筆桿「搵食」，經常翻查日記，以便所撰寫的文章，資料準確。

早在三十年代，高伯尚未入撰述行業，對自己的日記，已經十分珍視。一九三七年抗戰，高伯要逃離上海來香港時，那十多本日記，要用特別堅固的皮包裝載。其一九三七年八月十九日的日記記載：「將日記十餘冊取出，另放於一個較堅實之皮篋中，又將近數年友朋來函大加清理，將封套去之，以省空間。」（《大成》一六六期頁三十一《上海二月記》）

高伯後來撰述，多次引述自己的日記。八十年代更擇鈔日記所載的史實，撰為《從舊日記談到民國廿一年的上海》《上海二月記》《四十年前的十二月八日》《四十年前的香港文化人》等等幾篇長文，在《大成》發表，引起學界關注。

高伯過世不久，香港圖書館總館長吳懷德先生就曾問我知否這批日記的下落。但收到的消息卻令人失望。高的千金高露生說，高剛入醫院，還未過世，她媽媽已經把日記燒掉。但另一位千金高季子說，高伯死後，媽媽告訴她，已經把這批日記拿到後樓梯，當垃圾丟掉。季子嘗到後樓梯尋覓，早已杳無蹤影。總之是沒有了。方寬烈說：

[高]去世後二個月，我請求高太太，可否把高伯的日記讓我一閱，高太說全部日記廿多冊已遵高伯臨去世前再三吩咐而焚燬了，大概裏面有很多騭評存世人物和友朋的話，不方便發表。聽到後我心裏感到十分惋惜，這麼重要的資料竟不能留給後代治文學史的人作參考，真是學術界的損失，雖然多年前他曾在《大成》雜誌刊出一些抗戰期間的日記，但那只是極少部分。

日記而外，高伯尚編纂《續補貢舉考略》（確切名字忘記了），該稿曾請潘阜民先生工筆小楷謄錄（潘時為人裱補書籍及鈔寫，藏書家曹思健先生（一九一九—一九八七）曾長期僱用他），書稿業已完成，我曾親見該稿樣，後亦未見出版。不知此稿尚存人世否？

生活小記

高伯在四十多五十歲時，曾受眼疾困擾。當時兒女尚幼，闔府衣食，全憑他一枝禿筆，寫稿看書查資料，都得靠眼睛，所以眼疾對高伯而言是非同小可。後有趙姓醫生朋友為之轉介紹一眼科醫生治療，終於痊癒。自此注意眼睛保養，寫稿一兩個鐘頭，感到累了，就滴眼藥水，閉目養神。

高伯又嘗與友人言及，四五十歲時曾經「大懵」（腦退化），上午的事情下午就忘記了。後來跟盧姓師傅（盧大偉父親）打太極，竟不藥而癒。

據高季子言，高伯每天六時左右起床，習《因是子習靜養生法》（因是子即蔣維喬），其後，從希雲街坐電車去灣仔，由郵政局旁小巷上寶雲道空地打太極。事後返家纔看報紙，吃早餐。吃的是烘麵包，夾芝士（是季子在亞洲凍房買的硬芝士）。跟着開工筆耕。中午一點午飯。飯後散步半點鐘左右，小憩一個多鐘頭，三四點再起身，沖功夫茶，提一提神，又再筆耕。到黃昏時段（約六點鐘），開收音機聽新聞，活動手腳，準七時吃晚飯。飯後也是散步半小時，才繼續筆耕。十點左右出廳，聽新聞報告，權當休息，十一時半就寢。但有時會寫到凌晨一時多始睡。

高伯習靜坐，頗有心得，嘗撰《靜坐漫談》，謂：「我初次學習靜坐是一九二〇年，第二次是一九五六、五七年，都是向《因是子靜坐法．正續篇》學習的。」「一九四九年三四月間，記起舊日曾學過《因是子靜坐法》，何不重新學習，增强身體，抵抗疾病。」「一九五一年我的文字工作很忙，用腦時間比以往更多，忽然覺得腦痛，甚至不寫文字，和朋友閒談，不到十分鐘也覺得很痛，非休息不可，醫生給我打針不見效。……這時候，我忽覺得腦病這個病種，靜坐或者可以把它克制的，何不再來試一下，於是找出《因是子靜坐法》和江問漁登在《申報》的《靜坐經驗談》來細心研究，每日清晨六時，靜坐一小時……靜坐是精神修持，久坐一定有效，我坐了不到一個月，腦病大見好轉，以後逐漸復原，因此信心倍增，決意從此排日靜坐，晨間先做完這門功課，然後做其他的事。所謂其他的事，無非是看報紙，吃早餐，然後開始一天的工作——寫稿。」（《大成》一九〇期）

高伯每天看好幾份報紙，早上看派來的《星島》《華僑》《大公》，看《華僑》有沒有刊載自己的文章，有時喚季子把《華僑》送回報攤。中午看《新生晚報》（高太太喜看十三妹專欄也），下午看《新晚報》。高伯每天交幾毫子讓季子到報攤結賬。高伯看的這幾份報紙都有他的老友在編，《星島》的葉靈鳳、《華僑》的鄭家鎮、《大公》《新晚》的羅孚，都是高伯老友記，高伯也曾為這幾家報紙寫稿。高太太用「韻如」筆名，在這幾家報紙發表詩詞。高伯供應的是掌故文章，高太供的是譯述、詩詞稿件。

高伯偶爾參加文娛活動。從前培僑中學畢業典禮舉辦晚會，高伯一家數口都去參加。雖然上樂活道長斜馬路之後，入了培僑大門，還有長長的一段斜坡，行到大汗淋漓，但高伯每年都參加。晚會有文藝表演，如采茶撲蝶之類。漢華中學也有同類型的晚會，高伯一家都同樣參加。季子記得有一年她姐姐在漢華的晚會中演出羽扇舞。高伯大的兩三個兒女唸培僑、漢華，那是香港著名的左校。後來細一點的兒女則是在炮台山聖公會辦的聖米加勒學校讀書，女兒湘舲入聖保祿，再轉跑馬地的瑪琍諾。從高伯五十年代送子女入左校，到六十年代轉送子女入教會學校（前文言及高伯在澄海中學時曾隨老師李春蕃反對教會辦學校），於此足以覘見高伯政治取向的改變。

高伯大公子曾回廣州升學。有年暑假，大公子受母命找大姨媽，捧一石磨返港給母親。高太太喜弄點心，石磨用來磨粉。新年時高太太包角仔、炸油角，忙得不得了。而以做芋泥著稱。也有做荳泥，但不做蓮蓉，蓮蓉太麻煩也。有時遇節日，也包糭，三個兒子都懂包糭，都能幫忙。筆者前幾天遇到姚立夫太太（高伯有供稿的《春秋》雜誌負責人），姚太太還誇讚高太太送的自製點心和糭子十分可口。

高伯曾跟我說，他從倫敦回來之後，開始「戒飯」。高伯也與簡鐵浩校長言及：「自英國歸後，六十多年，已戒吃飯，吃麵包吃出癮。」我當時以為他改吃西餐，只是鋸扒，不吃白飯。

高伯也曾在他的文章中說，他「不大喜歡吃飯」，「喜愛西菜麵包」，三十年代在上海工作時，「一星期中，總要到南京路四川路一帶的高級西菜館，獨踞一桌吃個飽。」（《大成》一八五期頁四十七《從舊日記談到民國廿一年的上海》）但我從未與高伯吃西餐鋸扒。其實高伯仍然吃飯，祇是吃的份量甚少而已，所以用燉盅燉飯，據說比較「補」。

高伯許多時候穿唐裝，着布鞋，老人家圖舒服，但形象似伯甫公。簡鐵浩校長嘗言：「老先生某次乘電車，有兩位番書女，見他唐裝布鞋，架黑框眼鏡，兩女遂用英文互談，取笑先生為八股之流，嘻哈笑謔，又作鬼臉。誰知高伯忽用倫敦英語，參與笑謔，此時兩女待車停站，遂狼狽下車。」

高夫人林翠寒身世之謎

當年《大華雜誌》的督印人署名的林寒翠，也就是高夫人，人總說《大華》雜誌之一切事務統由高伯一人任之。我想，背後應有高夫人的一份努力。當然，這是想當然，因我可沒面詢過高伯。

高夫人不露才揚己，她的應酬和做事、從笑容到聲調，都有一種温柔和謙抑。是個安份地守護丈夫的女人。當高伯聲譽日隆，知交滿天下，她卻依然是少為人知道她是位女詞人，且是傑出的女詞人。

在高伯寓所，最矚目懸掛，就是高伯手書夫人的詞。可見夫妻間的相得，和在對方心中所佔的位置。

友好問均知出身貝滿女中的高太太嫻於英文。高季子嘗言，她母親訥於言，所以很少聽到母親說英語。但卻長於讀寫。舊日有提一皮箱英文書刊登門推銷者，高太每選購一兩本 *Life Mcgazine*（《生活》雜誌），將其中一些文章，譯述為中文，如介紹三個大明星：伊莉沙伯泰來、柯德莉夏萍、蘇菲亞羅蘭等之類，譯交《星島日報》、《華僑日報》發表。當年一般家庭婦女是織冷衫（打毛線）、釘珠仔等手工來增加收入。高太則以譯述來幫補家用。高季子常陪母親坐電車去灣仔道《星島日報》領取稿費。但高太太沒有剪存發表的文章，沒「藏諸名山」之想，譯述純是揾食，詩詞才是她的摯愛。

高伯伉儷，是高氏文字工廠的最佳拍檔。高伯嘗道出為養活一家八口，兩口子齊齊搖筆桿的甘苦。「家中人口增多，一家八口，加上兩個女傭，單是吃飯問題就不易應付，不得不多寫些稿以增加收入。」高伯健筆，深受傳媒器重。「新加坡有兩家大報同時約我寫稿，它們是《南洋商報》和《星洲日報》，兩家的稿費都比香港的略高。至於香港投稿的那幾家報紙，則以《星島》、《大公》、《新晚》為主力，《工商日報》、《新生晚報》、《中聲晚報》、《文匯報》只是偶然寫寫，像這樣七八個『地盤』已有應付不暇之勢。」高伯續說：「一個人的精神有限，那能日寫萬言。」高伯終於自承：「幸而我有

林翠寒在貝滿女中

高夫人林翠寒

『賢內助』，內子能翻譯西洋雜誌的科學文字和趣味小品，自一九四八年以來，她就幫我一個大忙。」而遠在「一九三九年九月以後就有她的一枝筆好助，不過那時候我的稿事沒有戰後那麼多罷了。」（《大成》一九〇期頁二十七《靜坐漫談》）如此說來，高家出廠的科學文字和趣味小品，恐怕大都是高夫人林翠寒所為了（如一九五七年三月香港上海書局初版，署名伯雨譯述《奇妙的人體》等）。

高伯的老友陳泰來（東西居士）嘗撰《才婦風華側記》，為之表彰云：「高氏與夫人素來出雙入對，伉儷之情老而彌篤，他們不但在日常活動中出雙入對，在工作上還是並肩作戰的一對老伴。」又云「據所知，在以往的歲月裏，高氏寫作，夫人翻譯，曾以『異筆同耕』姿態解決過一段時期的生活問題。」又云「貞白夫人的作品，葉靈鳳氏生前主持的『星座』版常有發表。兒女學成就業後，艱苦的煮字生涯已非必要了。」

又云：「前月某日，高氏夫婦電約午茶，言談間夫人遞來一張寫了字的紙，展示一驚非小，原來是幾首律詩。當然是她的近作。從來不知道貞白夫人是搞舊詩的，接讀之下，詩是不折不扣的律詩，首首皆為感時撫事之作，韻味醰然。」（一九八〇年三月卅日《華僑晚報》）

不止陳泰來為之傾佩，像高伯老友王漢翹本是眼角極高，對人不輕許可的。但卻肯費神地工楷謄錄林翠寒女士詞集成一大冊。（王老過世後，其女公子曾蒞小軒出示此珍本，此集未刊行，只是高家子女，人手一冊影印本。）

高伯夫人林翠寒，又名瑩如，洋名 Loti（高伯日記一九三二年一月十七日、三月二十六

貝滿女中管叶羽校長

日所記，刊《大成》一八五期頁四十八、一八七期頁五十五），晚歲筆名韻如。福建廈門人（有時填澄海）。生於一九一一年一月十八日（季子說是香港身份證記載的出生日期）。查高伯一九三二年日記：「一月十八日（十二月初二日）星期日。內子生日。早間吃炒米粉一碟，視為珍饈矣。」（《大成》九十八期《四十年前的十二月八日》）可證身份證所載月日準確。

頗疑是高伯表親。因高伯嫡母也姓林，曾言肥水不流別人田，要益外家的人，喚林姓小朋友來澄海讀書。而林翠寒女士亦曾透露過，幼時去澄海依附親戚才有書讀。兩事未知能否聯繫同一？

林翠寒女士又曾語筆者，她是在北京貝滿中學讀書。我知貝滿是名校，所以林翠寒之中英文俱佳。港人或對貝滿女中不大了了，這裏費些筆墨略為介紹。

貝滿女中成立於一八六四年，是美國公理會傳教士艾莉莎貝滿夫人（Mrs. Eliza Jane Bridgman）捐款創建的女學（現為北京市第一六六中學）。校址在同福夾道，原名佟府夾道（順治佟妃——康熙母親佟佳氏家人所用的府第稱「佟府」），是燈市口東端的短曲巷。一九二三年貝滿纔由舊制四年改為新制三三制中學。校訓是「敬業樂群」。

貝滿重視英語教學，初中一年級開始就用英語講授。又能把學生按程度分為小班，學期結束時又再調整。貝滿自一八九八年到一九五一年改校名為止，共有五十一屆畢業生。冰心是一九一八屆校友，她曾寫有《我入了貝滿中學》，又寫了《我的老師——管叶羽先生》。管叶羽（一八七八—一九五二）是貝滿的第一任中國人校長，原為協和女子大學理預科教師。他從一九二二年起連任校長長達廿餘年。從冰心的回憶文章，可知管校長對學生愛護備至。而高伯夫人林翠寒是管校長任內的學生。

貝滿女中將西方女性權利意識引入中國，教育學生明白女性要自我解放，自我維護生命、健康，和婚姻自主，自我投身社會，服務社會，建設社會。管校長主張學生自治，成立學生自治會，仿市政府機構，學校稱為「學校市」，下設警察局、教育局、衛生局、社會局、膳務局、藝術局等等。讓學生學會自我管理。又鼓勵學生參與社會活動。

貝滿女中有參與社會活動的傳統。早在一九一五年，貝滿女中的同學冰心等，參與反對袁世凱簽訂「二十一條」活動，當時學生會主席李德全，帶領同學遊行到中央公園，號召同學抵制日貨，交愛國捐。一九一九年的五四運動、一九二五年的五卅運動、一九二六年的「三一八」慘案、一九三一年九一八之後的救亡宣傳活動等等，都有貝滿女中同學的參與。一九四七年北平「五二〇」運動，管校長和教務主任陳哲文還偷偷打開學校後門，讓二百多學生衝出校門去參加遊行。對學生參與社會上的活動，管校長和一眾老師都是支持和鼓勵的。

中共對學校的滲透，以名校為主要對象。戰後陳布雷女兒陳璉（共黨地下黨員）與劉俊英先後到貝滿女中任教，發展地下黨員。解放前夕，北平八所教會中學的教師，地下黨員合共十二位，貝滿女中就佔七位。貝滿女中甚至有中共的教師支部和學生支部。

美國教會辦的貝滿女中為中國培養出許多人材，除了人所共知的謝婉瑩（冰心一九一八屆）之外，較著名的有楊崇瑞（一九一二屆）聯合國婦幼保健組副組長，中國衛生部婦幼司司長；李德全（一九一五屆）馮玉祥太太，中國衛生部長；孫維世（一九三九屆）革命家、戲劇家等等，而詩詞家，當推一九三六屆的高伯太座林翠寒了。

其實林翠寒在貝滿中學用的是另外一個名字——高瑩如。查民國二十三年(一九三四)《貝滿年刊》所載「貝滿同學錄」，高級一年欄下有「姓名：高瑩如，籍貫：廣東澄海，通信處：廣東汕頭同濟局巷六號」。年刊中「一九三六班班史」中，載有「既入高級(指高中一年級)，新同學來者亦眾：就中如……高瑩如君工詩詞……。」可知她一入學，已經是以詩詞著稱。年刊中「文藝」，頁四刊載高瑩如醉花陰等詞四闋，頁三十五載高瑩如金縷曲。錄如下：

醉花陰

半捲湘簾涼欲透，借問何時候。報道近中秋，月漸團圞斜掛黃昏後。曲欄小立看星宿，似去年依舊。今夜苦思量，為着鄉愁顧影多清瘦。

浪淘沙　亡娣週年有感

請自破愁心，莫發哀吟，不思尋亦自思尋。遙想此時棺槨處，空有灰塵。冰雪是前身，願結來因，人間天上復相親。今夜定應魂入夢，夢亦非眞。

臨江仙

一聲殘漏侵人夢，醒來缺月窺簾。最難排遣晚寒天，閑愁無數，擱在兩眉尖。莫將往事重回憶，鄉心還似往年。舊痕未黯新痕添。挑燈起坐，葉落小窗前。

鷓鴣天　元宵

月滿空庭雪滿枝，耐寒獨自立多時，滿城燈火迷人眼，一縷閑情入鬢絲。　歌聲近，晚更遲，昔年舊事已依依。而今只有尋鄉夢，可奈寒多夢亦稀。

金縷曲

獨處無情思，捲重簾正近黃昏，炊煙四起，暮鵲驚寒依古樹，何況天涯遊子。憶昨夜衾涼如是，聽徹更殘難入夢，把閑愁醞釀成清淚，好贈與，離人醉。　近來道是多憔悴，儘樓頭，朝朝暮暮，望穿秋水。不識東西南北路，只有雲山萬里。對斜陽此情無已。鬢未成絲腸欲斷，問人生幾度春風裏。嘆飄泊，幾時止？

或有讀者會問，你如何肯定貝滿女中的高瑩如就是林翠寒呢。我是從高伯夫婦遺下的舊照片背後的題識，來證明高瑩如就是林翠寒的。這些歷史照片，有好幾張是同學題贈的，照片背面題的上款是「瑩如」或「小高」，印證了林翠寒就是貝滿女中一九三六屆的高瑩如。

高太太林翠寒本來姓林，讀貝滿時改用夫姓，來香港後才回復本姓。至於高伯齋號「寒翠堂」，這堂號又是否取自太座芳名？抑是太座取高伯齋號為名？這都已無從考究了。

高伯的感情世界

高伯在相識林翠寒之前，可曾有過舊式的封建婚姻？但高伯的文章從未提及，也從來沒與子女說及。但《陳寅恪最後二十年》一書中有指出陳寅恪助教高守真就是高伯的女兒。於是有人茶聚間以此相詢，但林翠寒只笑笑，卻不接話。而高伯有一女兒曾見告：守真擬來港探父，由於母親（林翠寒）的堅拒，終沒成行。這「堅拒」的發生時間約是國內改革開放的初期。

《陳寅恪最後二十年》的指出以及高伯女兒的所言，都可證高伯原有髮妻，且誕有一女了。高伯在文章中不提，口中不說，但「無情未必真豪傑」，他和女兒高守真（一九二六—二〇〇一），還是有溝通的渠道的，要不然，高守真怎會找到老父？至於高太林翠寒的「堅拒」，只是堅拒高伯所請，她不大可能和高守真直接對話。

再者，所謂「堅拒」，必是高伯的一而再的提出，甚或鬧得不愉快，纔令兒女輩知道這「堅拒」的始末吧？

高伯歿前一年，患病入住聖保祿醫院，女兒高季子請假陪侍。高伯或自知不久人世，父女單獨相對間，高伯嘗透露若干事情，雖隔四分之一世紀，季子仍記得梗概。季子言及高伯曾說，嫡母管錢很嚴，但子姪出國讀書，則放水支持，以資鼓勵。高伯去倫敦求學，才可以領款花銷。高伯在倫敦時，遇到一張姓女士，讀經濟的。當時中國女性攻讀經濟的甚為稀有，這位女士又非常漂亮，和高談得投契，高遂展開追求，吃喝玩樂，旅遊歐陸，

高貞白、林翠寒等「1930十月攝於汕頭四進樓上」。高貞白剛自英倫歸來，在汕頭邂逅林翠寒。高穿著整齊，林與兩女友共擠一椅，林靠前坐，表現優雅大方。

花費不少。後來床頭金盡，高伯要返澄海請款，但從此卻沒有再次赴英倫。

季子沒有記住其父當年追求的張女士的名字，筆者查閱高伯自己記載二十年代末在倫敦、三十年代初在上海往來的人物，對得上號的只有一位張肖梅博士。張生於一九〇六年（與高同年），浙江寧波人，富家千金，父親張長福是法國百代唱片公司中國的代理。張小姐一九二八年金陵大學畢業，復留學美國，得芝加哥大學碩士，再到歐洲攻讀，得日內瓦大學經濟學博士學位。

高伯沒有再赴英倫，或是因為心儀的張博士已返上海，入中國銀行經濟研究室工作。張博士曾以中文根柢不足為由，延攬高伯入中國銀行經濟研究室。張博士後來陸續以中文發表的經濟方面的文章和專著，據說有部分是同在中國銀行經濟研究室的歐陽執無（歐陽予倩堂弟）捉刀的（胡子嬰《山城憶舊》）。但高伯有否為潤色效勞則不得而知了。

總之，這段霧水姻緣，似乎沒能延續。是否張博士思想右傾，而高伯則左傾（張曾勸說高伯不要推崇甚麼馬克思列寧主義了，馬列主義過時了），但推想，是難以結論的。但可確認的事實是張博士後來（一九三五年）嫁給張禹九（張嘉鑄），而張禹九的哥哥張公權是曾任中國銀行總經理，中央銀行總裁。

但高伯和張小姐沒有好好的繼續，原因是遇到了「真愛」。季子透露，母親曾說，高伯此次返澄海遇到她（林翠寒）。季子再追問，母親怪她「八卦」，問來幹甚麼？季子母親總是不願意談自己，連女兒季子也弄不清母親的身世。事實上，高伯視為瑰寶的日記，在生前就是缺了這一年（「一九三一年我的日記不存」見《大成》八十二期頁四十九）。而這一年

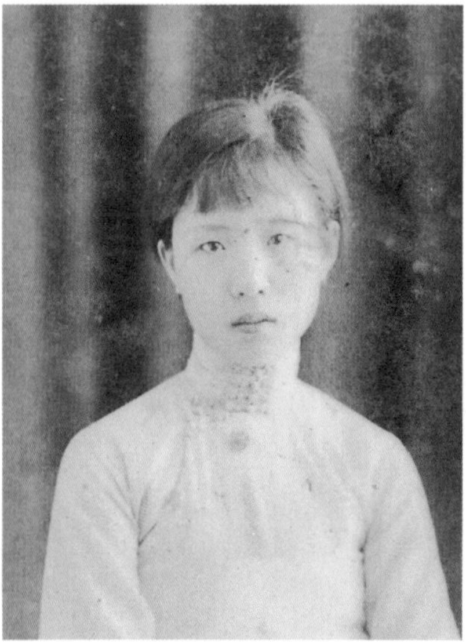

林翠寒「廿一年(1932)七月攝，時投考北平貝滿中學」。

林翠寒在貝滿女中畢業時攝

正是張、林交替的多事之秋。可見日記的所缺是人為的。

這一年，高伯如何與林翠寒結緣，日記已失，在高伯千萬言的文章中，又無所透露。只能從高伯夫婦遺留下來的舊相片和相片後的題識，可以推想多一些。

高、林邂逅當在一九三〇年。有一張照片是高與三個女孩子合影，其中一位是林翠寒，照片背面高伯題「一九三零十月攝於汕頭四進樓上」。這一年，林翠寒十八九歲，正是少女情懷總是詩。試舉她的《翠寒詞》頭幾闋，頗能道出此際情懷。

臨江仙

十八年華空綺麗，青春漸欲銷磨。病中歲月復蹉跎，春風秋雨，不比閒愁多。逢人難訴心中事，付與門前綠波。斜陽庭院鳥飛過，新詞填就，無語對殘荷。

點絳唇

聞道歸來，心兒鹿撞眼兒溜。添粧罷繡，又是黃昏後。暗裏端詳似比年時瘦。涼初透，風簾輕奏，笑把雲鬟皺。

唐多令

明月照疎林，清輝無舊新。望天涯，雁字沈沈。倚遍欄杆腸寸斷，黃葉落，已秋深。更漏莫相侵，敲殘萬里心。盼今宵舊夢重尋，飛渡雲山跨碧海，同攜手，步花陰。

有一張林的半身照，背面題：「廿一年（一九三二年）七月攝，時投考北平貝滿中學」。

查《翠寒詞》所載《滬寧道中》，題有：「己未四月與外子暢遊南京三日，後乘車往無錫，車中見麥田漸呈金黃色，與壬申夏夜隻身由滬經南京赴北平時景色相似，彼時與外子為第二次分別，心極悵惘，曾作五古一首，題為滬寧道中寄外。回憶往事，如在目前，已相隔四十七年矣。乃復用前韻作一首以誌歲月。」詩云：「兵家必爭地，金陵天險長；重來多感慨，同行笑語鏘。憶昔分飛日，客途心慌忙；南北常相左，兩情似沸湯。彼時顏如玉，綠衣間黃裳；艱辛完夙願，碧梧棲鳳凰。往事仍歷歷，離合永難忘；湖水嵌雙影，白髮勝紅粧。攜手雞鳴埭，遠望意徨徨；古今同一夢，霸業總渺茫。」

題記中「壬申夏夜」，是「一九三二年七月」，「彼時外子為第二次分別」，正是高太太北上「投考北平貝滿中學」。那麼「與外子」第一次分別是甚麼時候呢。查高伯一九三二年日記：「一月一日（辛未十一月廿四日）星期五。七時十分離開青年會，乘電車往北四川路接 內子，雇人力車到北車站，送她往杭州。車開後，看不見了才出月台。」（《大成》一八五期《從舊日記談到民國廿一年的上海》）

有一張貝滿女中畢業集體照片，背面記有「廿五年（一九三六年）夏貝滿中學卒業攝影」。

查《翠寒詞》有「卜算子」（丙子六月留別北平諸同學）：

才見柳條新，又是春將暮。流水行雲無定時，雙燕還來去。短夢五更寒，驚醒愁無數。一曲陽關酒一杯，南北東西路。

有幾張照片攝於南京金陵女子文理學院（一九三七年二月十九日）。季子說母親曾與她提過這間學校。但不管林翠寒是否入讀，肯定無法卒業。因為抗戰軍興，南京淪陷，一九三八年夏天，林翠寒已在香港（翌年長子季平出生）。或因此，林翠寒語筆者時，只說她是在北平貝滿女中讀書，而沒有說南京金陵女大。

一九八七年，高伯撰《從舊日記談到民國廿一年的上海》，在《大成》第一六五期刊載，記有：「內子讀拙文後，對我說前幾天見我寫《上海二月記》下篇，晚上就夢見南京金陵女子大學的同窗數輩，相與談在上海逃難來香港，同學邀聯袂入內地報到後繼續學業，辭之，並謂明年將二十七歲矣，醒後有感，遂譜《清平樂》一闋……

清平樂　記夢

萍蹤浪跡，曉夢堪追憶。喜與同窗再負笈，各道明春廿七。盧溝戰火漫天，難忘五十年前，正值夢中年紀，錦城化作烽烟。（《大成》一六六期頁三十三《上海二月記》）

高夫人一九一一年生，在一九三七年「各道明春廿七」，正是「正值夢中年紀」。高伯此文，也可證高夫人確是金陵女大高材生。

說回高、林的照片，在北平拍攝的有故宮、國子監、天壇、崇效寺，最多的是在北辰宮寓所。中有高、林的獨照或合影，是一九三四年至一九三六年所攝。

還有兩張是標明具體日期，廿五年(一九三六年)八月十六日攝於北平湯山，這天是高伯三十壽辰。

也有幾張一九三六年夏，高、林送王辛笛赴英留學，在北平東車站之送行照。十多年前筆者出版王老舊詩集《聽水吟集》，時高伯已離世多年，王囑我要送一冊與林翠寒。王出道早，清華畢業之後得老友陳介白之介，到貝滿女中教初三和高二語文。時陳介白也是貝滿的國文老師。送行照也有陳介白的身影。同是在貝滿，林還長王一歲，已成師生。

有一九三三年四月在杭州西湖，寶石山，福陽臺，雲棲寺竹徑，和雷峰塔殘址等處的留影。又有一九三七年春長江渡輪中林與三幾女士合影。一九三七年春末赴泰安旅行，在火車窗口留影。同年五月七日在泰山玉峯頂之傍留影。

高伯《我所見到的賽金花》一文透露，他住北辰宮時，與老板全紹周發起訪問賽金花的活動，「簽名參加的住客有十多人，到出發之日，十多人中只有五六人同去」，「幸而貝滿女子中學來了幾個好奇的學生，合起來也有十三四人，陳容尚過得去。」(《大成》二十期頁十六)。這貝滿女子中學來的幾個好奇的學生當中，當有林翠寒在，但高伯文章中就是不提。

舊日照相機昂貴，不是一般人買得起。但高伯家境富裕，有能力玩相機，旅遊喜拍攝留念。所以能留下二三十年代以來的照片。但很奇怪，這些舊照片，竟然找不到一張高伯與林翠寒的結婚照。

八十年代初，高伯發表的文章，開始有提及太太而不名。《大成》第八十四期刊登高伯以林熙筆名發表的《我和北平的：北辰宮公寓》，首次提到「妻子」。高伯說他在北平，是一九三四年一月搬入燈市口的燕京大學校友會居住。然後說這個寄宿舍，有一好處就是很靜。但「只有一處不好的，就是女客來訪，不能登樓，只許在樓下的客廳相見，但此例也由我打破。星期六、星期日我的妻子從學校來訪，我下去接她上樓到房間去，坐談後才到外邊玩。」這是我所見高伯公開發表的文章中首次提到妻子，同時刊登一幅高伯與妻子暨貝滿老師陳介白在北辰宮南向走廊的合照。後來談到搬遷入北辰宮的情況。

一九三四年「二月十一日星期日，妻子從學校來，她一見我就說，她已經給我看中了一家小旅館了，地方要比校友會好得多，設備也新式」。這家小旅館就是北辰宮，高伯與妻子當即去參觀，高伯十分喜歡。「我成為北辰宮第一個住客了。全老板大喜，立即向十多個員工宣佈我是他的第一位貴賓，以後永遠享受房金八折的優待。」「一九三四年二月十四日，是陰曆甲戌年正月初一日，我在上午八點多鐘搬家，叫了三輛洋車載行李書籍，自己又拿了兩個小提包，搬到北辰宮了。忙了整個上午，一切停妥，然後和太太一起下樓到飯廳吃中飯。」

高伯在北辰宮居住的幾年最寫意，高太太也一樣開心，在《貝滿年刊》發表詞作，前文已錄出，雅好倚聲的讀者或想了解其晚年之作。而寒齋的藏品中有高伯及岑飛龍丈錄書高太太詞的條幅。謹錄以饗讀者。

高伯錄有：

萬里無雲淡淡天，瓊樓高處炙難眠，魚潛碧海釣空懸，室少花香消暑氣，窻無山影掩晴烟，先生掩卷自怡然。

浣溪紗。甲子除夕，翠寒舊詞，貞白。

又：

心有靈犀未敢通，祇緣久別乍相逢。深情盡在不言中，腸斷宵來雙燭影。夢回枕上五更風，低垂帘幞意重重。

調寄浣紗溪。庚午仲秋，翠寒舊作忘之五十年矣，庚申初秋，忽憶及之而一字不漏，因囑貞白書存之。

岑飛龍所錄是：

雲低霧重，暖意春風送，樹已抽迓花未種，戀蔞粱午夢。眼前煩惱偏多，他年光景如何，羨爾瑣窗小鳥，飛來飛去輕歌。（寄調清平樂）

高夫人翠寒女士詞，丙寅岑飛龍拜錄。

高伯過世時，有三位老友兼同鄉翁一鶴劉作籌陳國璋拜輓的聯曰：「早為佳公子，晚為名作家，身世文章皆卓越；婦是大詞人，女是洋博士，門庭蘭桂競芳馨。」可見老友們咸認林翠寒是大詞人。

高伯過世一年後，林翠寒有懷念詞作，錄如下：

浣溪沙　外子伯雨翁逝世一週年有感

獨處空床已一年，追思往事總堪憐，春風秋雨奈何天。案上文房勤拂拭，篋中書畫故依然，重門半掩待魂旋。

幾度招魂不覺來，重泉路滑腳筋衰，無人扶護寸心哀。日處紅塵容易過，夜垂翠幕最難排，殘更數盡眼仍開。

久盼魂來細細傾，問書問字問安寧，生前元是好先生。聽雨樓中書聽雨[一]，九成宮畔習九成[二]，風騷曾是老兼青。

越二年，復作鷓鴣天，自謂「貞翁辭世忽已三載，胡謅小詞以誌之」，詞云：

萬念隨翁化作灰，三年難復舊情懷。門閒白晝賓疎到，飯冷黃昏女未回。驚髮落，悟

一　聽雨樓隨筆。

二　大約一九三五年翁在北平習畫時，曾繪九成宮圖一幅，甚為愜意，懸之壁上，常對之臨九成宮字帖。

年衰，涼風幾陣入簾來，萬年(萬年青)案上油油綠，無限生機藉水栽。

是讀來讓人酸鼻的詞，那「門閒白晝賓疎到，飯冷黃昏女未回」，其平淡和真實，這可與趙明誠死後李清照的「孤雁兒」並讀，那是一樣的深哀沉摯。筆者也是高門的舊賓客，讀到「門閒白晝賓疎到」，着實是心中有愧怍了。

高伯伉儷是一對相敬如賓的模範，而才情又各有千秋。筆者寫本文在力求如實的同時，似乎也觸動到高伯夫婦的一種難言隱痛。在此告罪了。但高伯生前是最反對「為親者諱」的。他和劉成禺的「頂牛」，其焦點也在於此。今日我這及門小子，也遵循着臨文不諱了。

我覺得，高伯在情感的處理上和魯迅、郭沫若有不同，或者是更勝之一籌。魯迅、郭沫若是「剪不斷，理還亂」，因為魯迅的元配朱安一直在跟着魯迅的媽。魯迅死，她為魯迅設靈，守靈。還給許廣平捎信。而郭沫若的原配張瓊華也一直在郭家為掛名媳婦。而高伯就似乎沒這樣「翦不斷，理還亂」的尾巴。

這都關係於各人對自己事情的處理方法，高伯面對未合於傳統的，難得的是能從權。古人說的「經」「權」，「常」「變」，用現代語言是「具體情況具體分析」。在西哲而言，人際間的事，「理論理性」要止步。要用「實踐理性」，這就是「通權達變」。而高先生處理情感能「從權」，但也不留「尾巴」，也許，是拜現任的高太能「堅拒」的所賜。

高伯說他「讀書而不求致用」，是他沒流露過他的大志。生長富貴之家，卻沒染紈袴子弟的習氣，卻能問斗求升地生活，這是「安貧」，也是能「苦其心志」。說他「愛國有正義感而不狂熱」，事見於他和杜國庠的相處。不正義又怎會走近革命？但正因為不狂熱，於是沒堅持遵循杜國庠的指導，是中途回復我行我素了。有說：「相同的內部因素，在不同的歷史條件下是能產生完全相反的意義」。循此設想，如果當年高伯繼續追隨杜國庠先生，投身革命，會怎樣？那麼世上就會多了一個革命家，也自然是這世上少了一個「最後的掌故家」了。因為當了革命家，已不是忙着去解釋世界，而是要忙着去改造世界。哪怎去談掌故啊？

又試設想，他要是不來香港，而留在大陸，以他身上的階級烙印，以他交友的五湖四海，以他待人的厚道溫情，在那「文革」十年，他怎熬得過去？

不過，在殖民地的香港，高伯也受過小小的「左」氏思維的悶氣。

那是在五十年代之初，高伯曾有文章說到，外國人不喜歡喧鬧，以超市為例，其飄針落地也清晰可聞，沒像中國人的市場那種大聲喧鬧。不意當時《新晚報》的一位副刊編輯在稿後就批「洋奴思想」四字。

高伯所言屬實，卻冒犯了極有民族尊嚴的編輯。當時總編輯羅孚(承勳)是高伯的摯友，但也要尊重副刊編輯的自主。而且這被提升到政治認識的層面，更無法為高伯維護說話了。這一小小的事情就令高伯心中糾結了幾十年。要是高伯生活在「大鳴、大放、大字報」之下，那又該怎樣挺得過來？

換一個角度，高伯曾說到他的老友瞿兌之，「近來我常發奇想，如果一九四九年十月以後，兌之奔來香港，到後，起初幾年，也和一班『移民學者』一樣，飽受生活煎熬，經過一番爭鬥後，會漸入佳境的，如羅香林先生便是一個顯例。」高伯是惋惜瞿。假如高伯留在大陸，相信後來的景況也是會讓人惋惜的了。（《聽雨樓隨筆》壹，頁二八四《新歲憶舊》）

那批「洋奴思想」四字的副刊編輯就是「姚馥蘭」（your friend 諧音）、又名「林歡」，後來是以「金庸」為筆名寫武俠小說。溯其伊始，是因頂頭上司羅孚（承勳）的勸勉，是為承梁羽生之乏的。但卻能就此一鳴驚人。日後更創辦《明報》，那聲名就更大了。而高伯呢，很少提及此人，是沒批評也沒贊賞，真是無咎無譽了。而《明報》是香港大報，當中卻就沒見過高伯的文章。

前說《新晚報》老總羅孚和高伯則是摯交。當羅孚出事時，曾見高伯為之悽惶欲哭。口中喃喃地說羅孚是：香港的周恩來，是忠而受疑了……。那一段時間總愛向人打探羅孚消息。直到高伯去世時，羅仍軟禁京華。高出殯日，那失自由的羅孚卻有長聯託人送達，惜聯文已無從記憶了。而守喪之夜，饒宗頤丈亦入夜單人往弔。老輩的友道，生死的交情，說來令人感動的。

二〇一六年八月十六日

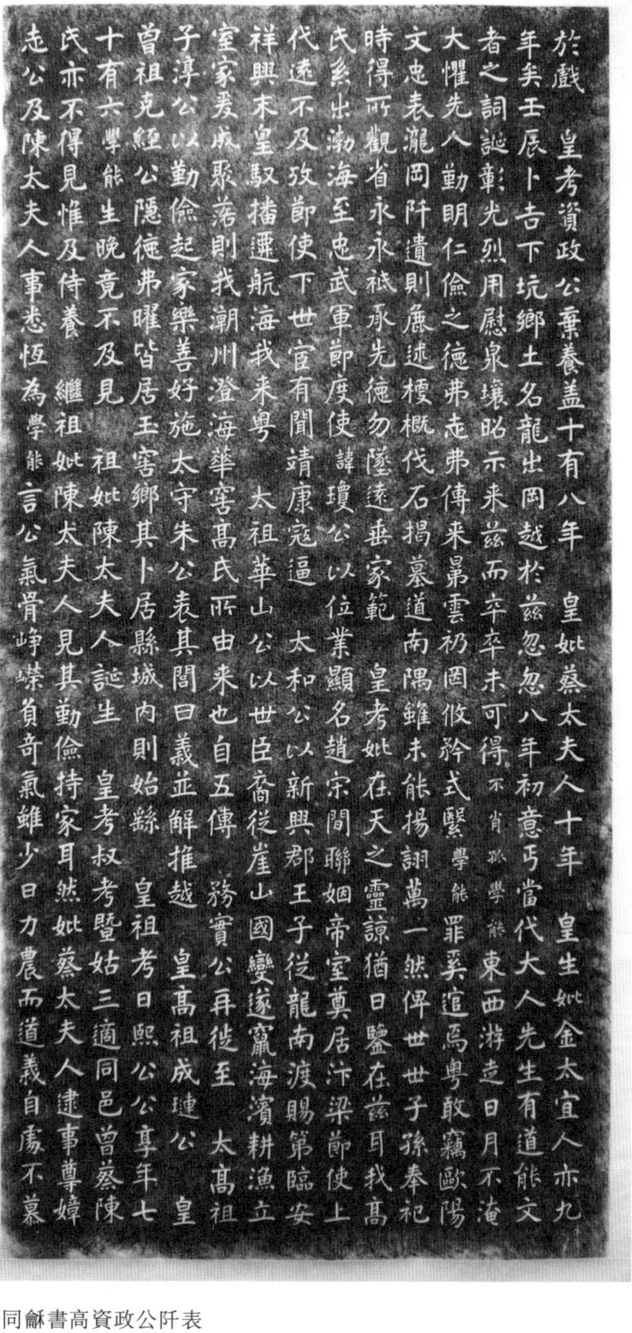
於戲 皇考資政公棄養盖十有八年 皇妣蔡太夫人十年 皇生妣金太宜人亦九
年矣壬辰卜吉下坑鄉土名龍出岡越於茲忽忽八年初意丐當代大人先生有道能文
者之詞誕彰光烈用慰泉壤昭示来茲而卒卒未可得不肖孤學能東西游走日月不淹
大懼先人勤明仁儉之德弗述弗傳来晜雲礽罔攸矜式豎學能罪奚逭焉粤敢竊歐陽
文忠表瀧岡阡遺則庶述梗概伐石揭墓道南隅雖未能揚詡萬一然俾世世子孫奉祀
時得所觀省永永祗承先德勿隳遠垂家範 皇考妣在天之靈諒猶日鑒在茲耳我高
氏系出渤海至忠武軍節度使諱瓊公以位業顯名趙宋間聯姻帝室奠居汴梁節使上
代遠不及攷節使下世宦有聞靖康寇逼 太和公以新興郡王子從龍南渡賜第臨安
祥興末皇馭播遷航海我来粤 太祖華山公以世臣裔從崖山國變遂竄海濱耕漁立
室家爰成聚落則我潮州澄海華窖高氏所由来也自五傳 務實公再徙至 太高祖
子淳公以勤儉起家樂善好施太守朱公表其閭曰義並解推越 皇高祖成建公 皇
曾祖克經公隱德弗曜皆居玉窖鄉其卜居縣城内則始繇 皇祖考日熙公公享年七
十有六學能生晚竟不及見 祖妣陳太夫人誕生 皇考叔考暨姑三適同邑曾蔡陳
氏亦不得見惟及侍養 繼祖妣陳太夫人見其勤儉持家耳然妣蔡太夫人逮事尊嫜
走公及陳太夫人事悉恆為學能言公氣骨崢嶸負奇氣雖少日力農而道義自處不慕

夏同龢書高資政公阡表

權勢壯歲一涉重洋亶言觸同舟忌輒去之力農如故沐雨櫛風劬劬昕夕與人介不能
茍同尤疾惡族子竊鬻宗祠祭田鳴諸官還輒呵斥不少貸子姓咸嚴憚之而陳太夫人
克與公相莊勞勩必偕節衣嗇食尤務紡織祈寒盛暑機聲軋軋每至夜分云其以勤明
仁儉詒謀皇考蓋如此皇考幼惇敏豁達有識度少長佐皇祖服勞田畝承顏見志雖休
勿休叔考曜和公勇果尚義俠得親歡皇考降走怡怡肅父子兄弟間見稱宗族鄉黨然
而隴畔輟耕南望滄溟會心遠矣既冠辭親游徒步千餘里沿嘉惠趨省會附商航遠達
暹羅遂枝棲宗人元盛公家公偉視皇考俾司市舶事且為納金太宜人於室暹俗婦女
襄貿遷太宜人夙習儉約能勞苦工籌畫既歸皇考同心一志右挈左提附翼俱起井臼
不疲茅茨不葺鉛華不御刻以治生為務皇考亦安步當車晚食當肉嬉游徵逐口所弗
談金玉錦繡心所弗屑如是者近二十年乃得累寸積銖生計日益饒太宜人為學能言
皇考令節佳辰思親篤切顧簿書質劑襍沓從萃搸奇計贏刻無暇晷終不得歸省及皇
祖疾聞則星夜奔赴比至纊已屬哀慕悲號喪葬盡禮而環視少慰則室廬整潔阡陌墾
治家人上下謐以安蓋太夫人自皇考之出也奉事舅姑經理內外井然秩然寄頓贍養
貲不妄費一錢方且晨夜績勿輟以遠媲美季敬姜近繩武陳先姑也大抵皇考得專意
營運家園無返顧憂者恃蔡太夫人得廣居善積華夷翕洽貨日滋殖者恃金太宜人用

能創立基業繼自今子子孫孫苟無險情贅行處獲安飽其母卮兩皇妣矣皇考遇事有
先識其在新加坡也利市三倍知共事者不可與長處樂風方順帆遷收是以不遭波累
其於香江元發也見元盛公子所好非事所任非人知必將敗昔諍不見從轉舉元發畀
我重振緒業是以利賴至今創萬安公司也堅卻勸阻是以洋人不得擅權利皇考待人
篤恩禮姊考甫強而殞姊母許撫姪男女各一均孤弱皇考教育兼施俾皆成立於姊母
敬禮有加元盛公子之敗也感念舊好冀其復興先後資以金數千並為之往復諄勸啟
導機竅家果復興皇考交游矢誠信開烈楊君勛臣吳君斅輩率悃愊無華肝膽相照久
要不忘否落落若難合尤佩孔子忠信篤敬蠻貊可行語以故交徧中外不失己不失人
皇考為善不近名穗城創八邑會館香江創東華醫院均竭力規措贊成而恂恂衆中未
嘗自異豐順丁中丞捐賑山西舉皇考董其事知不可辭而後出為盡力多所全活未嘗
自功他如一生不入公門無所爭也訓學能輩使重道誼汲汲不倦有義方也世徒見皇
考晉崇階致高貲慶多男謂昊蒼偏鍾厚福庸知固拳拳然孜孜然積福惜福以致福也
其勤明仁儉蓋如此皇考諱廷楷字宗實號楚香生道光庚辰十二月廿四日終光緒壬
午正月十日 誥授資政大夫 賞換花翎 奏敘即用知府加五級值 覃恩得贈
皇高祖以下二品封典公亦疊膺振綱學能封贈如例遺囑捐棉衣千件奉 旨建坊得

樂善好施四字蔡太夫人同邑華窖鄉人考諱喬命律己治家嚴愨娣姒敬而和學能十
二齡自暹來依膝下一言一動必使有法學能今日得略知義理者慈教基之也生道光
己丑六月十六日終光緒庚寅正月十五日 誥封夫人金太宜人生長暹邦籍隸饒
平縣後谿鄉考諱利善外寬內明重信義動遵中國禮教飭躬維謹見人未嘗妄笑語市
易事諳練深業用能日以滋大皇考厭世仍獨肩商務克令華洋大賈深信如皇考生存
時皇考之歿也以己財壘為資冥福蔡太夫人之歿也挈學能匍匐萬餘里回粵憑棺哭
臨盡哀訓兒女嚴待戚里厚炎涼無異視樂汲引後輩尤優族人愛學能摯頎穉齒遠離
示以義無戀戀色獨不肖孫學能以宦學事師故居中華之日多遂致定省晨昏之日少
而今已矣抱憾終天曷其有極興言及此流涕何從太宜人生道光癸巳七月十八日終
光緒辛卯正月廿一日 誥贈宜人學能以辛卯二月扶櫬歸葬附皇考塋右左方為
蔡太夫人禮也皇考子男九人長振綱候選道三常宏五常昭蔡太夫人出次郎學能以
光緒戊子領鄉薦揀選知縣加五級八旗官學教習皇生妣所由邀 覃恩五品封也四
常勤金太宜人出六學潛邑庠生八學濂庶母鄧太宜人出七學修邑庠生九學賢庶妣
林太宜人出女二人金太宜人出先後適饒平同知銜 賞戴花翎吳煥琳及皇考妣之
存孫男八人正誼振綱出正詳正評正論學能出正謨正訓常勤出正詩正誥常昭出今

益三人正議正譜學能出正讜學潛出孫女共八人於戲自我皇祖以勤明仁儉示身範
我皇考妣稟承之艱難數十載僅乃克成厥家孟子曰天將降大任於是人必先苦其心
志勞其筋骨諺曰貧賤生勤儉勤儉生富貴流俗之言聖賢之訓若合符節豈欺也哉世
世子孫覽斯文者見羹見牆謦欬非遠追維先德念勤明仁儉之旨深省猛發勿以貧餒
勿以富驕時念創業固難守成亦非易庶其觀感而興矣夫庶其觀感而興矣夫
光緒己亥五月吉日戊子科舉人揀選知縣加五級八旗官學教習男學能啜泣謹述
賜進士及第翰林院修撰世愚姪夏同龢頓首拜書
阡表成於己亥中夏竊計當藉法書垂不朽越秋初適夏殿撰用卿粵游香海見過
歡如故知殿撰工八法名重一時因丐書石為先人光殿撰笑語能曰大箸二千餘
言作楷非終朝而畢旅寓悾憁多故慮無能展君孝思盍俟遄返京華木天清嚴
端居多暇幸風和日麗明窗淨几庶報命乎能則敬諾錄稿俾藏行篋中廼殿撰還
都俄遘庚子之變已而奉命回黔練鄉兵噫時局至此能敢及其私乎事大定
亟亟詢幸見報稿本無恙殿撰思南北數千里魚雁或浮沉也又念若殷洪喬其人
者不易捶諉也遂亶待今歲三月游歷東洋過粵始以繕本見詒嗚呼聯軍一役
內府寶藏所不敢知如聞巨室世家收弆珍瑰奇寶鼎彝重器前人書畫名蹟燬隊

不可勝紀大部文書棨卷壁架充棟咸附一炬而此戔戔片紙幸不同為刼灰兹
非其幸歟毋亦 皇考妣靈爽式憑實有以護持之歟拜殿撰嘉貺如獲拱璧越日
召良工選佳珉雙鉤深刻用慰先人之靈庶紓小子之念耳先是 皇考嘗擬以萬
數千金為 太高祖立廟王害集族人謀屢矣事輒中梗彌留時猶以為大感能稟
承先志亟議舉行幸去年春詢謀僉同遂庀材鳩工千指偕作時適有工為形家言
者謂能曰隆出坑地勢夷坦豐碑駢列殆非所宜盍移置此能伏思 皇考妣升祔
此間植碑廊廡中後人承祀亦便觀省固無異墓道也命圬者豫餘位置地然殿撰
墨寶未來徐有待也既而念當有以妥侑 皇考妣者初冬王害廟成遂如還與弟
妹輩商為 皇考妣饗堂僉曰 皇考暨 妣金太夫人數十年樂居是邦漢高所
謂魂魄猶思者也雖曰於彼乎於此乎神無往不在而以游處日久祠於邇也宜議
遂定是歲之春方筮日經始而殿撰所詒恰至不後不先一若冥冥中默為相示啟
以宜置於此地也者 皇考妣意將謂故鄉人知我未若此邦耶抑謂此堂實專享
子子孫孫讀之彌如親謦欬耶諸弟妹均謂然而移置之議亦定噫乙亥迄今纔五
稔耳中間國是變遷人事匆匆良可浩歎爰舉鐫刻延緩之原因移置之顛末詳告
來世俾知創垂不易如此云光緒三十年歲次甲辰十月穀旦學能謹識并書
高要梁雲渠刻石

高貞白年譜簡編（稿）

【前事】

高貞白先生先世居澄海華窖鄉，曾祖父高日熙曾往暹羅謀生，未幾返鄉耕讀。祖父高滿華（一八二〇—一八八二）又名滿和、楚香。以不願躬耕隴畝為田舍郎，亦「過番」走暹羅，備嘗艱苦。曾當苦力，曾當伙伕，稍有積蓄則與人合開火礱（碾米廠），遭騙蕩然。然鍥而不捨，終能再次開設火礱，是旅暹華僑經營機械碾米業的創始者。又買帆船，來往潮州運貨，二十年間，在曼谷開創了元發盛、在新加坡開設元發棧，也承接了香港的元發行。一

高滿華得意後改名廷楷，字宗實，號楚香。在廣州組織八邑會館，在香港是創辦東華醫院的十三院董之一。父子曾連任五屆院董（後稱總理）。二 後來華北大旱，朝廷派人來

一　香港的元發行是香港南北行街最有名的老字號。元發行創辦於道光末年香港開埠不久，創辦人是暹羅華僑高元盛。高元盛經營十載，業務沒有起色，加上其兒子無心於此，高元盛遂在咸豐四年（一八五四）轉讓給高滿華經營。（《大成》四十七期頁四十六《我的表兄陳殿臣》。）而高滿華接手後店名仍舊叫元發行，業務則大加整頓。高滿華以誠懇信實營運，生意轉趨興隆，局面立時改觀。

二　「先祖父經營元發行十餘年，獲利甚豐，遂一躍而為南北行業中祭酒，同治九年（一八六九年），香港總督麥當奴(Sir Richard Grooes Mardonnell)接納黃勝、梁雲漢的建議，把原有的香港義祠撤銷，改設一所附有醫院和殮葬性質的善堂，為僑胞服務，麥當奴認為可行，即委派各行業有地位的商人十三人負責籌設一所醫院，是為東華醫院，先祖楚香公也是十三個發起人之一，初期稱為首任院董，後來稱為倡建總理。」（《大成》一一七期頁五十一《從香港的元發行談起》）

港，勸捐賑濟，高滿華出錢出力而備受嘉許。「他在晚年以住香港的時間為最多，大約一年之間在香港半年左右，在暹羅約四五個月，回汕頭的時間較短。」（《大成》一一七期頁五十一《從香港的元發行談起》）

高滿華六十二歲在故鄉逝世。遺下九個兒子：振綱，學能，學宏，學勤，學昭，學濟，學修，學濂，學賢。長子振綱是螟蛉子，而次子學能聰明能幹，又能讀書，滿華遂將生意大權授予學能。

高學能時年廿六歲，有他的表哥陳春泉扶持，在元發行主持大局。當時商界敬重讀書人。學能有功名，捐有官職，以富家舉人而坐鎮元發行，深受敬重和信賴，是以七八年之間，生意達到高峯，高學能以業務要往來香港、暹羅、新加坡、安南等地。

高學能掌控元發行等字號前後共二十五年，為高家賺取大量金錢，高貞白曾「粗略地估計一下，最少當在一千五百萬左右」。較之接手時多好幾倍。

一九〇六年（光緒三十二年 丙午）一歲

八月十六日高貞白生於香港。原名秉蔭。是高學能的第十七子（是兄弟姊妹的排行），所以小時叫「十七」，或稱「十七少」。到他十二歲返澄海居住時，嫡母林氏要按「古制」，以男女分別排序，高貞白是排第六，又稱「六少」。

生母姓楊，生於香港，是高學能第七姨太太。

高貞白一歲到七歲時都生活在香港。

一九〇九年（宣統元年己酉）四歲

高學能帶七姨太楊氏（高貞白母親）去暹羅、新加坡視察業務，返港不久又去日本神戶，視察在神戶開設的文發行。

其時高學能急於戒鴉片煙，但操之過急，一到神戶就完全停吸鴉片，遂引發其他疾病，終於回天乏術，九月廿七日（陰曆八月十四日）客死異域，享壽五十有三。高學能逝世時，有兒女廿三人，連同一個遺腹子共廿四人。

高學能逝去。高家生意，由二子高繩之（一八七八——一九一三）接管。高繩之廿五歲中末科舉人。他有理想，致力實業救國，創辦了汕頭開明電燈股份有限公司、汕頭自來水股份公司、汕頭綿發、汕頭昌發兩間機器榨油廠，更集資架設由汕頭至澄海的有線電話，出資填築汕頭海坪。於生意之外，還秘密參加了同盟會，惠州起義，曾「密助二萬金」，丁未黃岡起義，高繩之負責後勤。辛亥年，個人捐資十餘萬，供革命黨光復潮梅。

高貞白「三歲起已離開自己的母親寄養在表伯家中。」（《大成》八十九期頁四十七——四十八《從乙卯到辛酉——六十年前塵影事》）

一九一〇年（宣統二年 庚戌）五歲

下半年就讀於西營盤（在皇后大道西，對正大馬路的一幢洋房）一間陳姓私塾。讀了三年，讀完《三字經》、《千字文》和半部《幼學訓蒙詩》。

一九一一年（宣統三年 辛亥）六歲

一月十八日。林翠寒生。（一九三一年適高貞白）。三

辛亥鼎革，汕頭局面紛亂，各路自稱革命黨的兵匪爭奪地盤，高繩之先後出任汕頭民政長、全潮民政財政長，為維持地方安寧出鉅資，心力交瘁。歿後民眾在汕頭中央公園為建「繩之亭」。

「約為一九一一年吧？那時候我住在香港，寄養在表伯陳春泉先生家中，表伯母有個『梳起』不嫁的婢女名叫亞琴，年已廿三四歲了……略識字，看得懂《封神傳》，我六七歲時，碰到帶我的褓母請假，往往由她代勞，她就向我講蘇護進妲己的故事。因此我從小時候就對哪吒、姜太公、周文王、武王、黃飛虎等名字留有深刻印象。」（《大成》八十八期頁五十七《從乙卯到辛酉——記七年私塾的苦樂》）

一九一二年（民國元年 壬子）七歲

剛滿六歲，六七月隨大哥大嫂乘「海壇」號輪船回澄海居住。「初時我以為從此將永住在家鄉了，豈料一九一三年陰曆年過後不久，竟然會有派人把我送回廣州，和我的母親團聚，共同生活了五年多，使我有機會在省城一嘗私塾的『風味』。」（《大成》八十九期

三　高夫人林翠寒，又名瑩如，洋名Loti（高貞白日記一九三二年一月十七日、三月二十六日所記，刊《大成》一八五期頁四十八、一八七期頁五十五），晚歲筆名韻如。福建廈門人（有時填澄海）。生於一九一一年一月十八日（季子說是香港身份證記載的出生日期）。查高貞白一九三二年日記：「一月十八日（十二月初二日）星期日。內子生日。早間吃炒米粉一碟，視為珍饈矣。」（《大成》第九十八期頁三十九）

頁四十七—四十八《從乙卯到辛酉——六十年前塵影事》）

六七歲時（一九一二年）已經翻閱《清朝野史大觀》

一九一三年（民國二年 癸丑）八歲

民國二年農曆元宵後回廣州，先在西關多寶大街（後名多寶路）公益中學的附小讀小學一年級，不久退學，隨姊弟、母親一齊入讀德才女子學校，讀了一個學期，一齊轉入覺覺小學。在覺覺讀了一個學期，返回香港。

「先父（高學能）在宣統元年（一九〇九年）逝世，元發行是公家生意，大哥繩之雖然受命為管理公家生意的人，但還有六叔學潛（字嶧琴），七叔學修（字暉石），八叔學濂（字蘊琴）在。先父在世之日，看守得很嚴，三位叔父不敢隨便支取公款揮霍，先父身故後，他們肆無忌憚，分別在香港、暹羅、新加坡三處花天酒地，又支取公款來做私人生意，因為有繩之兄在，他們還稍有顧忌，民國二年十二月十一日，繩之兄病逝，不十年公家生意已不可收拾，欠債纍纍。」（《大成》一一七期《從香港的元發行談起》）

「第一次做舅爺是一九一三年十二月，當時是大姊淑文在香港與姊丈莫慶結婚。」

（《大成》八十八期頁五十四《從乙卯到辛酉——記七年私塾的苦樂》）

一九一四年（民國三年 甲寅）九歲

「自民國三年（一九一四年）起，七叔長居曼谷，偶然來香港汕頭，也是住一個短期間就走……民國七年，七叔又來香港、汕頭住了幾個月，以後就一直在暹邏，到民國二十年四月逝世，都未嘗來過香港。從民國三年到十三年，這十一年間，他把公家的生意摧毀了，以致欠債纍纍，要各房拿錢出來維持，如果不派錢，暹邏、香港的生意就有關門大吉之虞，情形非常危險。」

「七叔二子一女，女於一九一四年和許公遂結婚，在南洋當領事官，二子在澄海讀書。」

「民國三年甲寅(一九一四年)，我還在廣州的覺覺高等小學讀書，挨近放年假前一個多月，因為堂姊懿莊出嫁，七叔父暉石先生特地從暹羅回國，在廣州主持婚禮，我又做了一次『送嫁舅爺』。……為了辦喜事，我和母親都住到七叔父家裏，所以我就不必上學，胡里胡塗的過了甲寅年。」(《從乙卯到辛酉——記七年私塾的苦樂》)

「我在一九一四年曾在德才女子小學讀過一學期。」(大成四十二期頁十九《丁巳談往——從留辮子說起》)

「我們在覺覺小學只讀了一學期書，在覺覺小學這一學期，是我最快樂的時光，校舍比公益、德才好得多，百花園樹木，那個花園相當大，還有些假山，飯堂是一個有玻璃窗的屋式亭子，我們吃午飯就在裏面，更可喜的還有三架千秋，一下了課我就和一羣女同學爭着去打。」

一九一五年(民國四年 乙卯)十歲

民國乙卯正月，隨母返廣州，住西關十八甫馬路富善街三巷廿四號(後改門牌為一號），八庶母主持的大宅。家中聘有一位前清秀才公徐之煜星輝老師（星輝令嗣徐淡文是高貞白小書友）為八九位兄弟姊妹授課。正式受私塾教育。「我跟徐老師讀了一年書，其實上課時間不過九個多月。」（《從乙卯到辛酉——記七年私塾的苦樂》）

「一九一五年夏間我往香港住了兩個月左右。」

一九一六年（民國五年 丙辰）十一歲

「到了丙辰年（一九一六年）我的母親忽然又不讓我在家塾念書，改到舊豆欄一個姓趙所開的私塾。讀了一年。」（《丁巳談往——從留辮子說起》）[四]

「神戶文發行是先父與一廣州人合資經營，我們佔股八成以上，故以『發』字為店名，以表示為元發行之聯號也。文發行生意興隆，先父謝世後，日漸不振，民國五六年間，索性把它關了。」（《大成》第九十八期頁三十七《四十年前的十二月八日》）

「我跟徐老師讀書，並沒獲得多少知識，反而下一年我在外邊的私塾上學，回家後，吃過夜飯，常到東書房聽他為十一姊、十三姊、十五姊講書。原來自丙辰年（一九一六年）起，公家雖不續聘徐老師，但四庶母仍然請他晚上來教幾位小姐讀書。有時候，徐老師不

四 兒童開筆後，正式入學。富貴之家，延師執教，這種「家塾」，是可以招攬親屬兒童陪讀的。高貞白嫡母要招攬鄉間的孩子同讀，這就是「家塾」的特色。但普通人家只能在附近私塾就讀。清末民初廣州的私塾有近三百多家，女子私塾近百家，大多在西關。以西關富貴人家注意子女教育。私塾更高的是有專館、大館，都是指程度高一些的。像蘇文擢的尊人蘇寶盉當年就是教大館。

再：高貞白嫡母姓林，高太林翠寒也姓林，頗疑是高貞白表親。高貞白嫡母曾言肥水不流別人田，要益外家的人，要喚林姓小朋友來澄海讀書。而高太林翠寒女士亦曾透露過，幼時去澄海依附親戚才有書讀。兩事未知能否聯繫同一？

講『正經書』，而講《東周列國》，我站在他身邊聽他講得津津有味，從此我略知春秋戰國的史事，對我在二年後讀《左傳》時大有幫助。更使我一生不能忘懷的，是徐老師培育了我讀小說的興趣。」（《從乙卯到辛酉——記七年私塾的苦樂》）

「丙辰年（民國五年，一九一六年）開始，家裏不請西席，我們又在外邊的私塾『詩云子曰』了。我和姊姊弟弟一行三人就在十八甫附近的舊豆欄一家私塾上學，不知是誰人介紹的老師名趙學明，年紀三十二三左右，我讀的課本只是一種——《論語》。」（《從乙卯到辛酉——記七年私塾的苦樂》）

「在趙學明書塾雖曰讀書一年，其實只得九個多月，只把下半部《論語》念完，不過，古文也念了三四篇，而讀到滾瓜爛熟的則為《答蘇武書》、《滕王閣序》和《阿房宮賦》，似乎都是從《古文評注》選讀的。」（《從乙卯到辛酉——記七年私塾的苦樂》）

「原來五庶母病危……她一直挨到丙辰年七月才逝世，在開喪這一個多月中，我親眼見到廣州的喪禮是怎樣的。」（《大成》八十九期頁四十七—四十八《從乙卯到辛酉——六十年前塵影事》）

「上文說過我在丙辰年（一九一六年）只讀了九個月書，原因是這一年五庶母盧夫人、六庶母周夫人相隔一月逝世，家中忙於辦喪事。這兩位庶母患的都是肺病，一九一四年，六庶母不知怎的又搬去香港居住……，五庶母逝世，她也得回廣州奔喪，怎知四十九天後喪事辦完，她也病死了，於是又重搭靈堂，吹吹打打做法事，熱鬧非常。」（《從乙卯到辛酉——六十年前塵影事》）

一九一七年(民國六年 丁巳)十二歲

改去下九鋪糖房附近一條陋巷裏的一貫學塾。「一貫書塾的老師名蕭謹莊……看來年紀似乎還未滿三十……他教我讀《論語》、《孟子》、《詩經》，雖然不用講解書中意義，只着重『念口簧』(即是念書念到熟極，能背誦如流，稱為『念口簧』)，但讀音也要讀得正正確確。那時候我不懂甚麼讀音正與不正，老師教怎樣讀就怎樣讀。」

「丁巳年(一九一七年)在一貫書塾讀書，『假期』比乙卯、丙辰兩年少一些，幾乎上課上足十一個月有多，上兩年因有婚喪的事，放了不少假。不過，丁巳年的夏天，我忽然染到咳嗽，母親不讓我上學，在家休息。醫治好後，繼續到一貫上課，老師把《孟子》教完，接着教讀《詩經》。蕭老師的學生大多數是十四五歲以下的小童，沒有十六七歲的『大學生』，所以從不見他講書，更沒有見他選一兩篇古文來教我們讀，但教『串句』卻是有的。」

「我小時候對於小説極有興趣，丙辰、丁巳(一九一六、一七年)這兩年，我開始會讀小説，但自己有的一部小説是《西遊記》，而且還是偷偷的閱讀，不敢給人見到。在一貫讀書時，不知那一個同學供給我一部《七國志》，是講春秋以後七個大國互相廝殺和秦始皇統一了天下的故事，又一部《孫龐鬥法》和一部《桃花女鬥周公》。我都看到滋滋有味，同時不知不覺也學會了一些文字的運用。」(《從乙卯到辛酉——六十年前塵影事》)

「八叔(蘊琴)長住香港，一九一七年在半山巴丙頓道建造一所花園洋房，叫玉笥山樓，和一個侍妾、一幼子同住。」

一九一八年（民國七年 戊午）十三歲

「我的母親在正月初二往香港，是應七叔父之邀，去商量我們兄弟回家鄉受教育的，回來後，就安排她的三個兒子，和四庶母的一個兒子，另外有已故五、六庶母的兩個女兒，一共弟妹六人，交回嫡母教養。這是我童年時代離開自己的生母，到一個大家庭生活的經過。」（《大成》第五十三期頁十五《戊午談往》）

「戊午年陰曆二月十四日，我隨七叔父暉石先生回汕頭，我們趁的是日本日清公司的輪船『天草丸』，到汕頭後休息一日，就回澄海去，和嫡母住在新屋。因為未識潮州語，暫時不到書齋上學，我就拿着《東周列國》這部小說消遣。我在辛酉年以前，最喜愛的小說是《東周列國誌》和《西遊記》，此後就對這兩部書不大愛看了，就是偶然拿起來，讀了三五頁，就放下不看。」（《從乙卯到辛酉——六十年前塵影事》）

「嫡母林氏……是一個未進過書塾讀書的女子，但字倒懂得很不少，三十年來父親寫給她的信，都是行草書，日子久了，居然能通行草筆法，平時也愛讀小說彈詞。」

「在未入家塾讀書這一個多月裏頭，我日夜都在看小說，日間在前廳的樓上坐着看，晚上回到房間，一燈如豆的借着很暗淡的燈光讀小如螞蟻字體的書，全不見疲倦，但還好，只看一個鐘頭左右而已。因為嫡母持家勤儉，吃過晚飯才掌燈，有時八點鐘未到，就上牀睡覺了。」（《從乙卯到辛酉——六十年前塵影事》）

「我正在沉迷讀小說之時，嫡母忽然叫我往書齋讀書了，還好，她叫我去讀的是在我們二房自己的書齋，名叫『與竹為鄰』的，坐鎮書齋教書的老師名叫陳珊閣，和嫡母的娘家有些親戚關係，據說是一位秀才，後來有人說他是『半邊秀才』，並非整個的。他在與竹為鄰處館已有八九年左右了，教的是七八歲以至十一二的小童，一九一二年我回澄海小住時，也跟他讀過幾個月書，大概嫡母還記得，所以先把我放在與竹為鄰，把潮州音讀得熟些，才轉往半容花莊跟黃先生。黃先生是教『高級』一些的老師。」

「半容花莊是公家的書齋。祖父楚香公派下一共九房，我們二房子弟眾多，聘了兩位老師教讀，陳老師在我家的書齋，黃老師在半容花莊。九房人，幾乎每一房都有一所書齋，不僅為讀書之所，也是為男丁們起居之所。」

「二房的人丁多，單在與竹為鄰齋是不能容納這許多學生讀書的，所以自一九一八年起，就請多一位老師名黃安邦（字琴選，南澳縣後宅鄉人，他的通訊地址是宮前，養源軒。）來處館。黃老師是一名貢生（秀才中的較高一級），比起所謂『半邊秀才』的陳珊閣老師已是高一等了，所以黃老師以教年歲較大的學生為宜。當我入半容花莊讀書時，黃老師已來開館有三四個月了。」（《從乙卯到辛酉——六十年前塵影事》）

「我讀書不怕，但最怕是背誦，自從一九一八年四月後在半容花莊跟黃老師讀書，初時只讀《左傳》、《孟子》、《古文評注》、《幼學瓊林》四種，每種日授三四行或隔日授三四行不等，後來又增加《作文示範》、《中國歷史讀本》、《唐詩三百首》等十餘種，凡經講授過的，第二天早晨上學時，十多本書攤開所讀之處，疊成一堆，向老師背誦。但老師並不要你全部都背，他只是抽三五種叫你背就算了。」（《從乙卯到辛酉——六十年前塵影事》）

「自從戊午年（一九一八年）見到父親的日記後，我才知道文字中有這樣的一種體裁，我立即模仿，拿寫信用的那種紅間條的信紙，薄薄地三四十張，釘成一冊，隨便記些日常讀書生活，但對於先人的忌辰則記得非常詳細。」（《大成》九十期頁五十八《六十年前的書塾生活——從乙卯到辛酉》）

十多歲時，熱衷臨池。先臨歐陽詢《皇甫碑》，後泛臨漢魏六朝各種碑板。「九成宮醴泉銘也是歐陽詢寫的，我倒很喜歡這種字體，初時每日臨幾十個字，過了一兩個月，漸漸增多，起初每天早晨臨寫一百五十個字，然後吃早飯，飯後往書齋上學。我在書齋讀書時臨字的興趣很濃厚，可以說從戊午年初冬到辛酉年年底為苦練時期，臨過了九成宮後，有兩年多時間臨寫龍藏寺碑，同時兼臨北魏造像和張黑女、敬使君碑、石門頌、瘞鶴銘、天柱山銘等等，然後又泛臨唐碑中的褚遂良聖教序、李北海的雲麾將軍碑、麓山寺碑、徐浩不空和尚碑等，小楷中的靈飛經、轉輪王經都是我歡喜的，更喜歡以磚塔銘來作小楷範本。」（《六十年前的書塾生活——從乙卯到辛酉》）

一九二〇年（民國九年 庚申）十五歲

「庚申、辛酉之交，因多讀了一些律賦，又進而讀《哀江南賦》，從此對四六文大感興趣，在作文章時，也兼用些駢文，黃老師見了，必定大加塗抹，他說散文就應從頭到尾都是散文，不能夾雜四六駢體，這和謝龍煥先生的持論不同，我是站在謝老師那一邊的，因觀點不同，到了辛酉年開課不久，我對黃老師越來越厭倦了。」（《大成》九十一期頁

五十七《從乙卯到辛酉——六十年前書塾見聞》）

「我初次學習靜坐是一九二〇年……都是向《因是子靜坐法．正續篇》學習的。……不過學習有心，無人指導，拿着《因是子》也是沒用，十天半月後就沒心再學了。」

「一九二〇年我在故鄉家塾讀書，我們的家族共九房，每一房都有書齋一所，有些還擁有兩所，我們兄弟叔姪，你來我的書齋，我到你的書齋，無分彼此。」

「我在家塾讀書，正經書要讀到滾瓜爛熟，以應付下一天早上向老師背誦，我又愛讀小說、筆記一類的雜書，十五六歲的青少年，不愁精力應付不來。」（《大成》第一九〇期頁二十七《靜坐漫談》）

「民國九年庚申（一九二〇年）我讀的小說最多，先是《七俠五義》、《小五義》、《七劍十三俠》等迷住我，接着就是《施公案》和《彭公案》。這一年我住在書齋與竹為鄰，吃過晚飯後，隨便溫習功課，草草了事，就坐在炕牀上對着小几的火油燈看小說，往往看到三更鼓響後將近十一點才上牀睡覺，有時還捨不得放下書本，上床在蚊帳裏看個飽，在帳中不能用火力較大的火油燈，只能用小的，光線就不大明亮，小說的字體很小，又是有光紙印刷的，對於眼睛大有損害，但我也不理，樂此不疲地做着。到十六七歲後，眼睛就差了。」（《六十年前的書塾生活——從乙卯到辛酉》）

「庚申（一九二〇年）一年我的讀書活動，不止是白天半容花莊夜間與竹為鄰，有時還白天黑夜都跑到第三個書齋『留學』，那個書齋是四房的鄰竹別墅，由老夫子謝龍煥（字炎廷，澄海外沙鄉人）先生執教鞭，其時五哥秉遠和他的兩個姪子都在學校讀書，齋中只有三四個小孩子，所以謝老師十分清閒，終日評碑論帖，讀詩看書。我往往在中飯吃過後或晚飯前，溜到謝先生處翻他的書和碑帖，談今論古，有時還談到一些鄉賢故事，增加我的見聞。所以這一年我讀書倒也頗有心得。」（《六十年前的書塾生活——從乙卯到辛酉》）

「庚申年下半年我的讀書生活匆匆而過，但讀書之暇，留心聆聽家中掌權的人談海外的生意情況，所以我在十四五歲時對我家經營的公私生意的一般情形，都能知其大略，也斷定這樣的經營日後必招致大失敗的。果然，一九二七年公家在暹羅、新加坡的生意結束了，一九三三年，我們二房在這兩處的生意和香港、廣州、汕頭的也倒閉了。倒閉的原因頗複雜，而掌大權的人私心太重也是造成原因之一。」（《六十年前的書塾生活——從乙卯到辛酉》）

「因為伯昂自一九一九年起，以十九歲青年掌管先父名下的產業和各港的生意大權，殿臣有關元發行的重要事情，都要和他商量，決定後才施行的。殿臣兄在元發行的職務是經理，伯昂才是東主。這個時候，六叔、八叔都在香港，七叔在曼谷，他們濫支公款，使公家生意大受損害。」

一九二一年（民國十年 辛酉）十六歲

「辛酉年（一九二一年）元宵過後，嫡母擇定吉日，兩個書齋要開學了，黃老師從南澳來，開學那天，照例先拜文昌帝君（不拜孔子，不知何故，俗例如此），老師坐下來授課應個景兒，八點左右就設酒席款待老師（年尾解館時亦設酒席）。但我對這位黃老師沒好感，只是怕他，不親近他。因為他有時和我談話都是扳起臉孔，大聲大氣，絲毫沒有循循善誘之態。加以我和謝龍煥老師談得來，比較一下兩人的學問、見識，黃老師簡直不可與謝老師相比。」（《六十年前的書塾生活——從乙卯到辛酉》）

「辛酉年六月我到鄰竹別墅拜課。」「與竹為鄰是一所小小的書齋，但有一個小庭院，兩正房，一大廳，旁邊還有一個小樓，大門北向，但正廳前一列大玻璃窗朝南，外面是一個大池塘，風景頗佳。每當月夜，我常在小庭竹間步月，暗誦日間所讀過的書。」（《從乙卯到辛酉——六十年前書塾見聞》）

「我七年的書塾讀書生活，自以辛酉這一年為最快樂，從謝（龍煥字炎廷）老師和（蔡）幹庭先生處獲得一些古典文學的知識，還知道一些科舉掌故。」（《從乙卯到辛酉——六十年前書塾見聞》）

致力臨摹龍門造像，尤醉心《始平公造像》。

一九二二年（民國十一年壬戌）十七歲

「自壬戌年（一九二二年）起，我家不再請黃老師處館了。」（《六十年前的書塾生活——從乙卯到辛酉》）

「夏夜讀書，自有幽趣，但似乎也要在花前樹下，清風徐來，才覺得有些意致……此種讀書清福，只有六十年前享受，所以我的《夏夜讀書記》一晚就做起，第二天送給謝老師批改了。」

下一年壬戌(一九二二年)四月，我自編所為詩文名『又一村山房集』，就把這篇不像樣的文字鈔入，頗有敝帚自珍之意，幸而一九四八年終，有人在澄海書齋檢得這鈔本，寄來給我。……這樣的駢文，實不足登大雅之堂，也不值識者一笑，只是髫齔之作，今日回思六十年前所好的文體，實在走錯了道路，幸而就在這一篇文章寫過之後，就永不彈此調了。…… 直到一九二五年暑假期間，初讀新文學作品，又讀《胡適文存》、《獨秀文存》，以後就連文言文都不寫了。」(《從乙卯到辛酉——六十年前書塾見聞》)

八月二日大風災後，停課近半個月，讀《世說新語》和《聊齋》消遣，開始學臨隋龍藏寺碑。

臨摹八叔從香港寄來的《裴鏡民》碑，反復臨習數月之久。

「壬戌(一九二二年)以前，我是個十分孤陋寡聞的『少爺仔』，只會讀些古文、經書、章回小說、林譯小說和臨摹碑帖。」壬戌年家裏請來林姓塾師(澄海人林屏周)。「上半年我讀書可說萬分自由，讀自己歡喜讀的。因為不必應付背誦的壓力……我的時間騰下來的就多了。其時，直奉第一次戰爭發生，在大廝殺，前一兩個月，張作霖、吳佩孚、曹錕、梁士詒四個主角，大開筆戰，互相通電攻擊。那些電文也有寫得頗像《古文觀止》的，我就從報紙上抄錄下來。」五

五 吳佩孚電文是駢散並用，而所用典及文氣都是高貞白所讀過和喜愛的。不意就此成了高貞白對歷史興趣的開端。電文說：

「害莫大於賣國，姦莫甚於媚外，一錯鑄成，萬劫不復。……今梁士詒乃悍然為之，舉曩昔經年累月人民之所呼籲，與代表之所爭持者，咸視為兒戲，犧牲國脈，斷送路權，何厚於外人！何仇於祖國！縱梁士詒勾援結黨，賣國媚外，甘為李完用張邦昌而弗恤，我全國父老兄弟亦斷不忍坐視宗邦淪為異族。祛害除姦，義無反顧，惟有群

四月三十日（陰曆四月初四日），表伯，陳春泉卒。享年八十三歲。（《大成》四十七期頁五十《我的表兄陳殿臣》。）

「一九二二年十一月，我二哥的第三女瑤蓮出嫁佘氏，嫡母也點我去送嫁，跟在喜轎後走了一二百步就算是送了，然後拿了一封五塊錢的『利是』。大概因為路程近，不用坐轎，和在廣州、香港那兩次不同。」（《從乙卯到辛酉——記七年私塾的苦樂》）

「到壬戌年（一九二二年）下半年，才考入舊制中學受學校教育。」（《從乙卯到辛酉——記七年私塾的苦樂》）

策群力，亟起直追，迅電華會代表，堅持原案。凡我同胞同澤，偕作後援。披瀝直陳，竚候明教。」

上引是高貞白興趣開端的「歌電」。隔了兩天，又有庚電，其文曰：

「梁士詒賣國媚外，斷送膠濟鐵路，……。梁士詒兼而有之，全國不乏明眼之人，當必群起義憤，共討奸慝，全國更不乏殷富之家，務期合集鉅資，保存命脈，鋤奸救國，海內共鑒。」

一月十日，吳又第三次發蒸電曰：

「庚日通電，諒邀鑒察，……人心不死，即國土不亡，正義猶存，即公理尚在，存亡之機，繫於一髮。凡屬食毛踐土者，皆應與祖國誓同生死，與元惡不共戴天：如有敢以梁士詒借日款及共管鐵路為是者，則其人既甘為梁之謀主，即屬全國之公敵，凡我國人，當共棄之。為民請命，敢效前驅。」

一月十一日，又致電梁士詒，其文曰：

「計自洪憲蹉跌，埋首五六稔，此次突如其來而竊高位，餘孽群醜，咸慶彈冠，誠所謂一人成佛，雞犬昇天矣。……今與公約，其率丑類迅速下野，以避全國之攻擊，三日不能至五日，五日不能至七日，七日不能，是終不肯去位，吾國不乏愛國健兒，竊恐趙家樓之惡劇，復演於今日，公將有折足滅頂之凶矣，其勿悔！」

這裏的「三日不能至五日，五日不能至七日，七日不能，是終不肯去位」是套韓愈祭鱷魚文的句式，即以丑類相喻，令人讀來捧腹的。

以後還有十二日的電文，當中警句是「綜觀其登台十日，賣國成績已如斯卓著，設令其長此尸位，吾國尚有寸土乎？吾民尚有噍類乎？燕啄皇孫，漢祚將盡。斯人不去，國不得安，倘再戀棧貽羞，可謂顏之孔厚，請問今日之國民，孰賣國之內閣？」

這「燕啄皇孫」，是當年駱賓王罵武則天的句子，這裏用得恰當，而且梁士詒別字燕蓀，令這「燕」字雙關了。

以後十五日的刪電，其警句有：「公應迅速下野，以明心地坦白。前途正遠，來日方長，去後留思，東山再起。又何惜乎一時虛權，而蒙他日之實禍。」

這場「電報戰」終令梁士詒託病請辭。但卻是高貞白研究掌故的誘因。

一九二三年（民國十二年 癸亥）十八歲

入澄海縣立中學（四年制）讀書，校長是葉浩章。六

「到了民國十二年癸亥（一九二三年），我才認眞寫日記，初時用商務印書館發行的『國民日記』，十三、十四兩年用父親日記那種簿子。自一九二三年到今（一九八一），已寫了五十六年日記了（其中有兩年只記了半年），只可惜在書齋讀書那幾個月的日記，久已不存，無法幫助我對書齋讀書生活記憶得更清楚了。」（《六十年前的書塾生活——從乙卯到辛酉》）

一九二四年（民國十三年 甲子）十九歲

林翠寒「十三四歲時在廈門讀書，是在一個親戚的家塾附讀的。塾師王姓，名紀雲，是個老秀才，學生約八九人，都是十三歲到十六歲的女孩子。」（高伯雨《不全的詩篇》，刊一九八八年三月十九日《信報》專欄《聽雨樓隨筆》）

一九二五年（民國十四年 乙丑）二十歲

三月，魏鹹楷書《高楚香君家傳》。

六 葉浩章，東莞人，別字根道，人稱「根翁」。京師大學堂畢業。曾任廣東省文史館館員。酷愛陳蘭甫書法。高貞白之老友黃玄同兄少時曾親受教。據悉根翁五十年代居廣州六榕路之福泉新街論茶說詩，練拳義診，喜交遊。密邇往來者有盧子樞、張亞雄、鄔慶時等。葉常言：潮人飲茶在「功夫」，粵人飲茶在「談話」。這是他澄海生活中概括出來。其老友鄔慶時更將此語推衍為七言長古「飲茶歌」。

六月，杜國庠接任澄海中學校校長。

十月以後，澄海駐有不少黨軍（東征軍），革命氣氛瀰漫。

「十二月廿三日，澄海中學老師李春蕃（後改姓名柯柏年）[七] 召集同學，先訓我們一頓，講話內容是基督教是帝國主義者的以文化侵略急先鋒，我們要打倒列強，就要壓止他們傳教活動。我們到教堂搗亂。」李春蕃老師「約好了我們幾十個好事盲從的青年，十二月廿四日到城內外各教堂唱雙簧戲，神父講耶穌，我們在旁講打倒帝國主義。所謂搗亂者，如是而已，甚為溫和，未演成雙方大打。」這是澄海中學時期的革命氛圍。「因為形勢對我們有利，地方上有黨軍，冇有怕。」（《聽雨樓隨筆》肆，頁一二一《聖誕懷舊》）[八]

「一九二五年，我極醉心新聞學，立志要從事報業，打算中學畢業後入大學攻讀這一科。其時新任校長是杜國庠先生，他極力贊成我入平民大學，他還寫了公函去給汪大燮校長，凡本校畢業的學生，不必考試就可入學。」

「在一九二五年，我吃酒而不『花』，原因那時我正陶醉於馬克思學說，要做個社會

七 這次領導搗亂的老師李春蕃是潮安人（大革命失敗赴滬改名柯柏年），比高貞白大兩歲，是杜校長帶來的人。這位李老師和杜校長除了教堂搗亂之餘，又成立「汕頭收回教育委員會」（一九二五年十二月），收回汕頭的華英中學（英教會學校）改名南強中學作自辦。這位李春蕃老師，還曾帶領高貞白的廿多位同學，以旅遊的名義，步行去海豐學習農民運動經驗。這些下鄉的同學返校後大多加入共黨，更成為澄海共黨骨幹。

八 高貞白所謂「形勢對我們有利」「冇有怕」，是時國共尚未分裂，澄海的進步力量高漲。高貞白參與愛國行動，並非出於「偶然心事」。而是認為是一種時代的必然。高自笑當年「開口閉口就社會主義，共產主義。當時有位同鄉翁君，在倫敦做抽紗生意的，他曾取笑我道：『六少爺是富家子，共了產你就知味了。』我答道：『我不希罕家產，人人有飯吃，不是好過我有嗎？』」（《從「甲寅雜誌」談到章士釗》《大成》三十七期頁三十五）這是高貞白青年時的一種儒家的「人饑己饑，人溺己溺」的仁學的體現。

改革者。」

「一九二五年十一月，我經由杜國庠、李春蕃兩先生介紹，加入國民黨，杜先生說：『你很想加入共產黨，很好，總有你如願的一日，不過我想你先加入國民黨，我和李先生一同加入了，我們可以在同目的下為黨努力。』我就加入國民黨了。一日，縣書記來訓話，告誡新入黨員，『要服從黨和總裁的命令，黨指定一件事要你做，你不得藉口拒絕。因為既為黨員就沒有個人的自由……』我恭聆之下，大驚失色，深悔加入。」（《大成》一九一期頁三十六《民初留美學生的兄弟會》）

「一九二五年十一月，蔣偕鮑羅廷、陳潔如一行來澄海中學訓話，我有生以來第一次見蔣，也跟他握手，他稱我『同志』，那是校長杜國庠先生的特別介紹，才有此『殊榮』，因我新近加入國民黨也。」（《聽雨樓隨筆》肆，頁二二四《從陳潔如之死談起》）

「我於一九二五年十一月和（余）心一相識，他是縣長，我是學生，有一晚他請我吃飯。原來東征軍的總指揮到澄海縣視察，鮑羅廷、周恩來隨行。心一是縣長就得辦差，借我們的書齋半容花莊為總指揮行臺，還在包辦筵席的貴合酒館定了兩桌二十元一桌的酒席，準備請客，總指揮到了澄海中學演講，我恭聽之後，散隊就和朋友姚鶴巢往趁輕便車出汕頭。但在車站等了許久不見有車，打聽一下，據說沒有車開往汕頭了，全給軍隊包去……我回到與竹為鄰書齋，正要吃飯，半容花莊的僕人來請我去赴宴，說是余縣長請我的。我說不去。既而又來說，縣長說：杜校長、李先生都在座等着我，我見杜國庠李春蕃都請到只好往陪了。」（《大成》一五〇期頁十三《曾希穎與熊潤桐——廣東顒園五子逸事》）

一九二六年（民國十五年 丙寅）二十一歲

「一九二六年年初，因為我將往日本求學，她（嫡母）幾次叫我到她的房間，在一盞豆油燈下，諄諄教訓我做人之道，又講了很多父祖創業之艱難，我就乘她高興時，問些先人的故事。」

一九二六年六月初旬乘招商局海輪「海康」號往上海，住了二十多天才轉乘日本郵船「伏見丸」（坐頭等艙）赴日本神戶，擬投考早稻田大學（也是杜校長推薦的）。

惟九月喪母，遂自日本返穗奔喪，十一月回汕，本擬明春赴滬讀大學，不果。

「一九二六年我在莫干山避暑。」（《大成》一八五至七期《從舊日記談到民國廿一年的上海》）

「廣州市以珠江分為河南、河北，江上浮一小島，千百年來為羊城勝景之一，後來闢為海珠公園。一九二六年我到廣州住了三個多月，常到海珠公園遊覽，因為此地比較中山公園交通不便，要在長堤乘坐小艇才能到達，所以遊人不多（後來似乎築有一橋，以便交通）。島上頗有古跡，樹木茂盛。」（《大成》一五〇期頁十四《曾希穎與熊潤桐——廣東顒園五子逸事》）

「一九二五年讀吳稚暉一篇文章，說他寫文章得力於『放屁放屁，豈有此理！』乃出於《何典》。」「好容易等候到一九二六年在上海買到新出版《何典》一冊，讀過後，從此下筆為文便取輕鬆幽默一路。後來帶《何典》到倫敦，老舍剛着手寫《二馬》，他借《何典》一讀，自此之後，他的文章更為幽默了，於是我就把《何典》送給他，使他與吳稚暉為同門師兄弟云。」

八叔高蘊琴得米芾千字文四屏甚為鍾愛，自起別號「米齋」，並請吳昌碩刻「米齋墨緣」印章。一九二六年，高蘊琴得知姪兒貞白亦好米南宮字，故將「米齋」別號並「米齋墨緣」印章一併轉贈給他。高貞白遂以「米齋」為齋號。（林熙《吳昌碩兩方印的故事》刊《星島日報》副刊）

女兒高守真出世。

一九二七年（民國十六年 丁卯）二十二歲

一九二七年一月底從汕頭赴滬，「住在四川路青年會中學的宿舍讀英文，有往英國求學之意。」「初時原擬往法國習美術，打算先在上海的震旦大學習法文，其後改變主意，先往英國數年，再往法國。」（《從舊日記談到民國廿一年的上海》）在復旦大學讀了三個月的預科，「五月初忽然發生風潮，學校退還一部分學費，我立即趁船南下。」（《五十年前的灣仔》）

二月，八叔高蘊琴卒。

「一九二七年四月，上海的大中小學都有春假，多則兩星期，少亦十日，學生多往蘇杭旅行，我也參加江灣一間美術學校的學生往遊杭州。」「提到杭州我就會眉飛色舞的，自一九二七年四月首次遊覽之後，在四月五月這四十日間，我竟然去了四次，自一九三一年後，每年都去。」（《大成》六十九期頁四十三《江南尋夢》）

「一九二七年冬我從上海來香港。」「住在德輔道中的皇后酒店(在上環街市對面，戰後改名新光酒店，近十餘年改建為商業大廈。皇后酒店於一九二七年五月開業，在中環為華人旅店中最豪華的一家，一九二七年我從上海來香港，因為它距離元發行不遠，所以就租房住下，以後每經香港，也必住進皇后，已成慣例。……)」

「一九二七這一年，我到過香港兩次。」

「一九二七年陳殿臣表兄幾度往汕頭，和各房開會，要他們拿錢來清還債務，重新充股，才可以使元發行繼續經營，但各房只顧緊守所擁有的財產，不想拿出一個錢放在海外，寧願放棄所佔元發行的股權。經清算後，各房協議，元發行由二房和陳殿臣合作，他們不參加，簽約為憑。」(《從香港的元發行談起》)

一九二八年(民國十七年 戊辰)二十三歲

「一九二八年我痛罵蔣為假革命，不意蔣已『夫子自道』了。我當時是個對馬列主義一知半解的青年，對共產黨傾心，凡不利於共黨的，皆為我所深惡痛絕，故對蔣之清黨殺人，恨之刺骨。」(《從陳潔如之死談起》)

「一九二八年五六月之間，我午餐幾全在這裏(上海四川路海軍青年會)進食。」(《大成》一六五至六期《上海二月記》)

「新加坡與五兄秉遠及林一穆表兄同攝。一九二八年十月也。」(高貞白照片背面題跋)

乘法國郵船公司的「亞多士二號」赴英倫，擬攻讀英國文學。

一九二九年（民國十八年 己巳）二十四歲

「一九二九年我住在倫敦高打士格連區之時，離市中心頗遠。」

一九二九年春初，中國公使館代表陳維城介紹與章士釗見面談天。甫一談話，覺得章「一點政客的味兒都沒有，是個溫文爾雅的讀書人」。[九]

「一九二八、二九年間，我常交往的朋友可以數出來的，有：陸謙受、羅棟勳、葉大楨、梁莪生、關祖堯、林泉和……，他們屬於香港派的；又有：傅堅白、傅尚霖、周廷旭、朱光潛、鍾天心、丁廷標、方頤積、陳文淵、韋卓民、潘淵、馮裕芳、吳定良等，他們是國內來的自費生或研究生……；至於來自新加坡南洋羣島的則有莉莉戴、薛彩鳳、黃露絲、雷銀椿。」（《民初留美學生的兄弟會》）

一九二九年在巴黎，由鄭楷帶訪張競生不遇。（《大成》一八二期頁三十二）

陸謙受勸加入仁社。「我是一九二九年十月（廿七日）在倫敦加入仁社的。當時仁社的「誡條」，要社友嚴守秘密，對外不能承認自己是社友，並且要不知有甚麼仁社這回事

九 高二十年代已聞章名，又曾訂了一年章的《甲寅週刊》，欣賞他的文章。二十年代中章兼任教育總長（已任司法總長），合併國立八大學，禁學生示威巡行，復炒魯迅魷魚，封閉女師大，反對語體文等等。高由是對章非常反感。一九二九年春初，高與章同在倫敦，高的老友中國公使館代表陳維城，勸高放下成見，與章見面談天。高當時滿腦子馬克思思想，本來不屑與被國民黨通緝的「北洋餘孽」章士釗傾談，但甫一談話，覺得章「一點政客的味兒都沒有，是個溫文爾雅的讀書人」。高返國在上海中國銀行做事時，章也在上海，但高沒有找他。抗戰爆發高回香港，章也在香港。楊千里約高一起去看章，高忙於衣食，沒有閒時間去看章。解放後（五十年代）章來港兩次，其門如市，高更沒有找章。到一九六四年，朱省齋拉着高，往大坑道訪章，章贈高小字幅，是贈高的兩首七絕。這次見面暢談了一個多鐘頭。嗣後到一九七三年五月章抱病來港，高原打算過些時候才去看章，但章旋卒。章贈高的詩第一句是「三十年間一再逢」。一九二九年章高在倫敦訂交，到一九六四年再見一次。真是三十六年始一見。（《從「甲寅雜誌」談到章士釗》《大成》三十七期頁三十三—三十九）真是「君子之交淡如水」。

的，看來頗像秘密組織。」

「一九二九年十一月我到日內瓦。」（《從舊日記談到民國廿一年的上海》）世界經濟不景氣，潮汕農村凋敝，僑匯銳減，人們的購買力薄弱，失業的人越來越多，局面非常危險，很多商號經不起風浪，就是不倒閉，也要設法來支撐，才可以渡過難關。

夏敬觀小楷書扇面雜興二篇相贈。款題：「己巳孟秋，錄奉貞伯世仁兄雅正。吷庵夏敬觀。」鈐朱文長方印「敬觀」。

一九三〇年（民國十九年 庚午）二十五歲

「四月六日，我寫信給周廷旭，請求退社（仁社）。信發出，第二天便取道巴黎往日內瓦。兩星期後回來，收到廷旭給我回信，亦使我如願。」（《大成》第一九二期頁四十九《六十年前的英美仁社「民初留美學生的兄弟會」續篇》）「退出的原因，覺得它雖無伐異的事例，但黨同的事例似乎太多，不合我心目中的『羣而不黨。』」（《民初留美學生的兄弟會》）

在倫敦認識張肖梅小姐。張生於一九〇六年，浙江寧波人，富家千金，父親張長福是法國百代唱片公司中國的代理。張小姐一九二六年金陵大學畢業，復留學美國，得芝加哥大學碩士，再到歐洲攻讀，得日內瓦大學經濟學博士學位。當時中國女性攻讀經濟的甚為稀有，這位張小姐非常漂亮，和高貞白投契，高遂展開追求。一九三〇年張博士返國出任中國銀行調查部副課長，以中文根柢不足為由，延攬高貞白入中國銀行。張博士後來陸續以中文發表的經濟方面的文章和專著，據說有部分是同在中國銀行經濟研究室的歐陽執無（歐陽予倩堂弟）捉刀的（胡子嬰《山城憶舊》）。高貞白有否為潤色效勞則不得而知了。一〇

三十年代初歸國。回汕頭。

是年與林翠寒邂逅。一一

汕頭中山公園建「繩芝亭」，紀念先生之兄高繩芝（秉貞，一八七八-一九一三）。

一九三一年（民國二十年 辛未）二十六歲

「一九三一年我入中行工作，曾有函告他（傅堅白），我未必喜歡這一行業，一年半載後會再往歐洲求學的。」（《大成》一八七期頁五十五《從舊日記談到民國廿一年的上海》）

入中國銀行調查部（翌年改名經濟研究室，在上海黃浦灘路）工作。「每日所看的報紙二三十種，雜誌二十多種。」（《大成》七十期頁四十五）

在中國銀行「主管資料並主編一個有關經濟、政治、文化、社會的雜誌論文題目索引的週刊。」（《靜坐漫談》）

一〇 高貞白歿前一年，患病入住聖保祿醫院，女兒高季子請假陪侍。高貞白或自知不久人世，父女單獨相對間，高貞白嘗透露若干事情，這可對上述事作為補充。季子謂高貞白曾說，嫡母管錢很嚴，但子姪出國讀書，則放水支持，以資鼓勵。高貞白去倫敦求學，才可以領款花銷。高貞白在倫敦時，遇到一張姓女士，讀經濟的。當時中國女性攻讀經濟的甚為稀有，這位女士又非常漂亮，和高談得投契，高遂展開追求，吃喝玩樂，旅遊歐陸，花費不少。後來床頭金盡，高貞白要返澄海請款，但從此卻沒有再次赴英倫。這段關係，沒能延續。但可確認的事實是張博士後來嫁給張禹九，而張禹九的哥哥張公權是曾任中國銀行總經理，中央銀行總裁。

一一 據高貞白女兒高季子透露，母親曾說，高貞白此次返澄海遇到她。高、林邂逅當在一九三〇年。有一張照片是高與三個女孩子合影，其中一位是林翠寒，照片背面高貞白題「一九三〇十月攝於汕頭四進樓上」。

「元善里在滬西極司斐而路，中國銀行在那兒租了十多幢洋房，以較低的租值租給中級的職員……一九三一年八月，我租了第二衖二十四號一幢，高三層，對面一幢房子則是陸謙受兄所住，屋的後門對正我的前門，但正門則對正地豐路，門牌列為七號D，但屋卻在元善里。我住不到一個月就搬走，九月一日，仍遷回辣斐德路老地方。」（《從舊日記談到民國廿一年的上海》）

十一月在上海和陳彬龢相識。（《大成》八十三期頁五十《陳彬龢與申報及大華半月刊》）

一九三二年（民國二十一年 壬申）二十七歲

「我在中行服務時，薪水中等，個人生活所需，綽綽有餘，每月還有家中津貼數百元，花錢只花在吃館子，看電影，買書籍，僅此娛樂而已，但也知慳識儉。……」生活過得很寫意。（《從舊日記談到民國廿一年的上海》）

「民國廿一年這個年頭，除了春間那三個月有局部戰爭外，整整一年，全國尚稱平靜。……這時候，我住法租界八仙橋新落成兩個月的基督教青年會宿舍。我本住法租界辣斐德路一百九十三號一個白俄開設的公寓。因內子將於一九三二年再往杭州求學，而一九三一年十二月十五日租賃期滿，如果獨自一人居住，很不方便，不如各自遷往青年會，她搬到公共租界施高塔路的女青年會，我每天下班後就去找她，一同出來吃晚飯，吃過後，總是趁一路電車送她回去。」（《從舊日記談到民國廿一年的上海》）

「三月二日（正月廿六日）星期三。……夜間把《聖女貞德》第三幕譯完。」（《從舊日

記談到民國廿一年的上海》）

「一九三二年四月，我從法租界辣斐德路（一千二百六十九號）搬到公共租界的膠州路（三十四號），租普益地產新建成的一幢洋房（面對萬國殯儀館，很多忌諱的人都不高興住在哪裏，但我卻愛它幽靜），每天從外灘回家吃中飯，趁公共汽車在靜安寺前下車，穿過一條狹小而又很短的小巷，叫做廟弄的，經新閘路口，行約五六分鐘便到家了。」（大成五十期頁五十《劉大人放賑與上海靜安寺》）

高太太林翠寒留有半身照，背面題：「廿一年（一九三二年）七月攝，時投考北平貝滿中學」。

一九三三年（民國二十二年 癸酉）二十八歲

三月，遷往上海海格路一五四弄大勝胡同三十八號居住。（《大成》一八六期頁三十九《從舊日記談到民國廿一年的上海》）（《上海二月記》）

「一九三三年（民國廿二年）三月，我還在中國銀行的經濟研究室充數，在中行三年」「是年三月，我雖因公和張肖梅女士爭吵，我發脾氣不幹……我說幹了三年我不想幹的工作，我也膩了，想到外國讀多些書，趁此時家裏供給得起，再過十年我就不敢說了。她也贊成，就不堅持留我。當時我打算上法國去，杜國庠先生主張我往日本。」（《從香港的元發行談起》）

「一九三三年四月我和內子往杭州，仍住西泠飯店。」（《大成》六十九期頁四十三

《江南尋夢》）

「民國廿二年四月，我辭去中國銀行的職務後，在上海讀書、譯書，八九月，漫遊北平天津，南下到濟南、曲阜、泰安、南京，然後回到上海，打算下一年往日本讀書，從事寫作。」（《從香港的元發行談起》）

四月，？刻朱文方印「高倚筠讀書記」，邊款一「癸酉四月，擬元朱文刻成視之，仍趙無悶甚矣。風氣之限人，有如果□日，□□伯子□記。」

「我是十月中回到汕頭的，民國廿三年三月即擬東渡，不料這次還鄉，躬逢舍下『破產』之盛，連累在香港開設近八十多年的元發行也胡里胡塗的倒閉了。」（《從香港的元發行談起》）

「民國廿二年（公元一九三三年）十二月七日，我家開設在香港的元發行忽然倒閉，這家商號是先祖楚香先生在咸豐初年經營的，先祖有子九人，死後遺下來的各港生意，九子共有，而由次子——我的父親舜琴先生獨掌管理大權。父親死後，公家的生意，面臨絕境，一九一七年清算後，各房退出，暹羅和香港的生意，由我們二房繼續經營，各房無份。元發行自一九二二年起由表兄陳殿臣任經理，他的女婿高伯昂卻在汕頭遙制，使他做得不很痛快，伯昂是我的大姪，自一九二〇年就掌握我二房的生意大權，元發行改組，就拉他的丈人峯來參加股份，由他任經理。……到一九三二年翁婿失和，子婿迫岳丈退股……元發行倒閉後數日，我到香港，轉船往上海。」（《從香港的元發行談起》）

「往外國讀書的志願，不得不打消，因為自己感覺到已經破產了，應該找件事情來做，自立起來，不要和以前那樣作『家中還有錢，可給我讀一世書，不愁溫飽』之想。……我還能安心求學嗎？」

「於是我匆匆忙忙離開汕頭，先到香港，然後上廣州，靜觀一下局勢。……各港生意相繼倒閉，起初那十天八天我倒也有點惶惶不可終日之勢，後來局勢稍見明朗，伯昂大姪也露面了，各債主原諒他，因知道他是受人所累，只要他肯出來清理，人欠欠人，甚麼都可商量。」（《從香港的元發行談起》）

「一九三三年家破，欠債百餘萬，幸而田園屋宇不動，兩家公司的股份和存款都無恙，債項分期還清後，還勉強可稱為『富戶』，還有『資格』被勒索派軍餉，買公債票。」

日記「十二月十二日（十月廿五日）星期二。陰。下午稍晴。十天前定好了『萬福士』號的頭等艙位往香港，轉乘十二月十八日開上海的法國郵船Porthos號。」

當時（一九三三）「我對國民黨的統治十分憎惡，凡是反蔣的行動我都贊成的。」

一九三四年（民國二十三年 甲戌）二十九歲

「一九三四年二月北辰宮開幕，未正式營業前我已由燕大校友會搬去居住[一二]，所以

一二　八十年代初，貞白先生發表的文章，開始有提及太太而不名。《大成》第八十四期刊登貞白先生以林熙筆名發表的《我和北平的：北辰宮公寓》，首次提到「妻子」。貞白先生說他在北平，是一九三四年一月搬入燈市口的燕京大學校友會居住。然後說這個寄宿舍，有一好處就是很靜。但「只有一處不好的，就是女客來訪，不能登樓，只許在樓下的客廳相見，但此例也由我打破。星期六、星期日我的妻子從學校來訪，我下去接她上樓到房間去，坐談後才到外邊玩。」這是我所見貞白先生公開發表的文章中首次提到妻子。後來談到搬遷入北辰宮的情況。再：林翠寒嫁高貞白之後隨夫姓。查本年《貝滿年刊》所載「貝滿同學錄」，高級一年欄下有「姓名：高瑩

老板永遠優待我，得享八折『特惠』」，「有甚麼名人學者來住宿，賬房的人總是通知我，有時在飯廳進膳時，老板走來有意無意的介紹，兩年以來都是這樣的。」（《大成》第五十五期頁五十七《故人楊千里》）

四月，與北辰宮老板全紹周發起訪問賽金花的活動，「簽名參加的住客有十多人，到出發之日，十多人中只有五六人同去」，「幸而貝滿女子中學來了幾個好奇的學生，合起來也有十三四人，陣容尚過得去。」（《大成》二十期頁十六《我所見到的賽金花》）。

高貞白「糾合了七八個同住在公寓的朋友，帶備禮物（我指定要麵粉一類可以作主食的東西，不要奢侈品）去慰問她，我還答應以後按月捐助她五塊錢，初見面時先送十元為禮。」「數月之後，朋友從報館獲得消息，賽金花有吸大煙的惡習，經證實之後，我就停止這微不足道的幫助。」（《聽雨樓隨筆》柒，頁一九一《張競生與賽金花》）

三月到八月，應邀寫介紹西洋文學的文章與上海李餤生（馬兒）主編的《新壘文藝月刊》發表。（卻稿酬）（《大成》第一六一期頁二十九《李宗仁、徐亮之「人言報」》）

「李餤生辦一個文藝雜誌《新壘》，我在北平寫了很多稿支持他，又翻譯了尤金・奧尼爾的劇本《奇異的插曲》。抗戰軍興，我們失去聯繫，到一九六二年才在香港吃過幾次茶。」（《從舊日記談到民國廿一年的上海》）

「我離開中國銀行往北平閒住了七八個月，承唐有壬好意招呼我在外交部混了一個時

如，籍貫：廣東澄海，通信處：廣東汕頭同濟局巷六號」。乃知林翠寒在貝滿中學用的名字是「高瑩如」。年刊的「一九三六班班史」中，載有「既入高級（指高中一年級），新同學來者亦眾：就中如……高瑩如君工詩詞……。」可知她一入學，已經是以詩詞著稱。

期。」（《大成》八十二期頁四十九《文化界奇人陳彬龢》）

九月，到南京外交部任僉事。

「廿三年九月三日攝於北平之北辰宮。倚筠誌於上海地丰路7號D之東壁下。十月六日夜也。」（林翠寒照片背面墨水筆題跋）按，地丰路即今靜安區烏魯木齊北路。

十二月，請假去北平，入住東城燈市口開辦不久的小旅館北辰宮。

王樹枏晉卿寫贈設色山水扇面。款題：「突兀曾雲盪胸臆，隔林空翠入溪流；名山大澤游來徧，收入禪家一指頭。甲戌仲冬，寫此以應貞白尊兄之屬。匋廬老人王樹枏指涂。」鈐方印二，朱文「陶廬老人」、白文「王樹枏印」。背面行楷山居詩，款書：「貞白先生兩政。八十四叟再涂。」鈐方印二，白文「晉卿」、朱文「樹枏」。

一九三五年（民國二十四年　乙亥）三十歲

四月一日，長居北平，讀書進修，尋師學藝。通過北平藝專訓導主任林紹昌介紹，認識溥心畬。時舊王孫收拜門的學生極嚴。後來介紹人通知（一九三五年五月二十日，《聽雨樓隨筆》肆，頁七〇），溥答應收為拜門弟子。一三

在北平生活得非常愜意。終日習畫、臨池、交遊、訪古。也時常參加雅集。如陳漢第仲恕（一八七四—一九四九）在士禮胡同寓所舉辦的「伏廬雅集」，逢星期日上午十時開

一三　高貞白得列舊王孫的門牆，終日是習畫、臨池及與妻子商榷學問。此外則是交遊、訪古，雅集。此時在北平的高貞白是人生最愜意的時候。

始，參加者多為書畫篆刻界名人和名流學者，高兩三個月參加一次。[一四]

「一九三五年，我在北平由沈啟無介紹和周作人先生相識，並見數面，那時候我正全部精神註在寫字寫畫，對西洋文學已經興趣大減，還是周作人林語堂提倡小品文合我口味，故此對同住一城的知堂先生景仰更深。七七事變後，我未曾和他通信。一九五六年五月，我到北京，也不敢探問他住在何處。一九六一年七月，我寄給他拙作兩種，一為《中國歷史文物趣談》，另一種叫甚麼我可忘記了。」

「一九三五年我從北平南歸，在汕頭住了五個多月。……不久後我重返北平，學習繪畫和篆刻。」」（《上海二月記》）

高心泉為刻朱文方印「貞白書畫」，邊款「乙亥伏日，心泉刻。」

高心泉為刻白文方印「貞白之印」，邊款「貞白先生屬正。乙亥五月，心泉刻。」

高心泉為刻白文方印「貞白珍藏」，邊款「乙亥初夏，心泉刻。」

高心泉為刻白文方印「信天翁」，邊款「貞白先生屬製。乙亥五月，心泉。」

高心泉為刻朱文方印「石田」，邊款「乙亥十月十有九日，貞白先生法正，心泉作。」

高心泉為刻白文方印「貞白」，邊款「貞白先生正之，乙亥十月，心泉作。」

高心泉為刻朱文方印「高氏六子」，邊款「貞白先生正之，乙亥，心泉作。」高貞白

一四　詳《聽雨樓隨筆》肆，頁八七《陳仲恕其人其事》陳漢第（一八七四—一九四九），浙江仁和人，字仲恕，號伏廬。著有《伏廬藏印》《伏廬考藏璽印》《伏廬選藏鉥印彙存》。曾是袁世凱任內之總統府秘書，當時秘書長是梁士詒。梁屬下有三個機要秘書，是張一麐、陳漢第、馮學書三人。

補刻邊款「高氏六子之印，貞白。」

夏，高心泉為刻白文方印「世家第一」，邊款「貞白先生法正，乙亥夏，心泉刻。」

十月。楊雲龍畫贈《揚帆圖》。設色紙本直幅。款題：「貞白硯兄教正。乙亥冬十月，楊雲龍。」鈐白文方印「楊雲龍」。

一九三五年在「海貞」號船上認識張競生。

認識金息侯（梁）。

「不過那時候，我在上海、南京做事，用的是另外一個名字，後來在一九三五年廢不用了。」（《文化界奇人陳彬龢》）

一九三六年（民國二十五年 丙子）三十一歲

「四月，我回北平，仍舊住在燈市口的北辰宮小旅館，因為我是這家旅館的第一名入住的客人，又和老板全紹周是老友，所以旅館中上上下下的人都對我特別客氣。」（《故人楊千里》）

楊千里（一八八二—一九五八）到北京，在冀察政務委員會掛個諮議名義（月薪三百元），也住北辰宮公寓，就近跟楊學篆刻。[一五]

一五　費孝通《我的家庭》說到：「大舅舅楊千里秉承父業，國學基礎扎實，在書法、金石、詩詞方面都有很深的功底，民國時期靠筆桿子做了官，當過相當於行政院秘書長的官職。」曾在上海澄衷學堂掌國文教席，當時有位胡洪騂的學生就是胡適之。楊千里本名天驥，鄭逸梅在《續藝林散葉》評價他「能文，能詩，能詞，能書，能刻，能治稗官家言，無一不佳」，蓋絕頂聰明人也。于右任生平諸家贈的印章皆摒不用，而只用楊千里及吳昌碩所刻。

楊千里小行楷書自書詩扇面相贈。款題：「丙子春夏間與貞白先生同寓舊京北辰宮，令作扇頁，因雜寫小詩以博一粲。楊天驥記。」鈐白文方印「楊千里」。

楊千里隸書自書詞扇面贈高夫人。款題：「瑩如大家清拂。天驥寫詞。」鈐白文方印「楊千里」。

六七月間，識楊千里公子楊彥岐（易文），時彥岐十五歲。「當時我和千里同住在北平的北辰宮公寓，他的太太帶了她的一兒一女從南京到北平度假，男的就是彥岐，女的叫楊慧。」（《大成》第五十四期頁五十《悼念楊彥岐兄》）

六七月間，「某日，從琉璃廠的集粹山房借了一幅趙伯駒的九成宮圖回來，畫雖是膺品，但筆墨很好，打算玩賞幾天便還給他們。千里見了就說：『何不臨一張出來，我給你題字。』我窮三日之力臨畢，去其金碧輝煌，只用少少石青石綠染山石，樓閣宮室，純用墨筆，略施朱砂，別具雅淡之意，自以為愜心之作。千里錄《醴泉銘》中『至若炎景流金……』題在畫端，張于素壁，數日後始付裝潢。」（《悼念楊彥岐兄》）

「大約一九三五年翁在北平習畫時，曾繪九成宮圖一幅，什為愜意，懸之壁上，常對之臨九成宮字帖。」（林翠寒《浣溪沙　外子伯雨翁逝世一週年有感》注二，見本書頁一一三）此畫一九九八年家屬捐贈香港藝術館。

夏，林翠寒在貝滿中學畢業。

八月，自刻朱文長方印「窮鳥」，邊款「丙子八月，貞白刻於北平。」刻白文方印「張朱」，邊款「丙子八月初三日，貞白。」

自刻白文方印「白頓首上」，邊款「丙子八月廿一日，貞白。」

中秋。自刻白文方印「高貞白珍藏金石書畫印」(未完成)。邊款「丙子中秋，貞白改刻於北平。」原石邊款「乙亥五月心泉刻」。

九月，自刻朱文長方印「貞白」，邊款「丙子九月十四，貞白。」一九九八年家屬捐贈香港藝術館。

壽石工為刻白文方印「綠雲精舍」，邊款「丙子九月望日，貞白仁兄屬正，印匄改刻記。」

「廿五年十一月一日與楊千里先生同攝於北平臥佛寺前之銀杏樹下。操機者莊木蘭女士也。十二月十九日記」(高貞白照片後題跋)

十月，自刻朱文方印「恨人」，邊款一、二「貞白在平初度三十生朝，為作是印。」邊款三「丙子十月三日，貞白刻於滬上。」

自刻白文方印「朱?」，邊款一「吾欲不傷悲，不得已也。仿趙撝叔。」邊款二「貞白仿漢印。十月廿六日在汕頭。」邊款三「千里先生近有此印，因仿之。丙子，貞白。」

刻白文方印「同孟子四月二日生」，邊款「丙子十月十七日，仿無悶，貞白。」

刻白文方印「□處因循緣酒醉」。邊款「丙子十二月廿三日，貞白製。」

自刻朱文方印「壺公」，邊款一「貞白自用印。丙子十月，刻於寒翠堂中。」邊款二「貞白仿為千里」，邊款三「石田仿漢，丁丑。」

刻白文方印「蘇鳳」，邊款一「丙子十月十一日作於□香別墅，貞白。」邊款二「明星謝賓」。

十一月，刻白文方印「李田之印」，邊款「廿五年十一月□，在金陵之勵志社，貞白。」

「我於一九三六年十一月初回汕頭一轉，目的在和弟姪們分家。自從我的大哥繩之逝世後，父親遺下的家產，由嫡母林夫人掌管。到大哥的長子伯昂已十九歲，才在汕頭學習做生意，不久便做起汕頭電燈公司的司理，然後又總經理，可說是少年得志。……他自一九二〇年出來汕頭掌握我家生意大權，到一九三三年十二月，把祖父遺下來的外港生意全部『玩完了』，只保存有汕頭兩家公司的股權，使他總經理的位置屹然不動。」（《上海二月記》）

「民國二十五年（一九三六年）十一月就回汕頭，和弟姪們開家庭會議多次，歷時三月，於丙子年除夕前議妥，父親名下的財產凡在澄海縣內的田園屋宇，作七份分配……至於現金和在汕頭、香港、廣州的屋宇商用鋪戶，以及股票等，概不分給，組織一個委員會管理之。」

「家產分妥後，我在丙子除夕到達廣州，把分家情形向母親報告，她的生活費不變動，廣州的大屋由她收租，如她喜歡回澄海居住，由公家供養。我在廣州住了十天左右，忙回汕頭，準備在三月開個人書畫展。恰好此時友人陸謙受兄來汕頭視察中國銀行的建築，……第二天上午，我和謙受遊中山公園，閒談時，他邀我往上海在他的私人機構中工作，只是客卿的身份，不是僱傭身份。……他又準備在他的住宅花園之側，加建一所小屋作為美術、建築研究的地方，收集藝術材料，以為建築設計參考，我到上海後就住在他家裏，寫字繪畫都很方便。我到北平，無非也是閒住，在上海住下來，一樣是過着『藝術的生活』，兩處並無大區別，……我立即答允他的邀請，待摒擋一下就去上海。為甚麼我這樣快就接受了呢？理由很簡單，我不想在汕頭做事，北平上海這兩處的藝術氣氛，對我有好處，我應該知所選擇。」（《上海二月記》）

「一九三六年十一月我往上海，特地在南京下車，住了一個星期，只到千里太太處探訪一次。」（《悼念楊彥岐兄》）

黃葆戉畫贈設色山水扇面。款題：「貞白仁兄先生雅教。柔兆困敦之冬。青山農葆戉寫於蕉香館。」鈐小方印「黃葆戉」。

李宣倜贈小楷書扇面。

是年夏天，高貞白、林翠寒伉儷送王辛笛赴英留學，在北平東車站有送行合照。[一六]

一九三七年（民國二十六年 丁丑）三十二歲

自刻白文方印「丁丑大利」，邊款「丙子除夕八時後抵家，行裝甫卸，即作是印。貞白志於燈下。」

自刻朱文方印「丁丑」，邊款「明□丁丑，先作此印，貞白。」

一六　十多年前筆者出版王老舊詩集《聽水吟集》，時高貞白已離世多年，王囑我要送一冊與林翠寒。王之出道，由清華畢業而在貝滿教國文的陳介白介紹，得到貝滿女中教初三和高二語文。送行照也有陳介白的身影。王老比林翠寒還少一歲，同在貝滿，份屬師生。

自刻白文方印「高季平」，邊款一「丁丑元旦，貞白作於白下。」邊款二「德晉口口口口，貞白愜心之作。時同客金陵。」邊款三「五五——三／十三。」

「民國二十六年丁丑（一九三七年）我在廣州過年，年初二，鄭楷和張競生來拜年並接我郊遊。」（《大成》一六八期頁四十三《從化星湖之間》）

一月，自刻白文方印「餘事作詩人」，邊款「貞白仿漢。丁丑一月。」

刻白文方印「張延壽」，邊款一「秋曉盦，貞白。」邊款二「貞白製於海揚船上。丁丑一月。」邊款三「仿黃牧父法於白下之旅舍，即呈仲明先正之。貞白。」邊款四「貞白。丙子七月十八。貞白。」

自刻白文方印「長生無極」，邊款「丁丑二月晦，貞白仿秦。」

二月，自刻白文長方印「樂志」，邊款一「貞白制。丁丑二月廿三日。」邊款二「石田」。

自刻朱文方印「澄海高氏書帶草堂印」，邊款「貞白自作。丁丑。」一九九八年家屬捐贈香港藝術館。

自刻白文方印「綠雲精舍」，邊款「張船山詩，滿地綠雲疑昨夢。以名吾室。丁丑二月。貞白制。」

刻白文方印「翬光」，邊款「香雪先生正篆，丁丑二月。貞白。」

三月，自刻朱文方印「米齋」，邊款「石田自用印，丁丑三月六日。」

自刻白文方印「貞白」，邊款「石田仿漢，丁丑三月。」原石邊款「貞白先生屬，心泉作。」

自刻朱文方印「山農」，邊款一「丁丑三月，石田仿漢碑額。」邊款二「小人有母。黃牧甫曾有此印，因仿之，貞白。」邊款三「貞白。」邊款四「貞白製印。」反轉「貞白仿無悶」。

自刻白文圓印「米齋」，邊款「貞白自用印。丁丑三月望。」

自刻朱文方印「壺公」，邊款一「貞白刻。丁丑三月。」邊款二「石田刻」。

春，刻朱文方印「竹香書屋」，邊款一「仿黃士陵法為孝達大人誨正。丁丑春月，貞白。」邊款二「我近中年惜友生。黃仲則詩也。余亦同感喟焉。丙子十月十九日。貞白。」邊款三「廿五年十一月廿三日，貞白作。竹香主人。」邊款四「貞白為冷君製於汕頭。」

四月，刻朱文方印「足吾□□」，邊款一「丁丑四月九日，石田。」邊款二「一狐之白。丁丑二月，石田刻。」邊款三「歐陽文忠語。貞白刻贈炎廷先生。丁丑四月九日。」

自刻朱文方印「高氏」，邊款一「石田作，丁丑四月十八日。」邊款二「貞白。」

自刻白文方印「高貞白」，邊款「石田自作，丁丑四月。」一九九八年家屬捐贈香港藝術館。

自刻白文方印「貞白父」，邊款一「丁丑，石田」，邊款二「貞白愜心之作。」

自刻朱文方印「米齋」，邊款一「石田刻為米齋仁兄正之」，邊款二「貞白愜心之作。」無記年。

自刻白文方印「尋是人千里」，邊款「范希文詞，丁丑四月，白。」
自刻朱文方印「武陵人遠」，邊款「易安詞句，丁丑四月，石田。」原石邊款「貞白先生法正，心泉刻。」
自刻白文方印「米齋金石」，邊款「丁丑四月十日，石田。」
自刻白文長方印「南去北來何事」，邊款「石帚詞，貞白刻之志慨。丁丑四月廿六日。」
自刻朱文長方印「與山間之明月」，邊款「丁丑四月廿八日，石田。」
五月，自刻白文方印「高貞白印」，邊款「貞白作。丁丑五月望。」
自刻白文方印「香雪艸堂」，邊款一「香雪艸堂主人」，邊款二「高氏伯子之印，貞白。」無記年

「民國廿五年（一九三六年）冬，汕頭、香港的債務清了，我們八兄弟分家，分妥後，廿六年六月我將往上海，行前在汕頭開個畫展，試看我的藝術能否入時人之眼，肯拿錢來買，如果有人要，即是證明我寫的畫還不至無人顧盼。會場假外馬路舉行，一連三天，我畫的是北宗山水人物，還有臨趙千里的界畫，其中如「九成宮圖」，「滕王閣圖」……，都是金碧輝煌的作品，吸引了很多觀眾欣賞。汕頭二十年來的畫風，以海派佔盡天下，偶然有人展覽作品，多半是從上海藝專等校畢業歸來，現在有人以北宗山水與觀者見面，當然耳目一新了。三日展期不足，延期三日，居然也賣了幾千塊錢，買畫的人，多數是不相識的，反而相識的人買的不多……於是我才驚訝潮汕有不少收藏家和藝術欣賞者，以前我

小覷它了。更奇怪的是買畫的人以做生意人為多，年齡都在四十以下。他們來畫展場看了幾次就下手買，並且不講價，爽快之至。」

「民國二十六年(一九三七年)六月二十一日，我從汕頭趁海輪往上海。打算開始我的藝術生活。」(《上海二月記》)「多用功夫學習寫畫，再多五六年稍有成就，如能以賣藝為生，『不用人間造孽錢』，於願已足。」

日記：「六月二十六日。早間與內子同往靜安寺路，轉入卡德路四十一弄，看白俄所設之公寓數家，有八十二號三樓一室甚合意，房間甚大，又有一小室可放存衣箱雜物，浴室亦大，可兼作廚房，月租六十元，以五十五元成交，放下十元為定金，明日遷來。歸旅舍後，甚感滿意，此處鬧中帶靜，出弄堂即卡德路，再出為靜安寺路。雖為弄堂，而無烏煙瘴氣之象。六時往西泠印社，買印譜，往同興樓京菜館之小食部晚膳，點菜三樣，付賬時只九角餘，價廉物美，上海大可居也。」(《上海二月記》)

日記：「六月二十八日(五月二十日)星期一，竟日雨。往漢口路中國銀行三樓總管理處之建築課。見到謙受，他即命茶房叫庶務處搬多一張辦公桌放在他的辦公室裏邊，安排文具等物，半小時後才安定下來，披閱鐵道部機廠的來信和此間與其所訂各條件。」(《上海二月記》)

五月，寫《笙樓仕女圖》，設色絹本直幅。一九四三年補題：「白玉簾開露氣浮，芙蓉花近紫金鈎；陽春一曲無人識，香拂銀箏下翠樓。丁丑五月寫於上海，越六年始題於羊城之光塔街寓樓，不勝滄桑之感。貞白記。」鈐印二，朱文方印「高貞白書畫記」、白文方印「米齋墨緣」。

六月，寫《山靜瀑聲喧圖》，設色絹本橫幅。款題：「丁丑六月貞白在上海。」鈐印二，白文方印「高貞白」、壓角朱文方印「米齋」。

寫《小橋流水》，設色絹本橫幅。款題：「貞白作。」鈐印一，白文方印「高貞白」。

「日本軍在上海多方挑釁，八月十三日，全面抗戰之幕揭開，中國的命運有了新的發展。……我在上海租界裏飽聽槍炮轟炸之聲，心驚胆戰，報國未成，書劍有慙，只好打算在後方覷機會來貢獻一分力量。但我服務的那個商業機構的主事人不能再在上海立足，將隨大隊遷往漢口，兵荒馬亂中，不便和我同行，我向他建議，不如我到香港去，待他在大後方樹立根基後，我才往相從。這樣決定後，我就在八月下旬乘搭一艘撤退英僑的難民船來香港。」（《上海二月記》）

日記：「八月二十五日（七月二十日）星期三，晴朗，熱。……下午二時，已登上『加拿大皇后』號……在加拿大皇后號住了兩夜，八月二十七日午後二時許，船已到香港，泊九龍倉碼頭。我們登陸後，就展開了在香港生活了五十年的第一天。」（《上海二月記》）

「最初那一年多，因先母在元朗有屋，我食住可無問題，終日寫字寫畫，刻印消遣。後來環境變遷，嘗試寫稿投向報紙，儌幸第一篇投去就馬上刊登，就一連寄了多篇去，也絡繹刊出，稿費雖少，但十分有趣，料不到十年前我憧憬着要過的書齋生活現在有一半可以兑現，在家裏坐在書桌前，振筆直書，簡直就像在書齋讀書作文章一樣寫意。書齋作來的文章未必都可賣錢，而現在我坐在亭子間中寫出來的文章可以有價，可以恃此為生活，

暫時不必求人介紹職業，何樂如之。」（《上海二月記》）

十一月，刻朱文方印「仲平」，邊款一「仲平先生疋屬，丁丑。」邊款二「十一月廿三日。貞白。」邊款三「貞白。丁丑正月。」

刻白文方印「周衍」，邊款一「貞白刻贈冷君」，邊款二「自稱臣是酒中仙，口丁丑。」邊款三「作於羊石。貞白。」邊款四「高貞白，卅八年，季平十一月卅一。」

楊千里為刻朱文方印「貞蟲」，邊款「丁丑小除夕。千里」「刻於海貞船上。」「貞蟲見墨子說，貞白。」

朱文方印「貞白居北平時所得者」，無邊款，無記年。

刻白文方印「越只青山吳唯芳草」，邊款「貞白，丁丑。」

寫山水圖小卷。一九九八年家屬捐贈香港藝術館。

齊白石為刻白文方印「高貞白」。一九九八年家屬捐贈香港藝術館。

齊白石為高貞白刻印二方：「寒翠堂」，「米齋」。

一九三八年（民國二十七年 戊寅）三十三歲

元旦，作《鍾馗早朝圖》。設色絹本直幅。款題：「戊寅元旦題終南進士早朝圖，貞白，時客香江已五月矣」。鈐白文方印「米齋書畫」、壓角朱文方印：「抱殘守闕」。

嶺南大學出身的李丙峯和一班同學創辦《中國晚報》，宣傳抗戰。高貞白為這家報紙主編副刊。

「一九三八年我在元朗隱居時，曾以剩餘的圓絲絹寫一小手卷，長二尺許，高二寸，作秋林景色，極荒涼之致。（李）丙峯見而愛之，因以相贈。」（《大成》第九十九期頁三十《從我的日記中看四十年前的香港文化人》）

寫《停舟論古圖》，設色紙本直幅。款題：「廿七年四月，貞白畫。」鈐印二，朱文方印「貞白」、白文方印「雨」。

四月，自刻朱文方印「太晤室」，邊款「半月以來不通音問，愁苦萬分。廿五日下午，忽得消息，欣慰無似。翌日」「晨興即作此印示喜，兼記事也。廿七年四月，貞白。」

八月，自刻朱文方印「一塵不染」，邊款「米齋自作」「貞白時在香江，戊寅八月。」一九九八年家屬捐贈香港藝術館。

仿石濤畫四幀。水墨髮箋橫幅。款題：「戊寅九月十日，鐙下無俚，雜仿清湘老人畫二幀，此其一也。貞白客香江。」

一九三九年（民國二十八年 己卯）三十四歲

二月搬到九龍。五月再搬到九龍城獅子石道租一小房間居住。十月為方便在報館工作搬去港島堅道居住。（《大成》第一六一期頁三十二《李宗仁、徐亮之「人言報」》）

在太古洋行辦事的「黃電明是二房東，他有糖尿病，沒結婚。他租了列拿士地台二號樓下，把一個大房分租給我。大房東是一個已經華化了的葡萄牙人，我不知他叫甚麼名字，他們一家人叫他做官仔，我們也照樣叫。他一家四五個人住二樓。黃霅明只和他的父親黃文軒住樓下一個很小的房間。」（《四十年前的十二月八日》）

時國民黨中宣部派陶百川來香港辦《國民日報》（一九三九年六月出版，報社在中環擺花街），也是宣傳抗日。投稿該報，受到賞識，一九三九年十月被聘請為電訊翻譯兼副刊編輯，做了半年。（《聽雨樓隨筆》伍，頁二四七《香港人果醜惡耶？》）期間除為《國民日報》撰文外，並為《中國晚報》、《星報》、《大風旬刊》、《東方雜誌》寫稿，稿費月有七八十元。比《國民日報》所給的薪水港幣五十元要多。（《聽雨樓隨筆》柒，頁三四五—三四六《六十年來的香港物價》）也曾為榮記洋行（國民黨駐港機構）李履庵《社會公論》月刊撰稿。一七

「國民日報於一九三九年六月創辦，由陶百川任社長，何西亞為總編輯，班底幾乎是舊日上海晨報班底。我在該報也當過五個月小編輯。一九四五年國民日報復刊。一九四八年停刊，一九四九年改名香港時報至今。」（《四十年前的十二月八日》）

「玉虎（葉恭綽）先生發起組織中國文化協進會，簡又文、陸丹林二兄拉我加入。」翌年，中國文化協進會搬入新建成的陸佑行，「玉虎先生自己佔有一個小小的辦公室，他幾乎每天下午都到會辦公，從此我們相見的機會較多，談話也便當了。」

長子高季平出世。

一七　隔了多年，高貞白終於自承遠在一九三九年高太有助其筆耕。云：「幸而我有『賢內助』，內子能翻譯西洋雜誌的科學文字和趣味小品，自一九四八年以來，她就幫我一個大忙。」而遠在「一九三九年九月以後就有她的一枝筆好助，不過那時候我的稿事沒有戰後那麼多罷了。」（《大成》第一九〇期頁二十七《靜坐漫談》）

十月六日（舊曆八月廿四）表兄陳殿臣卒。享年六十七歲

廣州十八甫富善街省寓全部燬去。

一九四〇年（民國二十九年 庚辰）三十五歲

一九三九年得舊上司劉政芸介紹，到安南海防宋子良主持的西南運輸公司任職，業務是搜購物資由滇越路運入昆明，只二個月，日軍在西貢登陸，公司撤往昆明，「總公司要把海防的分公司結束，歸併入昆明總公司。」只有重回香港。重任《中國晚報》副刊編輯兼譯電報。此時租住堅道烈拿士地台一個大房間。月租二十八元。是中央社一個職員張慶彬做包租公。（《聽雨樓隨筆》肆，頁七十六《物價》）

「何偶郊於《國民日報》創辦時，應徵為電訊翻譯，後來袁錦濤得高可寧支持辦《越華報》，我和何君同時加入。（我是翻譯主任，偶郊為編輯主任。）半年後《越華報》停辦，據云日本人向高伯（高可寧）施壓力，將對其『中央』不利也。」（《四十年前的十二月八日》）

一九四一年（民國三十年 辛巳）三十六歲

「這時候，我已經在香港住了四年，名義上是《中國晚報》的副刊編輯，但編務卻交給一個二十多歲的文藝青年鄭雙甲去搞，我省下時間在家裏寫稿。當時我給《工商日報》、《天光日報》、《國民日報》、《星報》定期寫稿，又給幾家雜誌約定寫文稿和譯稿，計有：《國際通訊》（陶希聖主持，以連士升、李毓田負編輯之責）、《中國評論》（教

育部特派文化專員鄧友德主持，杜衡編輯）、《東方雜誌》（總編輯原為李聖五，李追隨汪後，由鄭允恭繼任）、《大風》旬刊（簡又文、陸丹林主編）。單是這些報刊就使我忙到不亦樂乎了。《中國晚報》的副刊編輯也不想幹，免使每日必到報社一次，躭擱時間。

我的收入主要是靠報紙的副刊，其次是雜誌，當時報刊的稿費，每千字最高不過二元半，一般則為一元、一元五角，《東方雜誌》和《國際通訊》、《中國評論》最高，《工商日報》梁厚甫（寬）做總編輯，他約我和鄭郁郎、林友蘭三人專包辦一個副刊的稿件，我平均每天交稿千五六字左右，於是我的主力戰便放在《工商日報》上面。」（《四十年前的十二月八日》）

「日本攻打香港那一年（一九四一年），是我在香港寫文字最多的一年，經常投稿的報紙有五六家……所投的除《工商日報》和它的附屬《天光日報》外，皆屬抗戰後在香港新辦的，如《申報》（史量才之子辦的，出版不到一年就關門大吉），《大公晚報》、《中國晚報》、《國民日報》、《星報》、《越華報》都是經常投稿的。」（《聽雨樓隨筆》肆，頁三一六《民主人士的論調》）

八月尾，女兒高路（璐）生在堅道出世。

太平洋戰爭爆發，香港淪陷，家累重，沒法離港。時任某校國文教籍以餬口。復為日本總督部成立的「東亞文化協會」網羅，「事前經徵得重慶國民政府潛伏香港的地下人員羅四維同意」，才加入此協會。「日本在香港的報導部長多田，班長高雄都是中國通，每星期日中午在中環大同酒家三樓設宴兩桌，請文化界吃飯，參加的有葉靈鳳、陸丹林、陳君葆、連士升、楊千里、嚴既澄、鄭家鎮、戴望舒、鄧芬、鮑少游、簡琴齋等，飯後每人更贈白米五公斤。」（方寬烈《香港文壇往事》頁五十二）「當時如果堅持不食周粟的話，全家早已成為餓殍了。」

一九四二年（民國三十一年 壬午）三十七歲

元旦起戒煙。（《四十年前的十二月八日》）

「拿過信封一看，是楊千里的名片一張，張孤山寫的幾行字，略說今午有朋友請吃飯，託他轉邀我出席，務請光臨。席設大同酒家三樓荔江廳。……不赴席，不行；赴席，又不行。不知如何是好。……某君低聲對我說：『不管你來不來赴宴，總之點到你的名，你不來，報紙上的嘉賓名字總少不了你一份。我們去罷。』說後他和我一起進入大同酒家，坐電梯直上三樓。座客中相識的只有七八人，他們都是鼎鼎大名的作家兼名編輯，軍事家兼出版人，權威雜誌的總編輯。其他十餘人連面都未見過。張孤山拉我在一邊說，鼓吹組織「東亞文化協會」的是「大眾日報」社長江步天，日本人對他很信任，所以報道部部長多田對他也很器重云云。……席散已三點。回家休息片時，始作午寢。黃昏時分，有兩位客人到訪，他們都是榮記洋行活躍分子，談午間日本人請客的事，我詳詳細細把經過內容說了。這是事實，不必隱瞞。日方點名要請的人，除非立即逃走，不然就沒法拒絕出席的。出席之後，亦可以和它虛與委蛇，伺機離去。我在席中曾低聲問過某某等人，他們都說一有機會就歸鄉了。」（《從我的日記中看四十年前的香港文化人》）

日記：「二月十四日（除夕）星期六。文化協會派人來請我去開會，不往。宗頤來坐談良久。既而某某二人來勸駕，並說今晚有除夕宴會，胡好、葉靈鳳都要出席，我也得去。遂與之同行。……正談笑間，汪公紀……拉我走開一邊，介紹一個二十多歲年青人，姓王名乎見我。他說這人前為榮記小職員，現在失業，生活艱難，託我在會中安置他吃口飯，並說，他已經和張孤山接洽過了，他一口答應。……公紀低聲說王某是我們一路，彼此心照可也。這層我明白的。」

「有人告訴我，今夜的除夕宴是日本軍報道部的班長高雄與其囑託葉錦燦以其私人名義宴請一班文化界人士的，胡好、葉靈鳳、羅集誼、黎民偉皆被邀請，五時即須入席，因六時後宵禁，不便在路上停留也。」（《從我的日記中看四十年前的香港文化人》）

日記：「二月二十五日（正月十一日）星期三，晴。嚴寒。有人來叫下午一點到娛樂戲院，參加各界代表歡迎港督磯谷廉介到任典禮，叫我要穿西服，不要穿藍布棉袍。非去不可，楊、馬、葉、陸、張、江皆出席也。……與張孤山等齊集，往娛樂戲院，總督上戲台時，我已睡而醒者數次。葉公低聲對我說：『你發出鼾聲了。』背後的李景康也時時拍我肩頭，示意檢點。」（《從我的日記中看四十年前的香港文化人》）

「四月三十日（三月十六日）星期四。盧夢殊約為《華僑日報》撰稿，昨寫二千字，今早又得二千，停筆數月，不免仍操舊業，甚有味也。」（《從我的日記中看四十年前的香港文化人》）

十月九日寫《桓伊造像》，白描紙本直幅。款題：「桓伊造像，三十一年十月九日寫於鐙下，貞白。」鈐印二，朱文方印「高」、壓角肖形方印。

一九四三年（民國三十二年 癸未）三十八歲

刻白文方印「出入大吉」。邊款一「癸未一月五日為伯高先生四十七生辰，貞白刻此敬賀。」邊款二「癸未第一日貞白刻。白高先生正印。」邊款三「寒雨鐙窗，夫容深院。辛酉之甲了子。」邊款四「貞白紀事之作，越十年始刻之上石。有。」

自刻白文方印「米齋近況」。邊款一「三十二年元旦作，貞白。」邊款二「夜坐太悟室，篝鐙作此。貞白。戊寅四月朔。」邊款三「丁丑五月望，刻於□□船上。石田。」邊款四「印堂。」

「一九四三年我在廣州開設的商號在一德路，相隔三四個鋪位便是友人賈俊卿的誠興莊。……其時我與嚴既澄的學生李某合作，以高價投得廣州市垃圾經銷專利，四鄉農民來購買作肥料也？市府每年招商投標，價高者得。我們一連兩屆投得，到一九四五年一月才放棄。」（《大成》一五〇期頁十八《曾希穎與熊潤桐——廣東顒園五子逸事》）

寫《鍾馗出遊圖》，白描絹本直幅。款題：「終南進士出遊圖。癸未端陽貞白居士戲墨。」鈐印二，朱文方印「高貞白書畫記」、壓角白文方印「此事千秋無我席」。

六月廿七日寫《神駿圖》，白描絹本直幅。款題：「三十二年六月廿七日，貞白居士寫題於羊城」。鈐印二，白文方印「高貞白」、壓角朱文方印「寒翠堂印」。

十二月，在廣州托同事林遂心女士鈔錄孟森原發表於《東方雜誌》，而大東書局版

《心史叢刊》失收之文字，名曰《心史叢刊外集》，十二月十日加跋。

一九四四年（民國三十三年 甲申）三十九歲

自刻白文方印「甲申」，邊款「甲申第一日，貞白作。」

冬，避地澳門。（《聽雨樓隨筆》柒，頁一〇八）「當時我和一班朋友合資設一銀號在新馬路，做『炒』的生意。每天中午往『辦公』，下午回家。」（《聽雨樓隨筆》陸，頁一二二《利為旅酒店二〇四室》）

七月，李茗柯為刻白文方印「高貞白印」，邊款「貞白先生名印。鈢齋仿漢鑄印刻。甲申七月。」一九九八年家屬捐贈香港藝術館。

李茗柯為刻白文長方印「北平高貞白珍藏書畫印」，邊款「似漢碑額為貞白先生製。甲申鈢齋」。一九九八年家屬捐贈香港藝術館。

李茗柯以長形雞血石為刻白文長方印「高貞白讀」，邊款「鈢齋」。無記年。

李茗柯為刻朱文方印「高貞白讀書記」，邊款「貞白先生屬，鈢齋刻。」無記年。

李茗柯為刻白文方印「北平高氏」，邊款「貞白先生屬刻為仿古小鈢成之。鈢齋李尹桑。」無記年。

李尹桑為高貞白刻印三方：「壯懷酒醒心驚」，「山林我輩鍾情」，「書萬卷筆如神」。

簡琴齋與高貞白同在廣州，簡為書小楷屈翁山詩扇面。刊《書譜》雙月刊第十一期

（一九七六年八月）。

女兒湘舲在廣州出生。

一九四五年（民國三十四年 乙酉）四十歲

寫《松屋觀書圖》，水墨紙本直幅。款題：「宋人松屋觀書圖，舊藏恭王府，筆意古拙可愛。卄年前曾見之，今用其意。貞白。」鈐白文方印「高貞白」。

四月，寫《溪山暮雪圖》，水墨絹本直幅。款題：「門對寒流暮色深，朔風吹鳥過叢林；灞橋驢背人爭説，誰識袁安卧雪心。三十四年四月，貞白。」鈐印二，白文方印「米齋書畫」，壓角朱文方印「詩思在雪中驢背上」。

寫《嬰兒撲蝶圖》。設色絹本直幅。款題：「乙酉秋，擬宋人筆意。貞白，時居澳門。」鈐朱文方印「高貞白」。

九月，行草書秋聲賦扇面，題署：「乙酉九月寫秋聲賦應半山仁兄雅命。薑盧。」鈐白文方印：「貞白」。案，「半山仁兄」疑即高貞白本人。此扇面仍為高貞白後人保存。高氏後人保存有一英文書，封底有高貞白筆跡：「三十五年八月七日，上海，半山堂主人記。」按：三十五年即一九四六年。

秋，寫秋林高士圖直幅。題署：「落葉聚還散，寒鴉棲復驚。乙酉秋，貞白寫。」一九九八年家屬捐贈香港藝術館。

仿唐寅山水橫幅。一九九八年家屬捐贈香港藝術館。

「抗日戰爭結束後，我重來香港，因為有些生意在廣州仍可賺錢，中共尚未來共我的產，我已決意從商，不想在文字場中討生活了，足有一年不寫文字。」（《靜坐漫談》）

十二月返回香港。先在老友陳子昭（南北行街榮豐隆行老闆，藏書畫甚富，比高大廿六歲）般咸道寓所住了一個多月，待租了銅鑼灣清風街二十一號二樓（業主是永樂東街南北行貨批發店公合號的老闆李博文），家眷才從澳門過來。在清風街的戰前樓（四層高）一住十八年。

一九四六年（民國三十五年 丙戌）四十一歲

「四月八日從香港到上海」，「而李毓田兄尚在重慶（林森路中國工鑛銀行）他邀我同往台灣，將在台灣教育處處長范壽康處當秘書。」（《大成》四十五期頁四十八《陳子昭及其書札》）期間在陸謙受家中住了四個多月。（《上海二月記》）旋因局勢劇變，九月末又從上海回香港。（《聽雨樓隨筆》柒，頁二二〇《陳光甫》）

二月，托朋友李君在中區郵政總局以假名「李飛」租一二五二號信箱。（《大成》一八二期頁三十二）

「抗日戰爭結束後……足有一年不寫文字，不料故友王季友代他的朋友拉稿，要我長期為《星島晚報》大量寫文字，越多越好。一時引起我的興趣，於是重為馮婦，又舞起筆桿上陣了。這時候，《工商日報》由龍實秀任總編輯，兼主副刊，一九四二年之前，我便是《工商日報》和《天光報》的長期撰稿人，不過那時的總編輯是梁寬，《天光報》則為龍實秀，現在龍兄邀我寫稿，斷無不幫忙之理的，從此又再恃賣文為活，坐在家裏，像工

廠般出貨，自由自在，倒也很寫意。」（《靜坐漫談》）

寫《山莊高逸圖》。設色紙本直幅。款題：「丙戌春日臨郭河陽，貞白。」鈐朱文方印「米齋」。

自刻白文方印「高印堂」，邊款「半山居士作於半山艸堂，丙戌二月十三日。」原石邊款「甲寅十二月二十日為石工三十初度，石工自集其詞枯桐怨。」

二月，寫松蔭聽瀑圖直幅贈馮翰文。一九九二年春藏者贈香港藝術館。春，鄧爾雅以醬油青田石為刻白文長方印「蘁廬」，邊款「薑廬主人屬，丙戌春，寵恩。」

端午，寫《鍾進士出遊圖》，題署：「終南進士出遊圖。丙戌端午，貞白寫於上海。」鈐朱文方印「高貞白書畫記」。

端午，寫《終南進士迎喜圖》，水墨紙本直幅。款題：「鵲噪原非吉，鴉鳴豈是凶；從來凶與吉，不在鳥鳴中。丙戌端午，貞白題於上海。」鈐白文方印「貞白書畫」。

寫《桐陰高士圖》。設色紙本直幅。款題：「用陳老蓮法寫此。丙戌秋暮。貞白。」鈐印二，白文方印「米齋墨緣」、朱文方印「寒翠堂印」。

九月，寫細筆設色山水直幅。鈐朱文方印「高子」。

自刻白文方印「米齋」，邊款「丙戌九月五日鐙下，貞白自作齋名印。」

寫《南極壽星圖》。設色紙本直幅。款題：「南極壽星。貞白擬老蓮筆，丙戌十月。」鈐白文方印「高貞白」。

寫《漁夫圖》。設色紙本直幅。款題：「丙戌秋日，貞白寫。」鈐白文方印「貞白書畫」。

十月，臨寫《東籬采菊圖》。水墨紙本直幅。題：「細雨清秋，今朝壽日。君家的重陽，隔壁菊蘂應先覔。學道英年，恰好當而立，深盃喫，西方南極，光焰誰能敵。右調點絳脣。丙戌十月十四日。張大風東籬采菊圖。貞白臨。」鈐印二，白文方印「米齋墨緣」、壓角朱文方印「抱殘守闕」。

十月，寫《柳汀漁隱圖》，淺絳紙本直幅。款題：「渭水穿林去，山雲帶雨回。丙戌十月，貞白。」鈐白文方印「伯雨畫印」。

十月，寫仿唐寅山水橫幅。款題：「臨唐白虎。丙戌十月，貞白。」鈐朱文方印「高子」。一九九八年家屬捐贈香港藝術館。

十月，寫水墨枯木竹石圖摺扇。款題：「此十年前舊扇頁也。丙戌十月十八日檢出，就鐙下酒後寫之。貞白居士。」鈐印二，朱文方印「米齋」，白文長方印「薑廬」。背面自書元人詩：「極目江天一望賒，寒烟漠漠日西斜。十分春色無人管，半屬蘆花半蓼花。寒釭挑盡火重生，竹有清聲月自明。一夜客窗眠不穩，卻聽山犬吠柴荊。元人詩二章。丙戌十月，貞白書。」鈐朱文方印「高子」。一九九八年家屬捐贈香港藝術館。

十一月，初寫仕女畫《荼蘼春去圖》，白描紙本直幅。題庾子山《春賦》，款題：「三十五年十一月一日，貞白居士寫於香港客次。平生不善畫仕女，此尚第一遭也。硯有餘墨，遂書庾信春賦於其上。指僵臂病，不知其不可也。」鈐印三，引首朱文橢圓印「寒翠堂」、白文方印「高貞伯印」、朱文方印「抱殘守闕」。

寫《橫塘初雨圖》，水墨紙本直幅。款題：「右記見宋人墨莊漫錄，文待詔曾有小圖，因臨其意。丙戌十二月，貞白。」鈐白文方印「米齋書畫」。

一九四七年（民國三十六年 丁亥）四十二歲

一月，寫《瘦馬圖》。水墨紙本直幅。款題：「十二年前余居舊都，偶讀杜工部瘦馬行有感，因補小圖，并書其上，舉以贈客。客曰：異哉！方今天下有道，士飽馬騰，各盡其用，焉有詩人所詠之事，子無乃多慮乎？余以為然，遂棄之。今抗戰功成，而四郊多官軍餓馬，頓憶前事，益覺詩人所諷詠者，非盡無味。因追記前圖，就鐙下寫之。將以贈客，以證吾言不謬云。丁亥一月四日，貞伯。」鈐白文方印「高貞伯印」。

寫《雪鷺圖》。款題：「丁亥二月望，貞白。」鈐白文方印「米齋書畫」。

二月，寫《山林高隱圖》，淺絳紙本直幅。款題：「昔倪高士寫山水有屋宇亭榭，而竟然無一人。世以為高顧大好林泉而無人領略，豈非可惜耶？雖然倪高士生太平之世，士群趨於朝，山林無人高隱，固宜也。今吾寫山水而有人，則事可知耳。丁亥二月廿四日貞白題記。」鈐印二，引首白文長方印「山林我輩鍾情」、朱文方印「高貞白」。

春，寫《柳亭清夏圖》，水墨紙本直幅。款題：「丁亥春日貞白寫」，鈐印二，朱文方印「高貞白書畫記」、壓角白文方印「此事千秋無我席」。

三月，「我在華人行八樓開過一次個人畫展，很賣了些錢來幫助我『行行企企』便有飯食的悠閒生活。（其時尚未全部時間寫稿謀生，但已為《星島晚報》、《工商日報》、《華商報》、《新生晚報》寫一些了）。」（《大成》一八二期頁三十三）

王季友要辦《南金》雜誌，拉高合作。王找到人出資，高出力，不管財務，只負責約稿。但第一期製作中，王找的出資人悔約，不但沒有第二期，還欠第一期印刷費幾千元，印刷廠扣着雜誌不讓出貨，《南金》只有高早早（十月十六日）提取出來的一百冊流通，故存世極罕。

李尹桑轉讓黃牧甫自刻印存稿本《黃穆甫印存續補》（此譜原為黃牧甫拓予李尹桑），高請鄧爾疋撰序發表於《南金》雜誌。（高生前已將此譜轉讓與松蔭軒主人林章松）

五月一日，女兒季玉在香港出生。

莫銕刻朱文方印「嵩社之印」，邊款「三十六年九月莫銕刻」。

莫銕刻朱文方印「嵩社社長之印」，邊款「莫銕刻」。無紀年。與前印均為牙章。

寫觀瀑圖直幅。一九九八年家屬捐贈香港藝術館。

一九四七年攜舊友游劍池（汕頭怡和洋行買辦）致胡文虎的八行箋，由賈訥夫引見，入《星島日報》工作。初擬派高往檳城任《星檳日報》主筆，熟悉環境後再升為社長。但高與《星島日報》社長林靄民表示不敢攀此高位，只要求做個編副刊的小編輯而已。不久《星島晚報》原來的副刊編輯黃堯（漫畫家）辭職去新加坡發展，遂得以補缺。

「林靄民來信邀我主編《星島晚報》副刊，叫我十二月一日上班。」（《悼念楊彥岐兄》）

一九四八年（民國三十七年 戊子）四十三歲

「廣州富善街那所巨廈，抗戰期間被小偷拆為平地，幸而在一九四八年賣得港幣十二萬元，若遲多一年就一塊錢都撈不到了。十二萬元我們七兄弟分，起碼每人可得萬餘元，倒也可濟一時之困。」

「一九四八年，我和陳君葆、葉靈鳳、馬鑑諸君，曾有意每人拿三、五千元，合作來辦一所美術專科學校，從小規模逐漸辦起，希望十年八年後，能按着社會的需要而擴充。」這個提議，談談商商了差不多一年，但高「準備要拿出的資金不易籌措」，「此意就暫時打銷」。

「一九四八年後，羅原覺避居香港，每星期至少來我家談天一次，我從他口中得知廣東不少藝壇故事。」

「故友馬敘倫先生到了香港，住在馬寶道七十七號的四樓，有一天我去拜訪他，他說上一年他的自傳《我在六十歲以前》出版了，要送我一部……他又笑着對我說：『貞白，你也該寫寫自傳了，你雖然未到五十，似乎尚未有資格寫，但你在四十以前的確經歷過不少滄桑，正如張宗子所說：「飢餓之餘，好弄筆墨，昔生王謝，頗事豪華，鷄鳴枕上，夜氣方回」，五十年來，總成一夢，把它一一記錄出來，也是個人的歷史啊。』」

澳門「萬益銀號，我也是股東之一。和平後，萬益就移來香港營業，設在大陸罐頭公司的閣樓（中環永樂街一三二號地下）。一九四八年末停業，以乏人主持業務也。」（《大成》一八二期頁三十三）

五月，女兒季子在香港出生。

「我在一九四八年十月離開星島」（《李宗仁、徐亮之「人言報」》）

一九四九年（民國三十八年 己丑）四十四歲

一九四九年三月，在香港思豪酒店（今歷山大廈），開第三次個人畫展。此後沒有再開個展。

四月，寫《白描觀音圖》，紙本直幅。款題：「己丑四月望日，貞白寫於香港。」鈐朱文方印「高」。

「一九四九年春夏之交，國民黨在中國大陸快將收檔之際，不知為了何故，連忙在香港布下一家報館作為宣傳喉舌。《香港時報》在籌備中，楊彥歧立即找我寫稿，要我大量供應，因為他主編兩個副刊，其中一個以西洋趣味為主，而我的『西洋趣味』材料頗多，不愁缺乏。打從一九四九年六月起，到一九五三年，我經常有稿供它，同時和《大公》、《新晚》、《週末》等所謂左報一樣寫，無分彼此，左沒有嫌我為右寫，不要我的稿，右也如此。大概我賣稿只是做生意，不談政治，尚無大礙之故。」

「因為那時候我為左右派報刊寫的稿頗多，各派用各派的筆名，河水不犯井水，即如高伯雨也是筆名，後來才『弄假成眞』的（用「聽雨樓隨筆」和「伯雨」一名，始於一九四九年六月《香港時報》創刊之時）。」

十月，編《星島晚報》副刊，但未及一年，《星島日報》總編輯沈頌芳未徵得高的同意調其職務，高向林靄民抗議，申明早前說過「除編副刊外，甚麼都不做，如不收回成命，我就辭職。」(《聽雨樓隨筆》陸，頁八至九《歲暮懷舊》)從此專心在家「寫稿出賣」，投稿《大公報》、《星島日報》、《工商日報》、《工商晚報》、《新生晚報》等等(《聽雨樓隨筆》柒，頁二至三《〈性史〉面世六十年》)。

十一月，「勞軍(解放軍)美術展覽會」在華商總會樓上舉行，與一眾書畫家、名星雅集。參加者高貞白、黃永玉、陳公哲、廖冰兄、李麗華、王丹鳳、李鐵夫、陶金、萬籟鳴、顧而已、劉瓊、雷雨、梁永泰……等。

十一月，萬籟鳴為剪影。款題：「貞白兄影。弟萬籟鳴剪於香島。卅八、十一、廿四。」

一九五〇年(庚寅)四十五歲

「到一九五〇年三四月後，我已不給《香港時報》寫稿。」(《悼念楊彥岐兄》)

「一九五〇年我的硯田歉收，窮到不得了，迫不得已賣去一些書畫印石，維持七口之家(加上兩個女傭，則九人矣)。」

六七月，老友錢瘦鐵畫家快回上海時說：「陳孝威的《天文台》三日刊不日恢復出版，他已託陳彬龢介紹我給陳孝威，《天文台》會請我做顧問的。」「一九五〇年整整一年，是我文字生意收入最差的一年，錢瘦鐵說，我到了《天文台》，有固定薪水可拿，不無小補，最重要的還是助陳孝威一臂之力，將來陳社長還會接收某報，革新之後，你可以大顯身手了。……過了幾天，收到陳孝威給我一信，約我到銅鑼灣大坑布朗街他的寓所相見，有事奉商云云。……卜一天早上，我去拜訪未來的《天文台》台長陳孝威先生了。」「……他先說明《天文台》的經費不充足，每月只能送我夫馬費二百元。我表示我是要做事的，不能每月白拿他的薪水。他說：『請你不必客氣，閣下的夫馬費已有所安排，如有需要時，我們會請閣下寫些文章，稿費另計。』」自從背上『顧問』這個銜頭後，我便常到《天文台》辦事處和陳孝威家中走動。……復刊的《天文台》，最先在干諾道中，分租德忌利時輪船公司的一個閣樓，離天星碼頭不遠。整個編輯部只有姚立夫一人，但也夠了，一個三日刊，何需用上四五個人去編呢？」「《天文台》出版後一個多月，有一天下午，陳孝威……表示《天文台》經費短絀，沒法一次送給我夫馬費，只能分期。……以後眞是分期付款，我收到了大約一百多元左右。」（《文化界奇人陳彬龢》）

三月在華商總會禮堂舉辦的「購債美展會」，高貞白拿畫作參展。這次美展規模頗大，展品約三百件，參展書畫家尚有李鐵夫、黃潮寬、陳福善、李秉、余本、伍步雲、陳海鷹、簡琴石、方人定、關山月、柳亞子、陳荊鴻等等。

十月七日，與老友夾錢每人八元，在金陵酒家公宴高劍父七十生日。

十月十一日，港九美術協會在灣仔英京酒家舉行成立大會，與會者百人。高貞白與鄧爾疋、曾靖侯、陳公哲、陳福善、鮑少游、馬鑑、黃般若、余本、黃潮寬、錢瘦鐵等等被選為理事。

四月九日，陳子昭病逝。享年六十九歲。陳原擬與高貞白合資「在香港開設一家像集大莊那樣的商店，兼賣書畫書籍。」但陳謝世，「我們的計劃，從此永無實現之日。」

（《陳子昭及其書札》）

「家中人口增多，一家八口，加上兩個女傭，單是吃飯問題就不易應付，不得不多寫些稿以增加收入。幸好新加坡有兩家大報同時約我寫稿，它們是《南洋商報》和《星洲日報》，兩家的稿費都比香港的略高。至於香港投稿的那幾家報紙，則以《星島》、《大公》、《新晚》為主力，《工商日報》、《新生晚報》、《中聲晚報》、《文匯報》只是偶然寫寫，像這樣七八個『地盤』已有應付不暇之勢，一個人的精神有限，那能日寫萬言，幸而我有『賢內助』，內子能翻譯西洋雜誌的科學文字和趣味小品，自一九四八年以來，她就幫我一個大忙（其實應說是一九三九年九月以後就有她的一枝筆好助，不過那時候我的稿事沒有戰後那麼多罷了）。」（《靜坐漫談》）

一九五一年（辛卯）四十六歲

六、七月，港九勞工教育促進會為籌募勞校經費，在華商總會樓下及四樓禮堂辦「美術義展會」。高貞白和一眾書畫家、學者呂燦銘、陳公哲、陳海鷹、黃永玉、鮑少游、馬鑑、趙少昂、桂南屏、余本、張大千等近百人拿出作品參展。

應徐亮之之邀，在三日刊小報《人言報》編副刊。原來「這個報的後台老闆是程思遠，更遠的後台老闆是隱居北美的李宗仁。」但此報甚短命，「出版四個月就關門大吉」。（《聽雨樓隨筆》陸，頁二二四—二二五《反共與借書》）

一九五一年十月二十六日，《人言報》創刊。「印刷極劣，字跡不清，第二、三、四

版面皆不清，校對尤不堪。第一日即予人不好印象，前途甚覺暗淡。」（《李宗仁、徐亮之「人言報」》）

「曼谷的《中原報》、新加坡的《南洋商報》、《星洲日報》則自一九五一年始，便有稿約，不必每天都要一篇，但一個月中每一家都登十多二十篇，而《南洋商報》時時多至三十篇左右。」

一九五二年（壬辰）四十七歲

開始為《香港時報》楊彥岐主編的《淺水灣》副刊寫隨筆專欄「南海隨筆」（《聽雨樓隨筆》陸，二五〇—二五三《終於相識的朋友》），「四月一日見報，日刊四百字，稿酬特優。」（《李宗仁、徐亮之「人言報」》）兼為左舜生雷嘯岑等人辦的《自由人》週刊撰寫《蕅廬隨筆》（數期即止）（《聽雨樓隨筆》陸，二五〇—二五三《終於相識的朋友》），復以「高適」筆名為新加坡《星洲日報》寫《適廬隨筆》等專欄。

二月尾，兒子閏生在香港出生。

三月十一日，《人言報》休刊。（《大成》第一六一期頁二十九《李宗仁、徐亮之「人言報」》）

一九五三年（癸巳）四十八歲

「一九五三年後，李微塵主持創墾出版社，社址附設在新加坡南洋商報香港辦事處

（在德輔道中的東亞銀行大廈。此樓今正拆卸改建），我每天下午必去一次，曹聚仁也是下午常到的，經常出出進進的還有李雨生、彭成慧、吳靈子。徐訏離開『創墾』後就不常到。」（《文化界奇人陳彬龢》）

一九五三年九月十六日，《熱風》半月刊創刊，是李微塵、曹聚仁、徐訏等編，香港創墾出版社出版。高貞白先生經常供稿。

「一九五〇年後，香港的定期刊物越出越多了，便宜了我輩寫稿匠，我有一個頗好的機會，一九五三年就投稿到新加坡的《南洋商報》去，開闢多一地盤，對生活大有幫助。我說『頗好的機會』者，是指五〇年代時，這家報館的稿費較香港稍高而已（當時香港某報的稿費，名為千字十元，其實除標點和空白，不過八元多一些。《南洋商報》千字坡幣七元，約合港幣十三元左右，且不扣空白標點，一般寫稿佬都稱讚）。」（《大成》五十期頁三十六《李微塵在香港的一段日子》）

秋，寫鍾馗直幅。款題：「端午醉鍾馗。一九五三年秋，堂寫。」鈐朱文橢圓印「印堂」。按：題署似漏「印」字，應為「印堂寫」。一九八三年復題：「三十年前游戲之作，姑存之。貞白。」鈐朱文方印「貞白」。

一九五四年（甲午）四十九歲

「一九五四年十二月間，亮之常邀我和希穎、潤桐、宗頤在家中便飯，策劃一個高度的學術性期刊，暫定為每季出版一冊，內容以考古、金石、書畫為主，而附有掌故、詩詞，我和亮之負責編輯，熊、曾、饒三人都是特約撰述，還約定在國內的容庚、商承祚、夏鼐、陳夢家等人寫金石考古等文章。出錢辦這個刊物的是大收藏家陳仁濤，據亮之說陳仁濤已經和容庚等人聯絡好了。」

「這個刊物每期的經費，粗略估計一下，印五百部要三四千元左右，一年四期，便要開銷近二萬元，陳仁濤忽然『縮沙』，打消此意，於是開了幾個月的會無須再開，但陳仁濤仍請亮之為編一部論古的專刊，容納了饒宗頤三四篇文章，我一篇文章，潤桐詩數首作補白。」（《曾希穎與熊潤桐——廣東顒園五子逸事》）

一九五六年（丙申）五十一歲

「一九五六年至六二年，我在《華僑日報》有個每天五百字的框框。」

八月十六日，高伯雨著《聽雨樓雜筆》由創墾出版社出版。

「一九五六年五月我到上海住過六七天。」（《江南尋夢》）

五月，重遊北京。

五月，林志鈞行書詩橫幅相贈，款題：「一九五六年五月，貞白先生到京相遇，書此留念。七十八叟林志鈞。」鈐白文方印「林志鈞印」。

一九五七年（丁酉）五十二歲

「一九五七年初，我在《星島日報》兩個副刊（一個葉靈鳳主編，一個鄭郁郎主編……）

寫了很多文史的短稿。」
一月四日，連士升為高貞白著《中國歷史文物趣談》撰序。
三月，伯雨譯述《奇妙的人體》由香港上海書局出版。
八月，高伯雨著《讀小說箚記》由上海書局出版。
十二月，高貞白著《中國歷史文物趣談》由上海書局出版。
十月十六日，《熱風》半月刊出版至第九十九期停刊。

一九五八年（戊戌）五十三歲

一月，新加坡《南洋商報》寫聽雨樓隨筆專欄，每月寫十二篇至十五篇，每篇以一千二百字為度。
為新加坡《南洋商報》副刊「商餘」寫《春風廬聯話》專欄。同期也在香港《星島日報》副刊「星座」和後來《大華月刊》先後登載。寫了十多年，總計約二三千則。
「一九五八年，我為新加坡《南洋商報》寫稿，用的筆名很多，不知怎的，簡而清也是我的一個，而不知香港有個真真實實的人名叫簡而清，且為老友之子，宜稱為世講者也。這個筆名用了好多年，到一九六四年後才停用。不用問原因，非關世講，而是用久，便要收藏罷了。」
九月，溫大雅（高貞白）譯《馬克吐溫小傳》由香港上海書局初版。
楊千里（天驥）卒，享年七十七歲。

一九五九年(己亥)五十四歲

五月十九日,與陳君葆、葉靈鳳等遊南佛堂(新界西貢清水灣半島南部大廟灣)訪古,在南宋咸淳十年(一二七四)大廟灣鹽官刻石前與陳、葉合攝照片。葉靈鳳撰《南佛堂石壁畫龍的初步研究》,刊五月二十四日《大公報·藝林》。

「一九五九年十一月,我在《循環日報》客串編輯一個文史性的雙週刊。」(《大成》八十三期頁五十《陳彬龢與申報及大華半月刊》)

一九六〇年(庚子)五十五歲

二月八日,訪廣州博物館。

一九六一年(辛丑)五十六歲

一月十二日,杜國庠患胃癌卒,享年七十二歲。

一月三十日,連士升為高伯雨著《聽雨樓隨筆》(初集)撰序。

二月三日,唐天如逝世。(《陳子昭及其書札》)

五月,高伯雨著《聽雨樓隨筆》(初集)由上海書局出版。瞿兑之為封面題簽。

六月十九日撰《歐美文壇逸話》前言。

高伯雨譯述《歐美文壇逸話》由香港宏業書局出版。

七月,包天笑為《春風廬聯話》撰序。

七月，陸丹林給高貞白的信中，附有瞿兑之給陸的短札，對高伯極為推崇。錄如下：「再，貞白兄考訂精詳，下筆不苟，友人中惟徐一士能之，而筆歌墨舞，矯若游龍，則徐君不能及也。弟自問能知此中甘苦，而決不能逮貞白兄之萬一。此非謙辭，亦非為貞白兄進諛詞，所謂文章千古事，得失寸心知，想公亦解人也。如與貞白兄通信，乞以語之。蛻再拜。」（《聽雨樓隨筆》壹，頁二八三《新歲憶舊》）

原件有陸丹林補書一行：「瞿兑之一九六一年六月廿五日來函，丹林識。」陸丹林鈐壓角白文方印「紅樹室」。

秋日，朱其石寄贈偽滿史料：劉錦藻謝恩摺子及乃子劉承幹請安摺子影本，款落宣統二十五（一九三三年）。

一九六二年（壬寅）五十七歲

一月，林熙（高貞白）著《春風廬聯話》由上海書局出版。

一月十八日，題贈《春風廬聯話》與包天笑。

朱其石拓舊藏《孽海花》著者曾孟樸用印二方、《續孽海花》著者張鴻用印七方相贈。雙題：「頃讀貞白先生近著述及兩氏事跡，因檢舊藏拓奉清賞。一九六二年壬寅上元。朱其石鐙下并記。」

一九六三年（癸卯）五十八歲

一九六三年十月搬去希雲街居住，有兩廳三房，月租五百五十元，業主係羅律師遺孀。

四月，香港電懋公司籌備攝製由易文導演之清裝宮闈鉅片《西太后與珍妃》。先生擔任該劇考據工作。按：易文即楊千里公子楊彥歧。（一九六三年四月十一日《華僑日報》）

「一九六三年我從清風街遷居到希雲街，這條街很短，是禮頓道的支線，又是『私家路』，沒有公共汽車進入，開入的汽車要退出街外，只能倒退而行，因為無路可通，有此條件，故而特別幽靜，在家中聽不到車馬之聲。……於是又學習靜坐起來，但終以工作繁重，一日二十四小時似乎要全為我佔有才可以打發一天的工作，有時事忙起來也不靜坐了，一起床先拿起筆桿寫幾百字才吃早餐，一直工作到午後一點鐘。」（《靜坐漫談》）

沈尹默為題「聽雨樓」匾額。

五十年代至七十年代，寫作量驚人。包天笑曾問高貞白，每日寫稿要寫多少字，高答：「多則三四千，少亦二三千，不能少過此數。」（《大成》第二期頁三十七《記最老的作家：包天笑先生》）那個時候，高每天寫稿十六小時。

「原來自一九五〇年後，我為了應付生活，不得不多寫文字，每日寫一萬字左右是常事，每成一文，自己不再看一遍，當然有漏字、錯字、別字和不通的語句，為了省時間，寫完就寄出（當時我和泰國的《中原報》、新加坡《南洋商報》、《星洲日報》長期寫，近三四年已不為《南洋商報》寫了，《星洲日報》今年（一九八二）八月起也不寫了）讓老編去修改。」

「我怎敢做考據功夫？如我做，一日只能寫出數百字，多亦千字，如樂此不疲，早已餓死久矣。」

九月，瞿蛻之為《聽雨樓叢談》撰序。

三四月間，與春雲先生筆戰。三月四日，撰《畢倚虹夫婦》一文在《大公報》的《古與今》週刊中發表。未幾，《古與今》週刊又登載了春雲先生題為《關於畢倚虹》的文章。春雲先生認為高貞白懷疑畢倚虹「冒名頂替了畢振達的名字，以前清京官資格入吳淞公學讀法律」的說法是不必要的。文中列舉畢倚虹的家世，說他的父親畢畏三很早就替他保捐郎中，倚虹十六歲就入工部衙門辦事，後來由工部轉兵部，清末新官制成立，又調到外部等等。」

四月　日，高貞白撰《再談畢倚虹》在《古與今》發表。說出當年刊在《星光》的《倚虹小傳》是倚虹自己寫，用鄭逸梅之名發表的。「還列舉倚虹自說在兵部做三品銜郎中及泗水領事為不可靠。因為實缺郎中是要到部辦事的，倚虹既在軍衡司行走，以一個十八九歲毫無經驗的青年，是否能勝任？」更又提出：「改官秋曹」為沈家本所賞識，更不會有的事！一個十多歲的人，怎會「決獄」呢？

四月八日春雲又發表《談畢倚虹》的文章，針對高說，總以為是高貞白憑空捏造的。其主要理由是這位春雲先生未見過《星光》，更不知道鄭逸梅署名的事。

「解鈴還是繫鈴人」，四月廿二日，《古與今》（六十三期）刊登鄭逸梅撰文詳述原委，這場筆戰平息了。

一九六四年（甲辰）五十九歲

一月十五日撰《聽雨樓叢談》後記。

三月，高伯雨著《聽雨樓叢談》由香港南苑書屋出版，「南苑文叢」之一。瞿兌之封面題簽。

朱省齋拉高往大坑道訪章士釗，章書贈兩首七絕直幅六行。款題：「大著聽雨樓叢談後題。伯雨仁兄方家兩正。甲辰秋，孤桐章士釗，時年八十有四。」鈐方印二，白文「章士釗印」、朱文「行嚴」。

沈禹鐘行書壽鄭逸梅詩扇面相贈：「七十平頭似盛年，飄然人指地行仙；扶風道繫儒林重，夾際書多掌故傳。帋帳銅瓶娛素抱，梅花鶴夢伴高眠；鷓鴣詩好餘寸力，更續康衢擊壤篇。此余壽鄭逸梅兄七十初度詩也。貞白先生見而愛之，介逸梅以扇索書此詩。遠道相屬，不敢藏拙，即博兩正。甲辰秋日，沈禹鐘。」鈐方印二，朱文「老沈」、白文「春賸詞人」。

「一九六四年故友陳彬龢先生硬拉我為某半月刊寫稿，還指定要譯莊士敦的《紫禁城的黃昏》一書，大有除我之外，香港沒有他人可以辦得到之慨。」

十一月，馬復惠贈朱祖謀撰、羅惇曧書、羅振玉篆額《清故議敘郎中馬君暨梁夫人墓表》拓本。右下角馬復朱筆楷書題記：「先人墓表奉貞伯先生惠存。甲辰十一月三日馬復記。時年八十又五。復原名孝武。翌日又記。」鈐朱文方印「馬復」。

一九六五年（乙巳）六十歲

「一九六五年我拿出小數現金，預備出版一個半月刊，目的不在賺錢，只希望能站得住，不必賠本就好，如果要賠，每月賠它七八百塊錢，我還是賠得起的。籌備成熟，已接近年底了。」「根據我的估計，初出版的頭一年，恐怕不能站得穩的，我沒有這許多錢登廣告，搞宣傳，只靠讀者在讀過後，輾轉宣傳，感染到另外一批讀者，那是為時很慢的，說不定三年後才可以達到少賠的地步。在此情形下，我每月拿出一筆小數金錢來賠，就是賠三四年還是賠得起。」（《陳彬龢與申報及大華半月刊》）

一九六六年（丙午）六十一歲

三月十五日，高貞白創辦《大華》半月刊，由太座林翠寒任督印人（第廿九期起改為龍繩勳），高自任主筆，約稿、撰稿、編稿、校稿、跑印刷廠，「一腳踢」。

高貞白自己是主力，一期之中刊多篇文章，所以要用不同的筆名發表。以「林熙」這個筆名掛主編和撰述，另外先後用：文如、竹坡、大年、西鳳、湘山、夢湘、湘舲、碧江、洛生、紫文、曹直、定謀、老傖、壽濤、高適、呂文鳳、張猛龍、溫大雅、秦仲龢等筆名發表人物掌故文章。

「《大華》初出版頭兩三個月，銷數還過得去，但不久後就大有逐期減少之象。我從各方面打聽減縮的原因，然後作一番綜合研究，才知道有人認為我辦這個小小的刊物是受某方面津貼的，他們在口頭上為我『宣傳』，指《大華》談的雖是掌故，但實際上在進行

『統戰』。」

「一九七〇年，我又重新出版《大華》，在籌備期間……後來另一個朋友聽到他說：『某人的刊物，據某大學的人說，是與台獨有關的。台獨近來肯出錢辦期刊，尤其喜歡收買停辦的刊物，所以我不便幫忙。』……我聽後覺得好笑……結果《大華》復刊只維持了十一個月，出版後銷路還是不好，大概與台獨的宣傳有關，而忽然停刊，也因為一個合作的朋友工廠倒閉，不能長期支持《大華》的經費，我見他那種拮据情形，就建議停刊。」

「一九六六年七月以後，《大華》的銷路日減……《大華》的資金六千元已花光了，我有意立即把它停刊，陳彬龢馬上作出反響，他願意每月支持《大華》七百元。……《大華》每月收入的款項約二千餘元，支出約三千餘元，相抵後要賠一千元左右，彬龢負担七百，我可以負担三四百，這樣便可以繼續辦下去了。……其實彬龢此時已露出經濟困難之象了……能夠一次拿來整數七百元，未嘗見過。可知他的手頭不大寬裕了。」（《陳彬龢與申報及大華半月刊》）

周作人行書戊寅年舊詩相贈，紙本五行直幅。款題「伯雨先生大雅之屬。知堂。」鈐朱文長方印「周作人八十所書」。

五月三十日，撰《英使謁見乾隆記實》（秦仲龢譯）譯者前言。

一九六七年（丁未）六十二歲

「三月廿五日晚，陳彬龢打電話給我，他說……龍極贊《大華》辦得好，千萬不可讓它夭折，他很願意捐助或貸款，使它繼續出版。」「三月廿九日，下午六時許，彬龢來我下處，一同僱了汽車上大坑道花園大廈。……吃飯時，我們談到合作的事。龍先生問現在的銷數多少，和以後怎樣推銷。彬龢就推龍先生担任社長，他自己做經理，負責推銷事宜，我管編務。先由他草擬一份合作草約……簡簡單單八條，規定自一九六七年四月以後的支出，出龍君負責，以不超過每月一千三百元為度，以前所欠，由陳高二人負責。又規定以龍為社長，陳為經理，我為編輯。約定四月四日下午在文華酒店閣仔吃茶簽字。」「簽過合作草約後，我即託關貽蓀會計師為我辦理大華的商業登記，以前是獨資，現在是三個股東了。彬龢對我説，龍君曾對他説過，一俟商業登記辦妥，他就把股本一部分撥來。到此時，彬龢才對我説：『我近日兜不轉，龍先生交來的資金我要利用一下，待過些日子後如數清還。』」「五月中旬以後，香港時有暴動，局面混亂，有不少有錢人移居他處。」「在動亂期間，《大華》名為每月有一千三百元可資虧蝕，但我從未在陳彬龢處拿到一文。……六月三日，我收到他一短札，説他接日本來電，叫他即日往日本定居，忽忽未能辭行，待到東京後，他一定把所欠《大華》的四五千元分期交還。請我不要灰心，繼續辦下去。」（《陳彬龢與申報及大華半月刊》）

一九六八年（戊申）六十三歲

「陳彬龢到日本後，和我書信往還者四年之久，未能清還所欠《大華》的錢，到他謝世後，他生前開來的欠單只好付之一炬了。但《大華》並不因他就停刊，也不因龍先生自七月起不拿錢來就停刊，我一直獨力支持到一九六八年二月，因雙重賠累（要清還大華舊欠及支付每月的印刷費稿費），不得不休息一下，舒口氣，毅然把它停了兩年後重新出版，這是後話了。」（《陳彬龢與申報及大華半月刊》）

二月十日，《大華》四十二期發表饒宗頤撰《題伯雨兄聽雨樓雜筆》。《大華》四十二期，刊高貞白（林熙）《大華停刊的故事》，文末留下他日或者「復刊」的「萬一」。

元月，秦仲龢（高貞白）譯寫《紫禁城的黃昏》由香港春秋出版社作為「春秋叢書之一」出版。

一九七〇年（庚戌）六十五歲

七月一日，《大華》復活，是月刊，稱一卷一期，但括號為總四十三期，表示是前段《大華》的延續。高貞白任督印人，兼以「林熙」名義任總編輯。

五月十五日，沈葦窗辦的《大人》雜誌創刊，以林熙筆名（偶爾用高貞白、高伯雨）供稿。

一九七一年（辛亥）六十六歲

一月一日出版的《大華》第七期，督印人換了「柯榮欣」。六月一日出的第十二期為終刊號。《大華》前後總共出版了五十四期。

五月八日，《英使謁見乾隆記實》(秦仲龢譯)譯完

六月，高貞伯約包天笑著《釧影樓回憶錄》先在《大華》登載，繼在《晶報》連載，六月間由大華出版社出版。

寫松下乘涼圖，設色直幅。款題「酒後襟懷放，風前殿閣涼。辛亥六月，貞白寫宋人畫法。」

寫松蔭聽瀑圖，設色團扇。款題「貞白寫」。鈐朱文方印「高子」。無記年。

十一月，林熙(高貞白)著《春風廬聯話》第二集由大華出版社出版。包天笑封面題簽。

一九七二年(壬子)六十七歲

六月，寫《夏郊清趣圖》直幅贈幼子潤生。款題「夏郊清趣，壬子六月十九日，貞白。潤生兒存。」鈐朱文方印「貞白」。

秦仲龢(高貞白)譯《英使謁見乾隆記實》由大華出版社出版。

一九七三年(癸丑)六十八歲

寫松陰覓句圖，設色，直幅。款題「松陰覓句。壬子初夏，貞白消閒之作。」鈐朱文方印「貞白」。

十二月一日，沈葦窗辦的《大人》雜誌改名為《大成》繼續出版。以林熙筆名(偶爾用高貞白、高伯雨)撰述，幾乎每期供稿二萬字左右。

一九七四年（甲寅）六十九歲

八月，黃俊東、沈西城等合編的《波文月刊》創刊，高貞白記取馬敍倫的勸告，開始撰寫《聽雨樓回想錄》。

十月，為袁寒雲《辛丙秘苑》陶拙庵《「皇二子」袁寒雲》輯印單行本寫編後記。次年四月由大華出版社出版。

十二月，《波文月刊》第一卷第五期出版，續刊高貞白《聽雨樓回想錄》（五），文末標明「未完」。本期實為終刊。

陳福善畫贈山水橫幅。

一九七五年（乙卯）七十歲

四月十五日，高伯雨輯《乾隆慈禧墳墓初盜紀實》由大華出版社出版。

四月，袁寒雲陶拙庵著《辛丙秘苑．皇二子袁寒雲》由大華出版社出版。

秦仲龢（高貞白）譯《英使謁見乾隆記實》由大華出版社再版，八月廿一日撰再版後記。

一九七六年（丙辰）七十一歲

「一九七六年三月，我遷居到灣仔（駱克道），新居是一幢十四層高的大廈，面臨繁盛的馬路，終日車聲不絕，我的臥室又面對天橋，噪音之高，和舊居不聞車輪之響，眞有天淵之別了。一住十四年，從未作靜坐之想，亦因為過去二十年間，我踏上六十歲後，身體精神都比三四十歲還好。人到六十之年，大可以列入老字號之內的了，我的身體不見壞，反而見好，並且老年人常見的病我都沒有。推究其源，是不是以前我嘗靜坐過，也曾學過打太極拳呢。（八十一歲以前，我每天還跑上寶雲道，有時還再上一層樓上司徒拔道，近三年不再登山了。）」（《靜坐漫談》）

一九七七年（丁巳）七十二歲

一月，行書唐人詩直幅：「遠上寒山石徑斜，白雲深處有人家，停車坐看楓林晚，霜葉紅於二月花。寫付季女。丁巳一月。貞白。」鈐朱文方印「米齋」。

行書王文公詩直幅贈李國麟：「紛紛擾擾十年間，世事何嘗不強顏。亦欲心如秋水靜，應須身似白雲閒。王文公詩寫似國麟仁兄。丁巳一月，貞白在香港。」鈐朱文方印「米齋」。按，李國麟係先生幼子閏生岳父。

行書荊公詩直幅：「藏春花木望中迷，水復山長路阻躋。惆悵老年塵世累，無因重到武陵溪。荊公詩一首。丁巳一月寫為季兒補壁。貞白。」鈐朱文方印「米齋」。一九八三年裝裱後題簽「高貞白字軸。季子藏。癸亥二月十六日。」鈐白文方印「貞白」。

行書林翠寒詩贈幼兒、媳：「宴罷嘉賓歸去急，洞房春暖卸金釵，白頭翁媼憨兒息，鳳燭燒殘猶抹牌。丁巳一月十九日閏兒筱霞結婚，荊妻口占俚句，屬為書之。貞白并記。」

正月，行書直幅：「人居東晉風流後，家在西湖山水間。不知誰氏之句，漫書之。丁巳正月二十二日。貞白。」鈐白文方印「高貞白」。

行書直幅：「江南江北路茫茫，明月天涯各異鄉。旅雁叫雲天似洗，故人今夜泊瀟湘。曾見趙松雪書此。因錄為季女。貞白。」鈐白文方印「高貞白」。

行書直幅：「斷雲一片洞庭帆，玉破鱸魚金破柑。好作新詩繼桑苧，垂虹秋色滿東南。米元章過垂虹亭作。丁巳夏日。貞白。」鈐白文方印「高貞白」。

六月，行書直幅：「少時無意逢詹尹，斷我天年可七旬。向道青春難便老，豈知白髮不饒人。兩番失馬翻僥幸，十載懸車得隱淪。從此長辭復何恨，九原相待幾交親。嚴範孫先生臨終詩。丁巳六月，書於寒翠堂。」鈐白文方印「高貞白」。

六月十五日。行書朱熹立春詩，紙本直幅四行。鈐白文方印「名與華陽真逸同」。

八月十六日，高伯雨著《中興名臣曾胡左李，李鴻章周遊列國》由香港波文書局出版。

一九七八年（戊午）七十三歲

一月，行書白居易詩四行直幅贈筆者：「不思北省煙霄地，不憶南宮風月天；唯憶靜恭楊閣老，小園新雪暖爐前。禮平先生雅正。戊午一月。貞白。」鈐朱文方印「貞白」。

花朝。行書天然和尚詩，紙本直幅四行。款題：「戊午花朝，寫天然和尚詩，貞白米齋。」鈐白文方印「高貞白」。

陳君葆贈詩《戊午年百花生日》：「六十年前芳艸地，幾番梅雨，鷗風淒迷，岸柳路西東。百瓶誰送酒，還與酹春叢。

記得野塘花發候，木棉依舊，英雄暮煙，山色有無中。眉峰羞黛綠，姹紫妒嫣紅。伯雨先生正之。君葆。」

二月，行書詩四行直幅贈何智煌。

陸無涯贈書三行直幅：「古路無行客，空山獨見君。戊午臘月，書贈貞白方家法正。無涯。」鈐印二，朱文方印「漁翁」、白文方印「陸無涯印」。

行書直幅：「寸草蓬萊在眼前，回波漾碧草無邊，東流白日西流月，扶我珠樓自在眠。貞白。」鈐白文方印「高貞白」。

行書直幅：「吏退庭空贍得閑，一窗如在翠微間。半崖縈棧遊秦路，疊障生雲入剡山。真有巖居臨絕壑，但無漁艇繫寒灣。躋攀自苦君休笑，寸步何曾不險艱。陸放翁詩。戊午六月風雨中漫書。貞白居士。」鈐印二，朱文方印「米齋」，白文方印「高貞白」。

駱曉山為刻白文方印「聽雨樓」，邊款「聽雨樓主人貞白先生大方家正。戊午六月，曉山。」

陳若海為刻白文方印「貞白」，邊款「貞白道丈正之，戊午，若海。」

一九七八年以溫大雅筆名撰《望海樓雜筆》。

楊彥岐卒。（《悼念楊彥岐兄》）

一九七九年（己未）七十四歲

三月開始為《信報》寫專欄。「我喜歡《信報》能給我無所不談百無禁忌的自由」。

是年四月遊南京。查《翠寒詞》所載《滬寧道中》，題有：「己未四月與外子暢遊南京三日，後乘車往無錫，車中見麥田漸呈金黃色，與壬申夏夜隻身由滬經南京赴北平時景色相似，彼時與外子為第二次分別，心極悵惘，曾作五古一首，題為滬寧道中寄外。回憶往事，如在目前，已相隔四十七年矣。乃復用前韻作一首以誌歲月。」詩云：「兵家必爭地，金陵天險長；重來多感慨，同行笑語鏘。憶昔分飛日，客途心慌忙；南北常相左，兩情似沸湯。彼時顏如玉，綠衣間黃裳；艱辛完夙願，碧梧棲鳳凰。往事仍歷歷，離合永難忘；湖水嵌雙影，白髮勝紅粧。攜手雞鳴埭，遠望意徨徨；古今同一夢，霸業總渺茫。」

一九七九年五月重遊西湖。（《江南尋夢》）

陸無涯楷書直幅贈林翠寒。款題：「己未春朝書施岳西湖遊春曲，奉呈翠寒女士雅政。無涯。」鈐印二，朱文方印「無涯」、白文方印「老陸」。

六月，主編《近代掌故資料叢刊》，由香港波文書局於一九八〇年七月出版《現代史料》四集。先生撰寫出版說明：

「瞿兑之先生對於掌故有突出的成就和貢獻的，他曾說明掌故學的用處有如下的話：『世間一切事物都隨着時間而變動不停的，而已經變動了的事物，往往如雲烟之逝，要想追摹起來以供參考，就很不容易。歷史本身是不會留下紀錄的，如果不依靠具體的事物映寫下來，則所了解的歷史不能真實而正確。掌故學的作用就是把關於變動了的事物種種知識積累儲存起來，以供應各種需要——特別是歷史研究的需要。在中國的史書中，往往只看見興亡大事的記載，或者官式的表面紀錄，而當時人們實際上是怎樣活動的，只有從其它的來源中才能體會到。這就使得從事掌故學的人要負起相當重的責任了。』（序高伯雨

《聽雨樓叢談》。）掌故的資料，多蘊藏在史書中，但趣味性不濃，它們講的不外是國家制度一類的事物。唐以前，想要找一部有趣的掌故書來讀，真是寥寥可數。到唐宋以後，漸有人用筆記的體裁寫成書，所談的大抵是人物故事，風俗制度之類，『而這些資料在正式的史書上往往不易看見，而在讀史的時候，又必須用作補充。』（瞿兑之語）於是筆記一類的書就越來越多，掌故資料就日見豐富了。

《近代掌故叢刊》編輯的目的，希望對研究歷史的人，提供一些有用的資料。這些資料的來源，多為近百年來各家的筆記、詩、文集、傳記、年譜、日記等，內容非常廣泛。但筆記一類的書，浩如烟海，大多數是談神說怪，不然就是道聽塗說，不能當作知識來應用。因此編輯時就要加以選擇，務求以實用為主。以前要買筆記的書並不大困難，但近三十年就不十分容易了，即使是一部常見的《郎潛紀聞》或《香祖筆記》也不知向何處購買，至於罕見的筆記就更難了。本叢刊之輯，將盡量蒐集常見和罕見的有關掌故的書，分集出版，一方面為研究歷史者提供資料，另一方面也希望促進對掌故資料蒐集、保管、整理和研究。亦希望藏書家有這類的書公開出來。如果願意交本叢刊出版，尤為歡迎。

高伯雨一九七九年六月」

岑飛龍畫《鎮海樓春色》贈林翠寒。設色紙本直幅。雙題：「壯麗英雄樹，巍峨鎮海樓，南天春色好，越秀足勾留！己未春作此圖，補題於夏日，飛龍。」「高嫂翠寒女士哂存並正。己未深秋，岑飛龍。」

夏，周公理繪贈《群蝦圖》，水墨紙本橫幅。款題：「貞白友長暨嫂夫人教正。

一九七九年夏日，桂南周公理寫。鈐印三，白文方印「周倫畫印」、朱文方印「公理長年」、壓角白文方印「亦狂亦俠亦溫文」。

陳榮森畫西貢八鄉山水橫幅相贈。款題：「己未夏日遊西貢八鄉得此小景，寫奉貞白畫丈伉儷雅正。後學陳榮森畫呈。」鈐印二，朱文方印「陳」、白文方印「榮森」。壓角白文方印「無憂」。

一九七九年八月十四日至十六日，香港大會堂八樓展覽廳舉行花朝畫友聯展，拿出三、四十年代的七幀山水舊作參加。

行書米詩，紙本三行直幅。款題：「己未十一月，鐙下寫米詩一首。貞白。」鈐印二，白文方印「高貞白」、朱文方印「米齋」。

九月、十一月，行書錄林翠寒詩詞長卷。「南疆北境總難平，錯認豺狼作弟兄。建國卅年民續困，離鄉半紀眼更明。銅山罄盡扶鄰敵，鐵騎抽調抗友兵。地下若逢秦漢主，風流人物媿長征。七易斯名友誼關，關前關後戰雲斑。廿年助弱終成敵，半月回師已訓頑。誤學孫公親北狄，難如諸葛服南蠻。春來曉霧迷濛甚，不辨近山與遠山。今誤斯。己未春初，翠寒愛妻作感時七律二首。錄之於此。是歲九月三日。貞白。」鈐白文方印「聽雨樓」。

又續書：「一九七九年五月七日與外子參加旅行團北游十二日，暢遊金陵三日後，乘車往無錫，車中見到處麥田漸呈金黃色，與一九三二年夏隻身乘車，經南京赴北平時景色相似，彼時與外子為第二次分別，心中悵惘，曾作五古一首，題為滬寧道中寄外。回憶往事，如在目前，已相隔四十七年矣。乃復用前韻重作一首，以志鴻爪並記歲月。

兵家必爭地，金陵天險長；重來多感慨，同行笑語鏘。憶昔分飛日，客途心慌忙；南北常相左，兩情似沸湯。彼時顏如玉，綠衣間黃裳；艱辛完宿願，碧梧棲鳳皇。往事仍歷歷，離合水難忘；湖水嵌雙影，白髮掩紅妝。攜手雞鳴埭，遠望意旁皇；古今同一夢，霸業總渺茫。

舊作滬寧道中寄外

一望成金色，方知麥苗長。行行又田野，流水鳴鏘鏘。
一別復一別，無奈太匆忙。回憶未別時，親手調羹湯。
為君理鬢髮，為君着衣裳。雖無齊眉樂，竊願效鳳皇。
嚙臂盟猶在，謹記莫相忘。凍雨連雲溫，洗褪來時妝。
首都已在望，中心正旁徨。回首望故道，野色已蒼茫。

己未——一月鐙下錄翠寒舊作。貞白。」鈐朱文方印「高貞白書畫記」。

一九八〇年（庚申）七十五歲

春，「心有靈犀未敢通，衹緣久別乍相逢。深情盡在不言中，腸斷宵來雙燭影。夢回枕上五更風，低垂簾幕意重重。

調寄浣紗溪。庚午仲秋某夕，翠寒忽有所作，日久亦忘之矣。庚申春日，又憶及之，竟一字不遺。因屬貞白書之，并記其事。」鈐印二，白文方印「寒翠堂」，朱文方印「高貞白」。

行書直幅：「佳木青青艷艷梅，迎風秀髮碧雲堆。問渠那得香如許，滿架圖書着意培。一闋哀詞不忍看，斷腸人自惜春殘。世間最是傷心事，人去樓空李易安。庚申六月翠寒近作二首。貞白。」鈐白文方印「寒翠堂」。

行書斗方六行：「斯文寄天地，至樂在山林。曾見康有為書此聯句，五十八年前事矣。庚申，貞白。」鈐朱文方印「高貞白」。

行書錄夫人翠寒詞。詞云：「心有靈犀未敢通，祗緣久別乍相逢。深情盡在不言中，腸斷宵來雙燭影。夢回枕上五更風，低垂帘幙意重重。調寄浣紗溪。庚午仲秋，翠寒舊作忘之五十年矣，庚申初秋，忽憶及之而一字不漏，因囑貞白書存之。」

陸無涯為高貞白《竹雀圖》題：「獨占東風第一枝，慈心惟有此君知；來禽休再猜桃杏，已是冰霜透骨時。貞白方家出示舊作屬題，偶集雞尾句綴成之。時庚申中秋後一日。無涯於海隅之風雨樓。」

一九八一年(辛酉)七十六歲

十二月，行書林翠寒詩橫幅：「聞道王郎天上來，圍爐敘舊早安排。可憐十日無虛席，驚嘆詩人歸去哉。

嚴霜過後春風來，遍地嬌花爛漫開。寄語風姨與雨伯，殷勤灌拂莫相摧。王君辛笛伉儷蒞港旬日，未得一晤，戲成二絕聊以寄意。辛酉十二月，翠寒屬貞白書之。」鈐白文方印：「聽雨樓」。案：王辛笛此行係應香港中文大學中文系之邀蒞港參加中國現代文學研討會。

「一九八一年，我已是安享晚年之福，讀喜讀的書，寫喜歡寫的稿的自由自在人了。」（《從乙卯到辛酉——記七年私塾的苦樂》）

一九八四年（甲子）七十九歲

行書錄夫人翠寒詞，紙本直幅五行。詞云：「萬里無雲淡淡天，瓊樓高處炙難眠，魚潛碧海釣空懸，室少花香消暑氣，窻無山影掩晴烟，先生掩卷自怡然。浣溪紗。甲子除夕，翠寒舊詞，貞白。」鈐朱文方印「高貞白書畫記」。

同時行書內容相同之橫幅。末題署：「內子翠寒舊作浣紗溪三之一，屬貞白書存之。甲子除夕，欣然命筆。」鈐印二。朱文方印「高貞白書畫記」、押角橢圓白文印「寒翠堂」。

十二月與夫人遊廣東西樵山、白雲山。

一九八五年（乙丑）八十歲

老友王辛笛徐文綺伉儷訪港。五月廿四日夜間，廣角鏡出版社假香港中環上海總會，餞別王氏伉儷。高貞白應邀出席，與王氏伉儷、徐伯郊徐克銑父女、李輝英伉儷、潘際坰、常宗豪、張雙慶、許禮平和東道主李國強伉儷歡聚。

八月，陸羽茶室雅集，歐陽乃沾寫貓憩圖成扇　卓輝小弟（先生孫，潤生兒），先生為題背面：「睡貓初醒，群鼠震驚。乙丑八月，陸羽樓頭雅集，乃霑作畫為孫兒題之。貞白。」鈐白文小印「貞白」。

一九八六年（丙寅）八十一歲

三月，行草書橫幅贈幼子潤生：「罷釣歸來不繫船，江清月白正堪眠。縱然一夜風吹去，只在蘆花淺水邊。丙寅上巳寫與閏兒補壁。貞白。」鈐印二，白文方印「高貞白」，押角朱方橢圓印「寒翠堂」。

岑飛龍先生行書錄夫人翠寒詞。詞云：「雲低霧重，暖意春風送，樹已抽芽花未種，貪戀黃粱午夢。眼前煩惱偏多，他年光景如何，羨爾瑣窗小鳥，飛來飛去輕歌。（寄調清平樂）高夫人翠寒女士詞，丙寅夏，岑飛龍為錄。」鈐白文方印「飛龍」。

行書錄夫人翠寒詞，紙本直幅五行。詞云：「雲低霧重，暖意春風送，樹已抽芮花未種，貪戀黃粱午夢。眼前煩惱偏多，它年光景如何，羨爾窗前小鳥，飛來飛去輕歌。調寄清平樂，翠寒近作也。丙寅，貞白書。」鈐印二，引首朱文橢圓印「寒翠堂」、白文方印「高貞白」。

鄭家鎮畫《山水清音》相贈。紙本直幅。

一九八七年（丁卯）八十二歲

行書林翠寒清平樂直幅：「萍蹤浪跡，曉夢堪追憶。喜與同窗重負笈，各道明春廿七。盧溝戰火漫天，難忘五十年前，正直夢中年紀，錦程化作烽煙。清平樂。丁卯夏日，內子記夢之作。貞白書之。」鈐印二，朱文方印：「高貞白書畫記」，押角橢圓朱文印「寒翠堂」。案，同年《大成》第一六五期刊載高貞白《從舊日記談到民國廿一年的上海》，記有：「內子讀拙文後，對我說前幾天見我寫《上海二月記》下篇，晚上就夢見南京金陵女子大學的同窗數輩，相與談在上海逃難來香港，同學邀聯袂入內地報到後繼續學業，辭之，並謂明年將二十七歲矣，醒後有感，遂譜『清平樂』一闋。」（《大成》一六六期頁三十三《上海二月記》）

行書直幅：「涼月碧雲何處樓，倚樓長笛怨清秋。陌頭楊柳垂垂盡。不是天涯人也愁。丁卯三月。貞白漫書。」鈐朱文方印「高貞白書畫記」。

卓琳清為刻朱文方印「貞白」，邊款「伯雨先生正篆。丁卯，琳清。」

秋，岑飛龍為題先生早年設色山水圖橫幅：「遶樹秋煙淡，出山流水清。草堂微醉後，坐待月華生。丁卯秋，奉題貞白兄舊作。岑飛龍。」岑氏鈐朱文橢圓印「岑飛龍」。一九九八年家屬捐贈香港藝術館。

岑飛龍為題先生早年設色《庭院》圖：「貞白老兄出早年精作屬題，為錄晏幾道蝶戀花一闋以應。庭院碧苔紅葉遍，黃菊開時，已近重陽宴。日日露荷凋綠扇，粉塘煙水明出練。試倚涼風醒酒面，雁字來時，恰向層樓見。幾點護霜雲影轉，誰家蘆管吟愁怨。丁卯中秋，岑飛龍並記。」

秋，岑飛龍為題先生早年設色山水圖橫幅：「遠浦隱平沙，煙村四五家。日長樓上客，秋倚待歸鴉。奉題貞白兄精作。丁卯秋。飛龍。」岑氏鈐朱文橢圓印「岑飛龍」，先生鈐白文方印「貞白」。

秋，岑飛龍為題先生早年設色山水圖橫幅：「風靜白雲深，幽人何處尋。層巒留夕照，飛閣倚秋林。丁卯秋題貞白兄早年精作。飛龍並記。」岑氏鈐朱文橢圓印「岑飛龍」，先生鈐朱文連珠方印「高」「貞白」。

八月，與夫人遊從化、肇慶。

八月二十日與夫人訪廣州陳家祠。

一九八八年（戊辰）八十三歲

行書直幅：「萋萋芳草春綠，落落長松夏寒。牛羊自歸村巷，童稚不識衣冠。戊辰正月，高貞白。」鈐朱文方印「寒翠堂印」。

「《紫禁城的黃昏》春秋出版社又交給台灣躍昇文化事業公司重新排印，於一九八八年五月出版，這是台灣版的『行貨』，但台灣也有『水貨』。」

一九八九年（己巳）八十二歲

行書直幅：「白首重來一夢中，青山不改舊時容。烏啼月落橋邊寺，欹枕猶聞夜半鐘。己巳七月書明人句，為天壇大佛書畫展覽。貞白。」鈐白文方印「貞白之印」。案，此為宋人孫覿（仲益）《過楓橋寺》詩。

行書直幅：「慶賀金婚日，倩秋風，華堂送喜，桂芳蘭逸。少小同諧連理樹，白首兩情猶一。堪羨是，唱隨琴瑟，歌管銅瓷均所好，更年年，買棹黃金國，成子女遠來客。杏林夙擅回春術，為蒼生，祛除二豎。灼昭督績，屈指相交卅五載，常賴青囊護翼。奈老去，酬知無力。但願月圓人長壽，譜新詞，愧乏生花筆。紅燭照，醉今夕。調寄賀新郎。」鈐朱文方印「高貞白書畫記」。查王漢翹鈔本《翠寒詞》（本書頁二九三至二三二〇），詞牌下有小注：「代外子賀趙不波醫生金婚」。本書刊本與高氏手書有異，如高書「歌管銅瓷均所好」，王鈔本作「集古琳琅千萬品」；高書「成子女遠來客」，王鈔本作「笑子女似歸客」；高書「為蒼生祛除二豎灼昭督績」，王鈔本作「為蒼生扶衰起病頌聲洋溢」。

一九九〇年（庚午）八十五歲

徐北汀畫贈《松石圖》，設色紙本直幅。款題：「貞白翠寒方家儷鑑。庚午元月，淼翁徐北汀，時年八十有三。」鈐白文方印「徐北汀」。

一九九一年（辛未）八十六歲

七月，高伯雨著《聽雨樓隨筆》由香港社會理論出版社出版。

一九九二年（壬申）八十七歲

一月廿四日在香港聖保祿醫院逝世。在北角殯儀館守夜時，冠蓋雲集。羅孚雖未獲自由，卻從北京寄來輓聯，饒宗頤則深夜單身至唁。生死交情，場面感人。

翁一鶴、劉作籌、陳國璋拜輓聯曰：

早為佳公子，晚為名作家，身世文章皆卓越；
婦是大詞人，女是洋博士，門庭蘭桂競芳馨。

後事　一九九三年（癸酉）

高貞白過世一年後，林翠寒有懷念詞作，錄如下：

浣溪沙　外子伯雨翁逝世一週年有感

獨處空床已一年，追思往事總堪憐，春風秋雨奈何天。案上文房勤拂拭，篋中書畫故依然，重門半掩待魂旋。

幾度招魂不覺來，重泉路滑腳筋衰，無人扶護寸心哀。日處紅塵容易過，夜垂翠幕最難排，殘更數盡眼仍開。

久盼魂來細細傾，問書問字問安寧，生前元是好先生。聽雨樓中書聽雨[一八]，九成宮畔

一八　聽雨樓隨筆。

習九成[19]，風騷曾是老兼青。

後事 一九九五年（乙亥）

林翠寒作鷓鴣天，自謂「貞翁辭世忽已三載，胡謅小詞以誌之」，詞云：

「萬念隨翁化作灰，三年難復舊情懷。門閒白晝賓疎到，飯冷黃昏女未回。驚髮落，悟年衰，涼風幾陣入簾來，萬年案上油油綠，無限生機藉水栽。」

按：萬年指萬年青。林翠寒詞，其平淡和真實，可與趙明誠死後李清照的「孤雁兒」並讀，那是一樣的深哀沉摯。

後事 一九九八年（戊寅）

四月廿七日，香港蘇富比拍賣高貞白藏品。標題「『聽雨樓』藏名家書畫印章」，編號一四八——一六〇號。包括沈尹默寫「聽雨樓」扁額、溥心畬行書七言聯、柳亞子、周作人、章士釗、陳半丁、金城等件，和吳昌碩刻「米齋墨緣」、齊白石刻「米齋」、「寒翠堂」、鄧爾疋、李茗珂、馮康侯等為高貞白刻印。

遼寧教育出版社編印《聽雨樓隨筆》，列入「書趣文叢」第五輯。

後事 二〇〇〇年（庚辰）

一九 「大約一九三五年翁在北平習畫時，曾繪九成宮圖一幅，甚為愜意，懸之壁上，常對之臨九成宮字帖。」

五月，科華圖書出版公司出版李立明《香港作家懷舊》（第一集）刊《高貞白文史掌故專家》（頁一三九至一四三）。

十月廿五日至三十日香港集雅齋舉辦「高貞白先生書畫遺作展」。

後事二〇〇一年（辛巳）

女兒高守真卒，享年七十六歲。

後事二〇〇八年（戊子）

四月十八日至廿六日，香港集雅齋舉辦「高伯雨書畫遺作展」。

六月十五日，《城市文藝》月刊第三卷第五期（總第二十九期）刊高貞白書畫作品、《最後的文人畫家——高伯雨》、方寬烈《高貞白的家世和書畫造詣》等文章。

後事二〇一二年（壬辰）

北京故宮出版社編選「大家史話」系列，收高伯雨著作三種《歷史文物趣談》、《聽雨樓叢談》及《聽雨樓雜筆》。

香港牛津大學出版社出版《聽雨樓隨筆》十種。

四月六日《晶報》《深港書評》第七十期以五全版評介高伯雨和香港牛津大學出版社出版的《聽雨樓隨筆》十種。

四月廿六日《信報》A二十版發表「林行止專欄」《高伯雨全集問世　溥儀需要起洋名》。

後事二〇一三年（癸巳）

夫人林翠寒卒，享年百零二歲。

後事二〇一四年（甲午）

九月，蔡登山撰《最後一位掌故大家——高伯雨》，收入臺北獨立作家出版《重看民國人物》。

後事二〇一六年（丙申）

十月，廣東美術館與廣州匯正文化藝術發展有限公司合辦「聽雨文餘——高貞白書畫」展。展覽圖錄由「匯正藝術」編，嶺南美術出版社出版。

後事二〇一七年（丁酉）

二月十九日，汕頭博物館舉辦《聽雨文餘——高貞白書畫展》。並由盧瑋鑾、許禮平主講《聽雨樓故事——談高貞白往事》。

雪泥鴻爪

上　年少翩翩。
右下　高貞白二十歲，1926年初夏。
左下　1926年秋高貞白在西關十八甫富善街省寓攝；高貞白躺在馬閘，張大眼睛冥想。照片背面說明「此屋已於二十八年(1939)全部燬去。」

上　「安樂園之午點，1927年春攝於上海」。左二高貞白。
下　三十年代初高貞白(左三)陪伴林翠寒(左四)出遊。

右　高貞白、林翠寒「廿二年(1933)春攝於杭州雷峯塔殘址。越十年記於廣州」。
左　「廿三年(1934)三月攝於北平燈市口公理會之花園」。

上　高貞白（中）林翠寒遊西湖，時1933年4月。
下　高貞白（左）林翠寒在杭州寶石山，時1933年4月。

「廿三年(1934)八月廿一日攝於國子監」。

左上　高貞白、林翠寒等在北辰宮，1935年2月。
右上　「廿四年(1935)春攝於北平北辰宮寓所」。高貞白伏案臨帖。枱面靠牆壁立有一珂羅版印刷之法帖。
左下　「廿四年(1935)春攝於北平北辰宮」。
右下　高貞白、林翠寒「廿四年(1935)二月北平北辰宮」。

上　高貞白、林翠寒。閒居時也手不釋卷。似在北平北辰宮，時約1935年春。
下　北辰宮南向走廊。林翠寒、高貞白、陳介白、來維思(John Hazedel Levis)。

上　1934年8月21日來維思生日在北平東興樓餐聚合照。正中站立的是來維思，來的左邊是汪孟舒，右邊是鄭穎蓀，高貞白站在右端，高前坐者為其夫人林翠寒。
下　林翠寒、高貞白、來維思等。

上　高貞白、林翠寒、來維思等遊天壇，1934年8月24日。
下　「廿四年(1935)二月北平東車站」。

上　高貞白(左二)「廿五年(1936)初夏與張競生(左一)攝於汕頭礐石」。
下　高貞白(右二)。

右上　「廿五年(1936)初春攝於汕頭自來水工廠」。
左上　北平九龍壁。1936年。
右下　1936年6月20日稷園。
左下　「廿五年(1936)六月廿五日北平公理會內」。

「廿五年(1936)夏北平東車站送王馨迪(辛笛)赴英留學。」左起：高貞白、林翠寒、陳介白、王辛笛。

右　「1944年春攝於廣州」。
左　1950年2月21日攝於香港虎豹別墅。

上　左起：葉靈鳳、陳君葆、高貞白。
下　「1960年2月8日攝於廣州五層樓下。」前排左端高貞白。

上　「1981年在家中與許禮平同攝」。
下　「1985年5月24日在上海會餞別王辛笛，東道主為廣角鏡出版社。」前排左起：徐克鈂(徐伯郊千金)、高貞白、王辛笛、李輝英伉儷。後排左起：許禮平、常宗豪、徐伯郊、潘際炯、張雙慶、□□□、李國強。

上　王辛笛訪港時攝。左起：林翠寒、高貞白伉儷、徐文綺、王辛笛伉儷、駱友梅、林山木伉儷。
下　王辛笛訪港時攝。左起：林翠寒、高貞白、駱友梅、徐文綺、王辛笛、饒宗頤。

上　王辛笛訪港時攝。左起：岑逸飛、王辛笛、高貞白、林翠寒、黃俊東、徐文綺。
下　左起：林翠寒、高貞白、張碧寒、陸無涯、周公理。

上　雅集揮毫。1977年。左起：岑飛龍、任真漢、□□□、林翠寒、高貞白。
下　左起：許禮平、王漢翹、林翠寒、高貞白、劉作籌、翁一鶴，在香港鵝頸橋歡樂小館飲茶。1991年8月10日。

八十年代初，高貞白伉儷與一眾文士餐聚後合影。前排右起：盧敦、羅忼烈、李子誦、高貞白、林翠寒、任真漢、陳復禮、鄭家鎮、余寄撫。後排右起：吳羊璧、梁鑑添、曾榮光、陳海鷹、曾敏之、蕭滋、王銘、許禮平。

右　高貞白林翠寒伉儷在清風街寓所。
左　高季子陪伴父親，在銅鑼灣希雲街寓所隔離街棉花徑溜狗。狗小姐芳名域多利，為趙不波醫生所贈。

高貞白闔府在清風街寓所天台合影。1953年3月8日。

闔家照。1955年9月14日。

「松雪齋中管道昇，白頭伉儷更深情。」（羅忼烈《鷓鴣天　讀翠寒夫人近作題贈兼呈伯雨翁》）

詞人美影

綺麗年華的林翠寒。

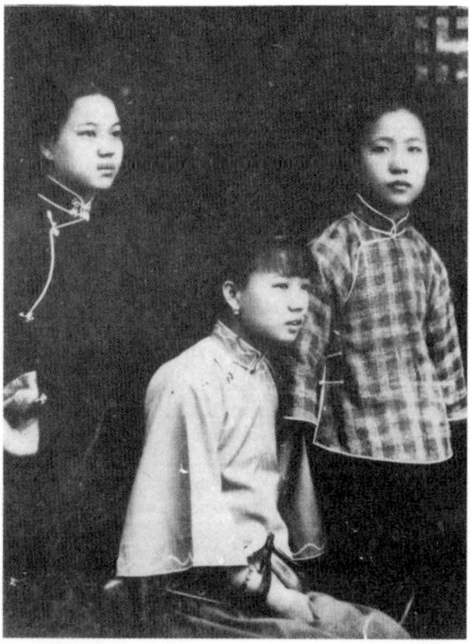

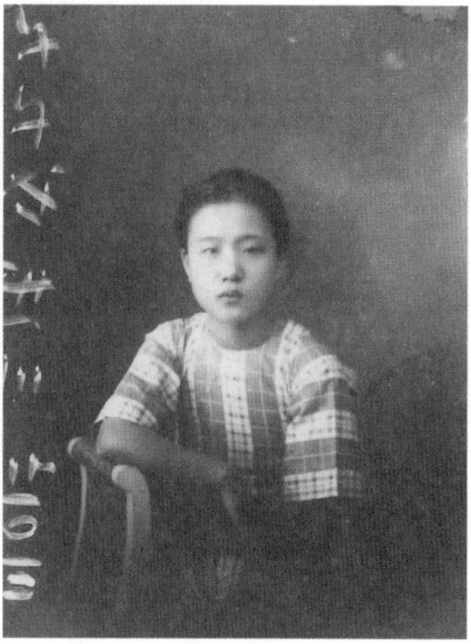

右上　閨蜜仨。林翠寒凝望鏡頭，持相機者，六少爺也。
左上　閨蜜仨。左林翠寒。
右下　十七歲的夢。
左下　「一九三〇年十二月遊潮安所攝」。右林翠寒。

右上　「杭州雲栖寺竹徑」。此高貞白沙龍照，但忘記了林翠寒腳下自己的帽子，也入了鏡頭。時維三十年代初。
左上　「廿三年(1934)八月攝於北辰宮」。
下　在妙明正覺。

右上　「廿四年(1935)春末北辰宮」。
右下　「廿四年(1935)春北京崇效寺牡丹」。
左上　「廿四(1935)，五，十九，大鐘寺」。
左下　林翠寒與貝滿女中國文老師陳介白。「1935年攝於北平」。

「廿五年(1936)夏貝滿中學卒業攝影」。林翠寒在前排右一。

右上　「戒台寺之抱塔松。四月十八日攝」。
左上　「廿五年(1936)八月十六日攝於北平湯山」。是日高貞白三十大壽。
右下　「廿五年(1936)八月十六日北平溫泉行宮」。
左下　「南京金女大外操場，廿六年(1936)二月十九誌」。

右上　林翠寒(左)與同學在南京金女大。1937。
左上　「廿六年(1937)暮春照於(南京金女大)附設中學傍之池邊」。
下　「南京金女大宿舍」。1937。

上　林翠寒(左)與知己同舟。1937。
下　四美圖。左三林翠寒。

左　「一九三七年春攝於長江渡輪中。一九七八年四月廿八日補記已四十一年矣。」左二林翠寒。
右　「廿六年(1937)春末赴泰安旅行」。

上　登高展顏。右端林翠寒。1937。
下　排陣勢。左端林翠寒。1937。

左　一眾老友在溝頭門站候車時，林翠寒拍攝。
右　三十年代林翠寒。

詞人林翠寒打傘。

左　「春風秋雨不比閒愁多」(《翠寒詞》臨江仙)。
右　春風。1938年。

「追思往事總堪憐，春風秋雨奈何天」(翠寒詞浣溪沙 外子伯雨翁逝世一週年有感)高貞白往生十年後攝。2002。

米齋翰墨

米齋主人高貞白揮毫染翰
1935年2月攝於汕頭

《笙樓仕女圖》設色絹本

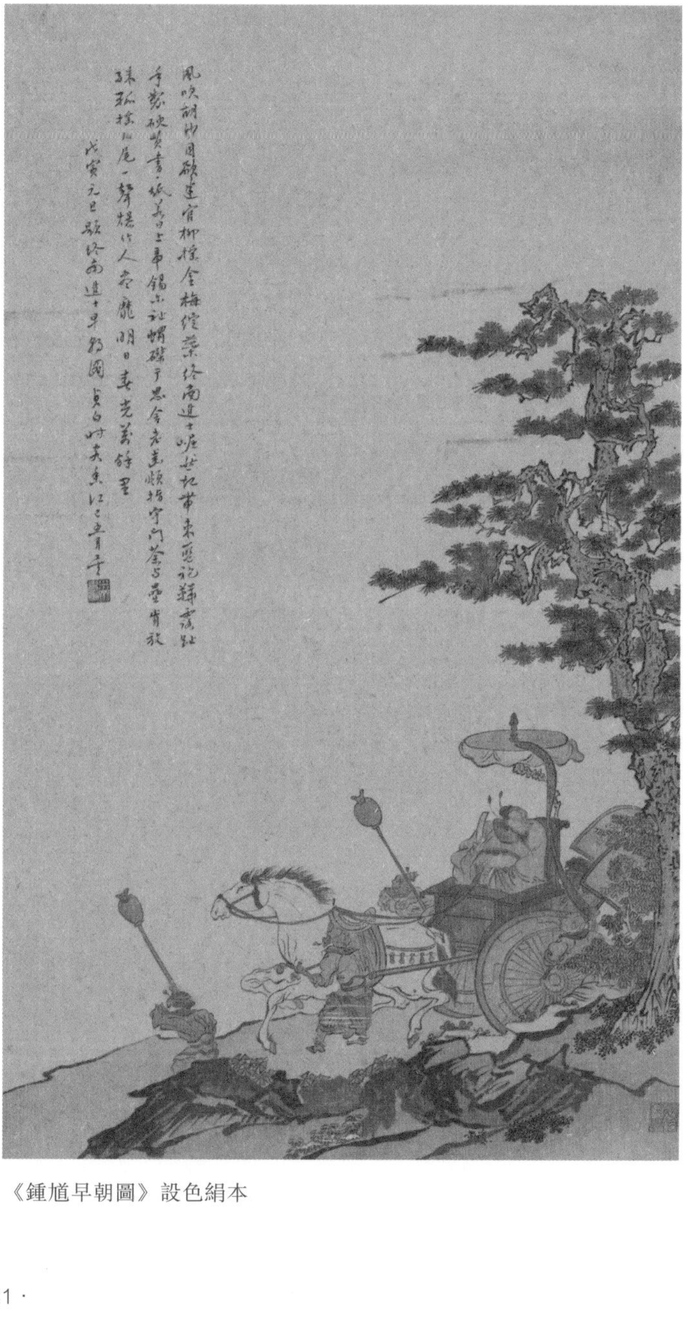

《鍾馗早朝圖》設色絹本

《停舟論古圖》設色紙本

仿石濤山水四開一

仿石濤山水四開二

仿石濤山水四開三

仿石濤山水四開四

《仿仇英柳塘漁艇圖》設色絹本

《村居圖》設色紙本

《溪山暮雪圖》水墨絹本

《嬰兒撲蝶圖》設色絹本

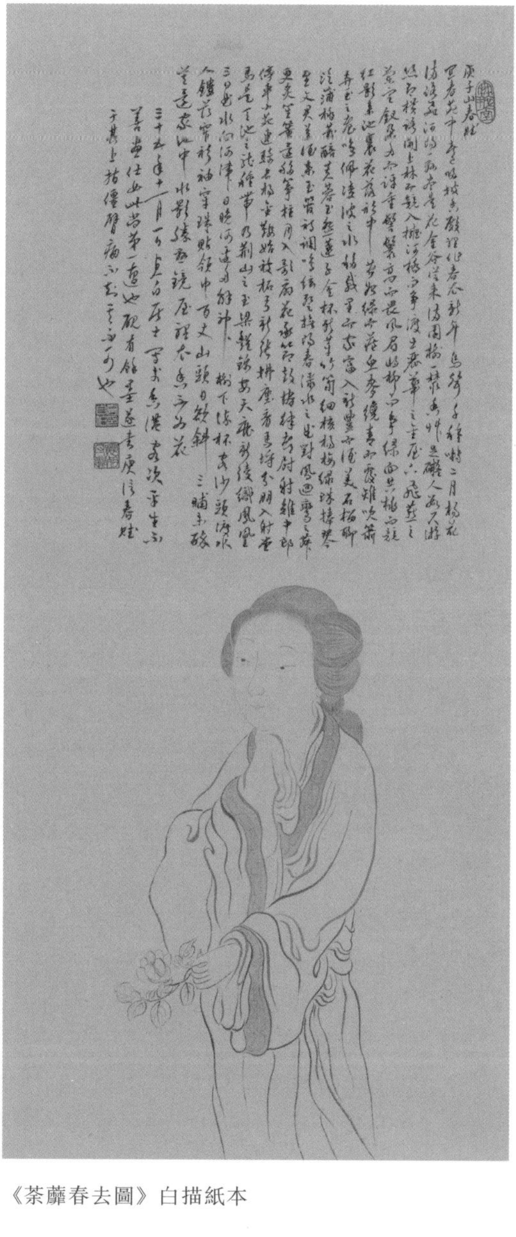

《荼蘼春去圖》白描紙本

《山莊高逸圖》設色紙本

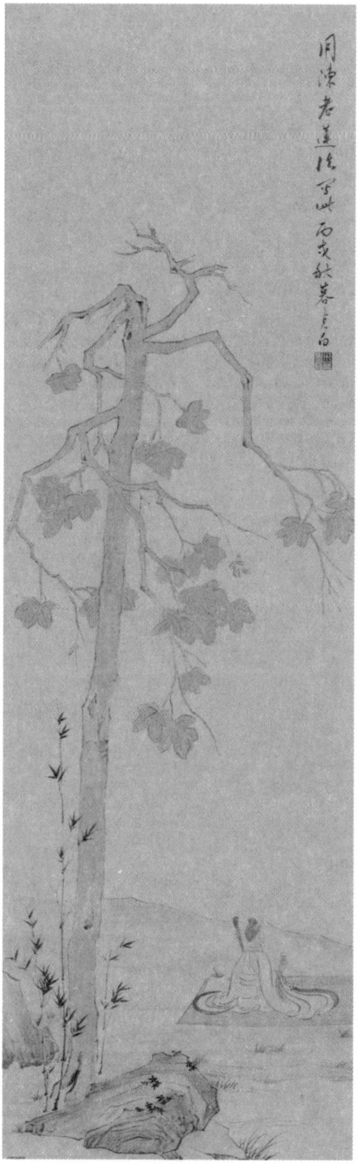

《桐陰高士圖》設色紙本

《漁夫圖》設色紙本

《南極壽星圖》設色紙本

十二年前余客鷹潭偶讀杜二部
瘦馬川有感因補小圖并書其上奉以
貽寮田矣我方今天下有道士飽具橋
各盡委用為有詩人所詠之事子無乃
為遠年余以為然遂赤之今抗戰功成
而四鄰多官軍餘馬頗愜前之
蓋覓詩人諷詠芳非者言味
月追記古圖就鐙不
此以賻來以諟吾言不謬云
丁亥一月容貞伯 〔印〕

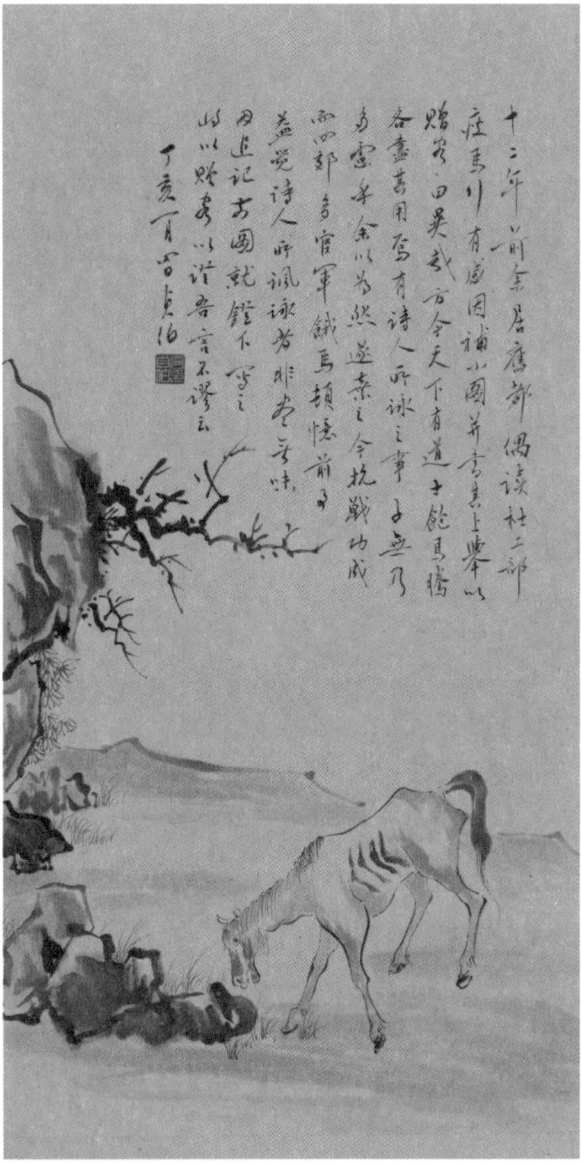

《瘦馬圖》水墨紙本

《觀音圖》白描紙本

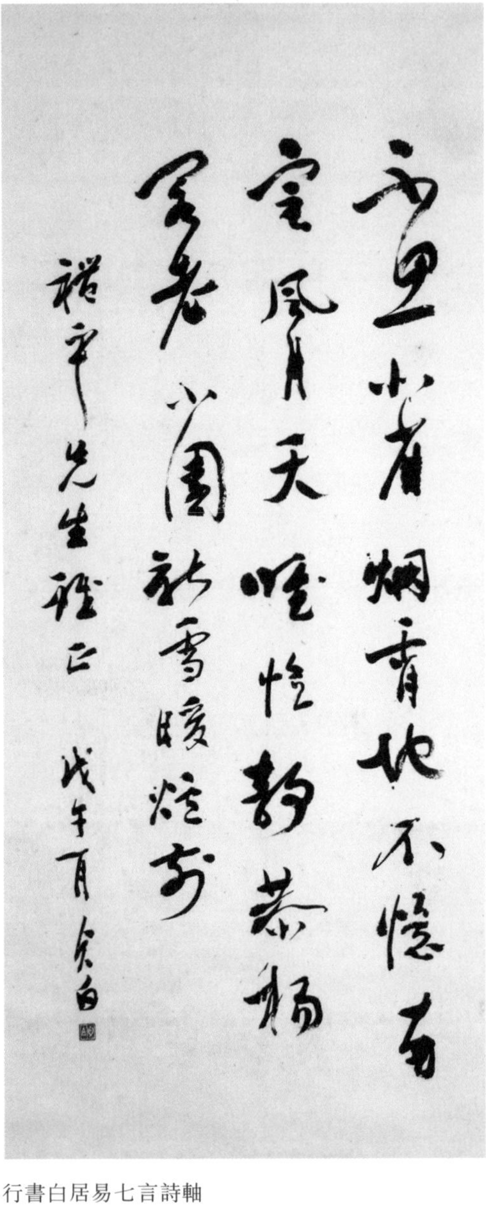

行書白居易七言詩軸

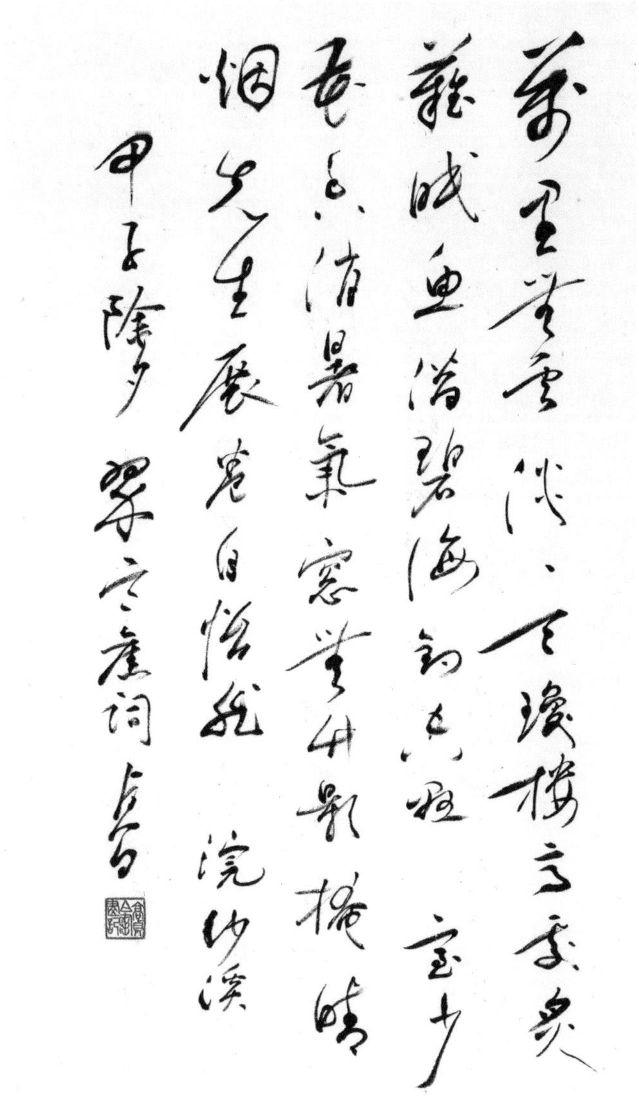

行書錄夫人翠寒詞

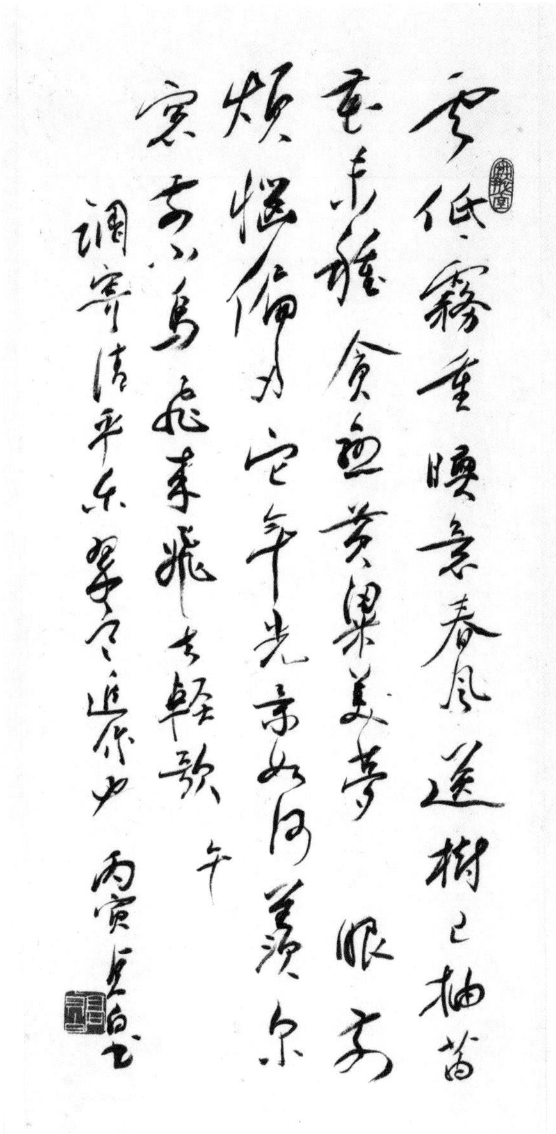

行書錄夫人翠寒詞

来齋印痕

楊千里

高

楊千里

雨

高貞白

高

高貞白

高氏

高貞白

高氏六子

李尹桑

北平高氏

高貞白

高貞白

高貞白

高印貞白

鄧爾雅

高子一

李尹桑

高貞白讀書記

高貞白

貞白

李尹桑

高貞白讀

高心泉

白貞

馮康侯

高貞白讀書記

高貞白

白貞

註　邊款：「隱岑八兄屬。爾雅。隱岑歸道山十五年，此印為令姪貞白兄所得，因記其事。辛巳六月。爾雅。」

李尹桑

白也

高心泉

貞白之印

高貞白

貞白父

高心泉

貞白書畫

陳若海

貞白

高貞白

貞白所書

卓琳清

貞白

貞伯巨勝

高貞白

貞白隨身書畫

高貞白

白

高心泉

貞白珍藏

高貞白

白

貞白居北平時所得者

白

高貞白

石田

高貞白

白頓首上

楊千里

貞蟲

高心泉

石田

高貞白

高印堂

高貞白

高倚筠讀書記

高伯雨

片月

倚筠

齊白石

寒翠堂

高心泉

世家第一

齊白石

米齋

高貞白

米齋

高貞白

米齋

高貞白

米齋

高貞白

米齋

高貞白

米齋

吳昌碩

米齋墨緣

高貞白

米齋金石

註

高蘊琴鍾愛米芾書法因號「米齋」，丙辰九秋吳昌碩為刻「米齋墨緣」印。一九二六年，高蘊琴得知姪兒高貞白亦好米南宮字，將「米齋」別號並「米齋墨緣」印章一併轉贈。

馮康侯

米齋所藏

高貞白

綠雲精舍

高貞白

米齋近況

高貞白

太晤室

米齋篋衍

高貞白

香雪艸堂

壽石公

綠雲精舍

鄧爾雅

薑盧

高貞白

壺公

駱曉山

聽雨樓

高貞白

壺公

莫鐵

嵩社之印

高心泉

信天翁

莫鐵

嵩社社長之印

高貞白

窮鳥

高貞白

恨人

高貞白

老遯

高貞白

甲申

北山王

丙戌

高貞白

丁丑

高貞白

餘事作詩人

高貞白

丁丑大利

高貞白

樂志

山水有清音

高貞白

能亦醜

高貞白

煙霞供養

但吹竽

高貞白

長生無極

高貞白

武陵人遠

高貞白

別時容易見時難

山水清音

杜刻

高貞白

南去北來何事

李尹桑

壯懷酒醒心驚

高貞白

同孟子四月二日生

李尹桑

書萬卷筆如神

高貞白

長是人千里

高貞白

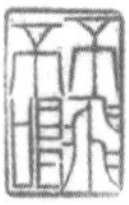

不飛不鳴

李尹桑

山林我輩鍾情

高貞白

與山間之明月

鄧爾雅

碧望里人」

高貞白

足吾所好翫而老焉

高貞白

□處因循緣酒醉

高貞白

越只青山吳唯芳艸

註

邊款：「澄海邑城為碧望墟故址，今石坊舊刻尚存。隱岑八兄世居於此，因號碧望里人。屬刻此印記之。丙寅五月。爾雅。」此印後為高貞白所得。

翠寒詞

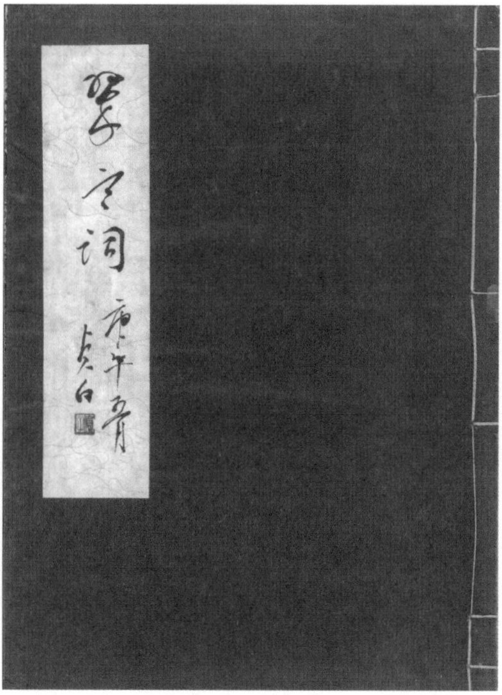

庚午首夏

忼烈奉題

翠寒詞

臨江仙

十八年華空綺麗 青春漸欲銷磨 病中歲月復蹉跎 春風秋雨不已閑愁多 逢人難訴心中事付與門前綠波斜陽庭院鳥飛過新詞填就無語對殘荷

點絳唇

聞道歸来心兒鹿撞眼兒溜 添粧罷綉又

是黃昏後 暗裡端詳似比年時瘦涼初透風
簾輕奏笑把雲鬟嬝

磨多令 唐

明月照疎林 清輝無舊新望天涯雁字
沉沉倚遍欄干腸寸斷黃葉落已秋深
更漏莫相侵獻殘萬里心盼今宵舊夢重
尋飛渡雲山跨碧海同攜手步花陰

金縷曲

不是貪醇醴 是離愁江流不盡着人如醉
謝却桃花鶯語老漸近黃梅天氣東風惡
吹來別意自嘆柳絲嬌無力向河橋難把行
舟繫情緣淺空羅綺 年年日日添憔悴
問舊歡幾時重續好同生死處損春山凭誰
訴淚燭陪人無寐念別後此情何似猶憶
西窗同望月笑姮娥冷落蟾宮裡明朝也
隔山水

憶王孫

兩行清淚漬鮫綃燭影搖紅倍魂消風急敲窗落葉飄多無聊對着菱花儘自瞧

滿江紅 悼亡姊

杏嫁年餘塵緣淺淹然解脫驚世事恍然一夢夢回隔絕腸斷春閨歡樂日魂消午夜生死別怨時乖病困小江村空縈結

聞噩耗雖心血東逝水西斜月痛華年偏受河魚摧折坐對遙天無限思看看又近中秋節最難堪哀雁過寒空聲悲切

臨江仙　鷓鴣天

月色娟娟夜欲闌悄無人處共憑欄愁多更比黃蓮苦淚盡還如紅燭乾　頻囑咐慎風寒早傳消息報平安應憐別後相思意珍重今宵仔細看

臨江仙

一輪明月清如許夜涼還上高樓人生幾見聞中秋銀河倒瀉飛瀑破空流 璞玉何堪淪濁世黃金不解追求忙中歲月去悠悠紅顏綠鬢久客怎能留

臨江仙

無力腰支非懶惰祇緣已過中年維園春日好留連時花含曉露童稚蕩秋千 越野

爬山無份矣添霜雨鬢堪憐凍雲消逝早陽天那邊人道好翹首總茫然

浪淘沙

來去惜匆匆春燕秋鴻風光不與昔時同不識舊遊何處是車水馬龍　卅載各西東傾訴無從炎陽似火喜相逢莫道垂楊千萬縷難挽離驄

蝶戀花

花事闌珊春漸老為問東皇忍使春歸
早去日空憐春色好而今却被春煩惱
未許閑庭滋雜草剷去還生幽恨添多少
明歲碧桃開放了駐顏無計求鴻寶

蝶戀花　送湘聆女還加拿大

昨夜一番鶯夢雨草色青青葉葉垂珠露
粉蝶雙飛花競吐柳絲難繫行人住　聚
散無常傷日暮嚙指情深餞別筵三度　目

送嬌鶯天際去模糊老眼如春霧

卜算子

丙子六月留別北平諸同學

才見柳條新又是春將暮流水行雲無定時雙燕還來去

短夢五更寒驚醒愁無數一曲陽關酒一杯南北東西路

菩薩蠻

杜鵑花發春將暮紛紛蜂蝶來還去獨自撫長欄漫登雨後山

飛泉衝險谷萬

聲凝新綠身在鳥聲中可憐耳半聾

清平樂

雲低霧重暖意春風送樹已抽苗花未種
猶戀半衾闲夢　眼前煩惱偏多他年先
景如何羨尔瑣窗幽鳥去来自在輕歌

浣溪沙

心有靈犀未敢通祇緣久別乍相逢深情
盡在不言中　腸斷宵来孤燭影夢回枕上

五更風低垂簾幕意重重

浣溪沙

此日金婚笑靨開堂前玉樹喜成材相攜
賀醉盡三杯　玄鬢已隨流水去前情還
逐晚風回月明花下共徘徊

賀新郎　賀外子七四生朝

小設蟠桃宴慶生朝欣逢乞巧世間曾見
寄跡塵寰超七十且喜身心弥健問所好

詩書文獻諸子百家皆搜購似堆山時蕙
閨人怨攤一卷忘憂倦　年年日日親毫
硯為療飢埋頭煮字才華初現薄有文
名揚海內多少來鴻去雁追往事流光如箭
天上雙星銀河會正人間笑把金樽勸傾
不盡語千萬

賀新郎　代外子賀趙不波醫生金婚

慶賀金婚日喜秋風華堂送爽桂芳蘭逸

少小同諧連理樹白首兩情猶一堪羡是唱
隨琴瑟集吉琳琅千萬品更年年買棹黃
金國笑子女似歸客 杏林風擅回春術
為蒼生扶衰起病頌聲洋溢屈指相交卅
五載常賴青囊護翼奈老去相酬無力
但願月圓人長壽譜新詞愧乏生花筆紅
燭照醉今夕

望江南 丙子留別北平諸同学

東風忽吹破雨絲絲流水落花人惜別禁
城寂寂雙飛燕揮手對斜暉 燕雙飛

如夢令

多少濃情密意盡付相思兩字別時語猶
溫只有背人垂淚憔悴憔悴窗外雨聲清
脆

臨江仙

三春時節無風雨江南草長鶯啼送君

亭畔訂歸期離情別意不似少年時 此
去都中逢故舊幾人兩鬢添絲昆明湖
畔戲漣漪廿年往事回首尚依稀

鷓鴣天

細雨兼旬夜已涼中秋節近桂飄香夢中
猶是紅顏女鏡裏依然白髮娘 光未
滿餅先嘗悲歡離合本尋常嫦娥幸得
偷靈藥碧海青天萬古長

鷓鴣天

少小離鄉直到今一番懷念一沉吟樓前春草年年綠檻外秋花朵朵金 時序易雪霜侵蓴鱸情思未消沉夢魂猶記江邊路夜夜凌波覓故人

人月圓 賀林裕乾羅耐民伉儷生朝

嘉平兩度蟠桃會銀燭爛華筵漸彎眉嫵重磨金鏡鰈鰈鰜鰜 掌珠雛鳳承

歡戲係各占春光願春長駐三星在戶
歡樂年年

鷓鴣天

君問行期未有期蒼蒼白髮近期頤何
堪再作移巢鳥可奈難求續命絲 煙
霧重海天低纏綿春雨少晴時此生虛
把華年誤浣罷緇衣欲怨誰

祝英台近

柳絲柔春雨細花草半合渡曉霧迷山不見接天翠堪憐燕子歸來舊巢何處盡變作重樓平地 看名利恰似空際浮雲商量惜花事旖旎春光只賸六分二今宵邀約良朋市樓修禊却別有一番風味

浪淘沙

春草碧芊芊生意綿綿花開花落又
經年雨後群山環翠嶂分外嬌妍
珍重晚寒天翻悔從前詩書滿架總
無緣欲向羲皇求一願莫快揮鞭

浪淘沙

春色尚依依春恨難持愁生枕上有誰
知半捲湘簾留晚照挽住情思獨自

立多時暮鵲高飛春寒料峭懶添衣
擬把此心隨流水一任東西

鷓鴣天

典却琴書為療貧書生無用百年身
牽蘿補屋非長計附驥求榮恥煞人
頭漸白志未伸且從稚子學童真半
生憂患何霜雪子滿枝頭綠漸勻

卜算子

念舊情獨深夢裏時相見獨擁紅箋
且倦眠聊比雙棲燕　懊惱柳絲柔只
逐東風轉此恨年年歡訴誰難展春
風面

鷓鴣天

玉佩金環兩渺然蕭蕭風雨奈何天
西窗舊約驚鴻影南苑深盟化雪緣
花結子月難圓秋來春去怨啼鵑年

再七夕長相憶夜半挑燈未易眠

金縷曲

月下吟金縷似斷空悲鳴孤雁滯留寒
渚字字淒酸傷別意恍似秋蟬泣暮人
間事今來古去滚滚波濤多險惡惜餘
生莫再吟南浦怎禁得風和雨　憐君
受厄經寒暑鬢染霜容顏異昔才華
如故四十八年懷舊苑脈脈此情誰吐盼

有日重親鄉土咫尺關山偏阻隔問少時詩稿尚存否齋前竹誰爲主

浪淘沙

風雨忒無情狼藉繁英香消粉墜院淒清暮暮朝朝勤愛護盡付浮萍久客怕歸程回首心驚故園人物半凋零門外一方池水碧惜已填平

金縷曲 代外子懷廣州西關舊居

馬齒憐加一偕兒孫市樓買醉往事如織
六十年前當此際年少翩翩俊逸侍母往
羊城華宅走馬聽歌昇平事笑無聊
虛把流光擲叨父蔭足衣食 蘆溝
釁起驚全國好河山戰雲處處半淪
強敵人散巢傾餘灰土衰草寒烟弄
碧轉眼又旗翻紅色昔歲重臨遊釣地
易新朝舊夢難尋覓徘徊久眼偷濕

清平樂 近年港人為下代計移民者衆感而作此

驪歌處處寂寞空庭户滄海遺珠歸合浦應是家家起舞　兒孫莫為操心春來且作閒吟嫩筍今朝出籜他時綠竹成陰

浪淘沙 錦山文社乙巳禊集假粉嶺青松觀舉行愚夫婦途遠不赴黃君韜且夜歸道感況成此調以訊諸友

上巳接清明思古幽情權將梵宇當蘭亭興會羣賢揮綵筆書畫詩成　老去情

郊行筋力難勝家居作伴有書城黄子傳
来修禊況夜已初更

浣溪沙

萬里無雲鬱熱天瓊樓高處亦難眠涼
風不到海南邊　室少沉香消溽暑窗無
竹影掩晴烟先生把卷亦怡然

浣溪沙 己巳六月十七日吾夫婦与女季子孫女芷芸同遊馬交

三代四人共出遊颱風過後似初秋眼

前雲水載沉浮　女掖阿翁孫護姥舟
車上下免煩憂餘生到此復何求

臨江仙

錦瑟華年東逝水雲烟過眼無蹤　小
樓昨夜雨兼風五更殘夢裡盡室曉
涼中　多病方驚身漸朽何時展破眉
峰眼明腰軟耳回聰光陰催鬢綠晚
照映顏紅

滬寧道中寄外 五古

一望盡金色方知麥苗長行行又田野流
水鳴鏘鏘一別復一別無奈太匆忙回
憶未別時親手調羹湯為君掠鬢髮
侍君著衣裳雖無齊眉樂竊願效鳳
凰囓臂盟猶在謹記毋相忘凍雨連雲
黑洗褪來時粧首都已在望中心更
徬徨回首來時路烟水渺茫茫

滬寧道中

己未四月與外子暢遊南京三日後乘車往無錫車中見麥田漸呈金黃色與壬申夏初隻身由滬經南京赴北平時景色相似彼時與外子爲第二次分別心極悵惘曾作五古一首題爲滬寧道中寄外回憶往事如在目前已相隔四十七年矣乃復用前韻作一首以誌歲月

兵家必爭地金陵天險長重來多感慨同
行笑語鏘憶昔分飛日客途心慌忙南
北常相左兩情似沸湯彼時顏如玉綠
衣間黃裳艱辛完夙願碧梧棲鳳凰

往事仍歷〻離合永難忘湖水嵌雙
影白髮勝紅粧攜手雞鳴埭遠望意
徨〻古今同一夢霸業總渺茫

關洛雜詠 七绝

華清池畔草青〻萬縷千條舞未停
難救蛾眉終古恨無人能解雨淋鈴

其二

浴罷溫泉適體輕酣然一枕到鷄鳴

鄰房永夜難安寢疑聽楊妃嘆息聲

其三

烽火臺邊草木愁君王重色輕諸侯
美人漫道多傾國浣女如花報越仇

其四

三度驅車過灞橋涼風細雨客心搖
少年折柳憑空想今日橋邊柳幾條

其五

石雕佛像口微開似笑衆生去復來
五指平伸光且滑看人摩撫欲消災

寄遠

回歸回歸胡不還階前葉落雁南飛
可知九月霜寒重珍重身軀着夾衣

無題

窮愁已過閒愁來每見稚孫笑靨開
破萼紅梅差可比卻憐兩鬢雪成堆

寄遠 五绝

人隔幾千里相思一歲多數行聊問
訊近況復如何

晨運忽生鄉思 五律

山徑疎行跡野花自在明深林歸日
影淺澗咽泉聲世亂黃金賤愁多
白髮生渡江歸夢渺何處望鄉城

癸亥感時 七律

霹靂一聲寰宇震朱門移座杞人憂
未能奮翅騰來日安得揮鞭斷急流
是處風光多秀麗異鄉花草又溫
柔霜濃露重寒侵骨擁被難溫十四秋

述懷

遠山近海々浮舟安得揚帆任意遊
九月陰霾雲外散十年佳木眾中求
每因病指停炊事聊解飢腸上酒樓

茶熟蔬鮮魚膾美老來不為阮囊羞

江上月

蒼茫極目一舟單皓魄當空只獨看
天上素娥甘冷淡人間華髮易摧殘
怕從客路穿巫峽擬向波心入廣寒
片影流光々接水計程萬里欲歸難

鷓鴣天

甫卸行裝又整裝征鴻旅雁再分行

心隨渤海秋濤湧夢繞侯樓夜月涼
齊罷爵各神傷壽筵併作餞離觴
明朝揮手層雲外歸意何如別意長

鷓鴣天 和羅抗烈先生

陋質安能比道昇殷勤好句謝閑情
蘭香盈室斜陽暮註宿霧澄空遠景
明 雖有耳不聞聲無緣絳帳作門生
識荊恨晚時非晚點鐵成金懇再行

註：家中盆蘭盛開幽香四溢

附原作

鷓鴣天　讀翠寒夫人近作題贈兼呈伯雨翁

松雪齋中管道昇白頭伉儷更深情飽諳世事閒方好時對花枝眼暫明　裁錦字譜心聲休教秀句與愁生興來文酒飛英會喜見鴛鴦比翼行

僕與 伯雨翁交遊逾三十載翁治掌故
凡本世紀人文歷歷縷陳如昨日事筆
丁卯翁示夫人蒙室女士詩詞淚跋叙
佩詳內僂書之秉秋積稿屏多積白
坐毋讀至壁緣唇心兒鹿撞暗裏鳴
詳道出少婦情懷老來回首甘苦感
琢重翁言昭手移與夫人重讀花箋白
首相莊森森之叢玉以新集為壽傳諸
家乘拱手而歸之 己巳孟冬王漢懃識